어느 하루,
꼭두서니 빛

김진진 수필집

초판 발행 2018년 3월 29일
지은이 김진진
펴낸이 안창현 **펴낸곳** 코드미디어
북 디자인 Micky Ahn **교정 교열** 백이랑

등록 2001년 3월 7일
등록번호 제 25100-2001-5호
주소 서울시 은평구 갈현로 318-1 1층
전화 02-6326-1402 **팩스** 02-388-1302
전자우편 codmedia@codmedia.com

ISBN 979-11-86104-84-2 03810

정가 12,000원

어느 하루, 꼭두서니 빛

김진진 수필집

꿈에 그리는 집

김진진
(2015 시민공모제)

어릴 적 쏘아올린 꿈 마냥 활짝 핀 벚나무
그 가지들이 품어 안은 까치 둥우리 눈부시다
저런 집 한 채 있었으면 좋겠다

이른 아침 눈 뜰 때 금빛어린 잎새 사이로
어머니의 기도처럼 맑은 청자빛 하늘과
아버지의 두터운 심성 닮은 원구름 보면
무늬로 남은 멍든 마음들 가벼워지리

해꿈 퍼져 나와 정수리 뜨거워지면
날리는 꽃잎 몇 점에 눈길 팔다가
해먹에 흔들리듯 꽃잠 취하면
번잡하면 이별의 말 잊혀지겠다

그렇게 두 나절쯤 보내고 서쪽하늘 검푸러지면
비로소 별빛 같은 눈동자로 온밤 지새워
묵었던 마음의 빗장들 풀어내려니

비상시 사용하는 문

지하철 까치산역 방화 방향 7-4 구역 스크린도어에 게재

꿈에 그리는 집

김진진

어릴 적 쏘아 올린 꿈 마냥 활짝 핀 벚나무
그 가지들이 품어 안은 까치 둥우리 눈부시다
저런 집 한 채 있었으면 좋겠다

이른 아침 눈뜰 때 물빛 어린 잎새 사이로
어머니의 기도처럼 맑은 청자빛 하늘과
아버지의 두터운 심성 닮은 흰 구름 보면
무늬로 남은 멍든 마음들 가벼워지리

해꽃 퍼져 나와 정수리 뜨거워지면
날리는 꽃잎 몇 점에 눈길 팔다가
해먹에 흔들리듯 꽃잠 취하면
번잡하던 이별의 말 잊혀지겠다

그렇게 두 나절쯤 보내고 서쪽 하늘 검푸러지면
비로소 별빛 같은 눈동자로 온밤 지새워
묵었던 마음의 빗장들 풀어내려니

Contents

1
생의 한가운데

2
지난밤의 화톳불

하얗게 피어나는 이불깃에 고단한 종부의 삶을 마름질하던
어머니의 강줄기가 보인다. 인고의 시간들이 겹쳐진다.
그 짙고 푸른 강줄기 위에 내 삶을 눕히고 세찬 여울을 따라
힘차게 흐르고 싶다.

－「사노라면」에서

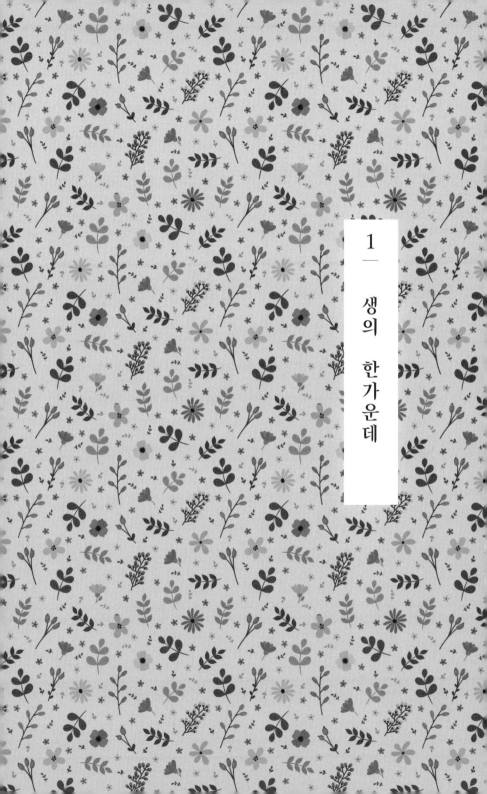

1
—

생
의

한
가
운
데

사노라면

얇은 여름 이불에 가벼운 풀물을 먹인다. 약탕관 달아오르듯 찜통 같은 더위쯤이야 아랑곳하지 않는다. 바삭하고 가슬가슬한 촉감을 연상하는 것이 즐겁기만 하다. 초복도 지났으니 몸에 닿는 쾌적한 것들이 생각나는 까닭이다. 마른 듯 안 마른 듯 풀기가 스며든 도톰한 한지 같은 이불을 들고 와 손질한다. 가장자리를 반듯하게 펴가며 그새 바짝 마른 곳에는 분무기로 물을 뿜는다. 다듬잇돌 크기로 두툼하게 접어 보자기에 싸고 일어서서 발로 꼭꼭 밟는다. 서너 차례 접었다 폈다 밟기를 해서 빨랫줄에 널어놓는다. 새하얀 면사 위를 지나는 줄금들이 제법 단정하다.

의복이라곤 평생 한복밖에 모르신 할머니는 입하立夏가 들기 전의 새파란 보리까락마냥 까다롭기가 마을 밖까지 소문난 분이었다. 일 년 열두 달 단 하루도 빠짐없이 한복으로 옷치레를 하셨다. 여름마다 풀 먹인 세마포나 모시한복을 반듯하게 차려입고 대청마루 그늘 속에 그림같이 앉아 집안 대소사를 관장했다. 이삼일 지나 풀기가 주저앉기 바쁘게 새 옷으로 갈아입곤 했으니 그때마다 어머니의 고된 하루가 무겁게 얹혀 있곤 했다.

풀 먹인 한복들을 다림질하는 일은 그중에서도 가장 고된 일이었다. 우선 사발에 물을 떠다 놓고 한 모금씩 입에 문 다음 치마폭 위에 푸푸 내뿜어 풀기로 접혀진 솔기들을 일일이 곱게 펴 주었다. 빨갛게 달궈진 숯을 긴 손잡이가 달린 작은 화로 속에 넣고 양쪽에 마주 앉아 천을 팽팽하게 잡아 당긴다. 그 위에 숯다리미를 천천히 밀고 당기면서 주름들을 펴 나갔다. 삼복더위에 숯다리미질이라니! 더구나 허공에서 이루어지는 일이니 혼자서는 할 수가 없고 누군가 꼭 필요했다. 가끔 어린 내가 맞잡이가 될 때면 팔힘이 달려 애를 먹곤 했다. 초등학교 입학 무렵 아버지가 전기다리미를 사 오셨을 때에야 다림질이 조금 수월해졌다.

땀방울을 비 오듯 쏟으면서도 이 방 저 방 멀쩡한 이불 홑청들을 뜯는 날이면 칠팔월 댑싸리만큼이나 서슬 퍼런 할머니도 종갓집 맏며느리의 눈치를 은근히 살피지 않을 수 없었다. 마당 한쪽에 있는 우물가에서 홑청을 치대 말리고 푸새를 한 다음 다시 말리는 데 여름 한나절이 다 지나기 일쑤였다. 늦은 오후에 들어서야 푸새가 마른 홑청을 거두어 물을 뿜고 접힌 솔기들을 펴서 적당한 길이로 접었다. 그것을 빨랫보에 싼 다음 이리저리 살펴 가며 여러 차례 발로 밟아 거친 주름들을 부드럽게 풀어주었다. 뒷짐 지고 가만히 서서 홑청을 밟는 일은 마치 할 일 없는 한량閑良 먼 산 바라보기처럼 보이기도 하나 어머니가 다듬잇돌 위에 올려놓고 홍두깨로 두드리기 시작하면 원성 깊은 함성인 듯 집안 곳곳으로 퍼져 나갔다.

대청에서 다듬이질 소리가 한창 요란할 때는 어머니의 속앓이가 쌓일 대로 쌓인 날이었다. 녹록지 않은 시어머니도 이날만큼은 며느리에게 좁쌀만 한 품앗이라도 베풀어야 할 판이었다. 벗어날 길 없는 맏며느리의 한을 실어내던 우지끈한 홍두깨 소리. 맑고 투박하게 출렁이는 어머니의 강줄기 같던 마음의 소리. 지금도 귓가에 선명히 남아 흐르는 그 질긴 삶줄기 같던 하소연 소리. 푸르고 싱싱한 날을 위한 마음 다짐, 꽃 다짐 같던 질박한 소리.

힘차게 울리던 홍두깨 소리가 새색시 발소리 닮아가듯 자근자근 잦아들고 한 시간쯤 빨랫줄에서 다시 한번 마른 홑청이 걷혀 오고서야 할머니는 슬며시 다가앉아 쓸데없는 말참견을 했다. 반짇고리가 등장하고 할머니와 어머니가 마주 앉아 눈을 내리깐 채 묵묵히 실뜸을 짚어갈 무렵이면 아버지의 헛기침 소리가 대청을 가로질러 지나갔다. 댓돌 위에서 아버지의 신발 끄는 소리가 들릴 때에야 조그만 평화가 깔린 듯 저녁 어스름이 찾아왔다.

오늘은 나도 그 옛날 어머니를 따라 풀물을 먹인다. 달궈질 대로 달궈진 더위쯤이야 지쳐 늘어진 삼복더위 속 숯다리미질만이야 하겠는가. 가슬가슬한 풀내음이 어머니의 풋풋한 살 내음마냥 그저 그리울 따름이다. 어머니의 참을성이 묻어나는 수더분한 사랑이 목말라 아련해지기 때문이다. 하얗게 피어나는 이불깃에 고단한 종부의 삶을 마름질하던 어머니의 강줄기가 보인다. 인고의 시간들이 겹쳐진다. 그 짙고 푸른 강줄기 위에 내 삶을 눕히고 세찬 여울을 따라 힘차게 흐르고 싶다.

누구나 살아가는 것이 순탄치만은 않은 것이어서 제 나름의 고통과 번민은 있기 마련이다. 그렇다고 품기만 해서는 제대로 나아지는 것이 없다. 주루막에 담긴 약초도 환자의 고통을 감해 줄 때만이 제구실을 하는 법이다. 살아가자면 괴롭고 힘에 겨운 것, 좀처럼 참기 어려운 것, 슬픔과 아픔을 동반하지 않을 수 없다. 그것들을 박차고 의연히 일어서는 것이야말로 아름다운 인생이 아니겠는가.

허리에 동아줄을 맨 남자

22층 아파트 맨 꼭대기 난간 바로 아래, 한 남자가 매달려 있다. 이제 막 난간을 내려온 그의 발밑은 도시의 온갖 냉소를 짊어진 절벽처럼 아래로 줄곧 내리뻗은 차가운 벽면이다. 눈앞은 온통 장마 직전에 밀려드는 거대한 해일과도 같은 하늘뿐이다. 언뜻 보기에 흡사 아이들이 좋아하는 스파이더맨이 벽면에 찰싹 붙어 있는 듯 까마득한 형상이다.

하루를 마감한 일꾼들의 발걸음이 서서히 빠져나가기 시작하는 아파트 신축 공사장. 동아줄 하나에 허리를 질끈 묶은 그가 L자형으로 허리를 꺾어 두 발을 벽에 고정시키고 있다. 다음 순간 두 발로 벽을 옆으로 힘껏 밀고 그 반동으로 이쪽 끝에서 저쪽 끝으로 위치를 옮겨 간다. 그와 동시에 기다란 밀대를 말아 쥔 손이 잿빛 시멘트 벽면 위에 재빨리 옥양목 필을 펼치듯이 흰색 페인트를 그으며 지나간다. 몇 차례의 반복적 움직임이 낳은 선명한 자취는 마치 정갈한 여인네가 여름 볕 아래 거침없이 널어놓은 이불 홑청만큼이나 깨끗하다. 그것은 그의 힘겨운 동선을 짙푸른 하늘과 빛대어 여실히 보여준다.

하필 우연히 공사장 근처를 지나다 통행로와 면한 담장 곁에서 서너 명의 아저씨들이 목을 잔뜩 뒤로 꺾고 일제히 허공을 올려다보는 통에 어인 일인가 하여 나도 그리로 시선을 쳐들었을 뿐이다. 거기에 눈요기를 위한 어름사니의 외줄 타기가 아니라 생명을 담보로 하는 생활인의 극한 작업이 시작되고 있다. 치열함이 내비치는 그의 위험천만한 뒷모습에 적잖이 놀란 나는 한동안 서서 눈길을 떼지 못하고 건방지게도 그가 짊어진 삶의 무게를 짐짓 요량해 본다. 살아가기 위한 방책이란 때로 얼마나 고독한가 하고.

발사대에 고정시킨 로켓의 견고함을 연상시키듯 겁도 없이 공중으로 마냥 치솟은 신축 아파트 최상단 벽면들. 그 거대함 사이에 딱정벌레처럼 홀로 붙어 서서 두려움을 삼킨 채 고공분투를 시작한 일꾼의 모습은 그야말로 목숨을 건 생존 현장이다. 아마도 그의 머릿속은 1층까지 벽면을 페인트로 채우는 일로 가득하지 않을까 싶다. 이른 아침부터 긴긴 하루해를 보내고 공사장을 빠져나가고 있는 저 아래 지면 위의 인부들은 허공에 매달린 그의 의중에 없을지도 모른다. 그런 그의 모습에서 불현듯 거미가 최초로 집을 짓는 방식이 떠오르는 건 왜일까.

거미가 거미집을 만드는 최초의 방법은 오랜 기다림뿐이다. 대체로 거미는 진동이나 소음이 적은 곳에 자리를 잡는다. 그런 다음 배 속에 있는 액체를 방적돌기(거미의 배 밑면 끝에 있는 사마귀 모양의 세 쌍의 돌기)의 수많은 토사관과 가는관을 통해 밖으로 배출시킨다. 그 순간 액체가 공기에 닿으면서 굳어서 실이 된다. 실에도 테실, 발판실, 세로실 등이 있으나 이들은 모두 점성이 약하다. 다만 가로실만은 끈기가 강해서 튼튼한 거미줄의 기본 구조를 이룬다.

거미가 집을 지을 때는 제일 처음 꽁무니에서 이 질긴 가로실을 하나 뽑아내어 허공으로 길게 내려놓는다. 그런 다음, 바람이 불어와 그 끄트머리가 허공에서 흔들리다가 어딘가에 찰싹 들러붙기만을 숨죽여 고대한다. 그 기다림은 이틀, 사흘, 때로 일주일이나 열흘이 넘게 걸리기도 한다. 요행히 어느 한순간 바람이 따귀를 내려치듯 휙 밀려와 마침내 한쪽 끝이 어딘가에 들러붙었을 때 꽁무니의 방향을 돌려 최초로 이어진 줄을 타고 천천히 이동한다.

말하자면 이 중심선을 따라 곤충계의 어름사니 노릇을 톡톡히 수행하는 이때부터 비로소 미세한 실금들을 짜가며 거미의 종류에 따라 다양하고 기묘한 형태의 기하학적 설계를 구축한다. 우리가 흔히 접하는 둥근 그물 형태의 거미줄은 가장 일반적인 모습일 뿐이고 안개처럼 뿌연 막으로 둘러싸여 깊고 신비한 동굴 모양을 이루는 것들도 있다. 뛰어난 건축학도들의 최신 공법은 때로 하잘것없어 뵈는 이런 곤충들이나 새집들의 구조를 하나하나 분석해서 첨단 기법을 가미하여 이루어지기도 한다.

어딘가에서 뜻하지 않은 장면을 마주치게 될 때, 사소한 것들을 지나 저 너머의 지점들을 바라보게 해주는 특별한 순간이 있다. 그것들이 빚어내는 그물망을 요모조모 들여다보는 것은 그를 통해 내가 지닌 미약한 인간적 분발심을 스스로 촉구해 보려는 하나의 계기로 만들고자 함일 뿐이다. 부족한 나의 내면을 통찰함으로써 하나의 촉매제로 삼고자 할 따름이다. 인문학적 사고를 철학으로 연결하려는 거창한 그 무엇이 아니다.

그가 매달린 저 곡예의 시간들은 아마 모르긴 해도 거미가 최초의 중심선 하나를 허공중에 매달기 위하여 한 줄기 바람을 무한정 기다릴 때와 마찬가지일 수도 있다. 짐작건대 어두운 밤 먼 불빛처럼 희미해 보이는 아득한 삶의 길에서 언젠가 맞이할 환희와 기쁨을 기다리기 위하여 제 삶의 터전, 그 중심을 바로잡아 줄 각고의 시간을 아로새기는 순간일 것이다. 어쩌면 인생의 빛나는 후반전을 위하여 지극히 외로운 과정을 통과하고 있는 중일 수도 있다. 누군가의 크고 든든한 뒷받침이 아니라 혼자서 이룩할 자기 생애의 크기가 과연 어느 정도일지 위태로운 가늠자를 이리저리 재어 보면서.

'그에게도 아늑하고 마땅한 집이 있을까?' 상상해 본다. '까투리처럼 웃는 아이들과 소박한 저녁상을 차리는 아내도 있었으면 참으로 좋겠지.' 싶어 추측을 더해 본다. 부와 명예만을 추구하다 볼품없이 찌그러지는 모리배나 정상배가 아니라서 한편으로 다행이란 생각마저 든다. 거미가 그 작은 걸음을 짚어 나가며 조용히 저만의 집을 짓는 것과 똑같이 그만의 튼튼한 집을 짓기 위해 서늘한 순간들을 다독이며 위험한 시간을 짜고 있는 남자. 설사 지금보다 더 힘든 상황이 온다면 깨금발을 딛고라도 우뚝 서게 될 것만 같은 그 이름 모를 남자의 앞날을 위해 진심으로 축복의 성호를 긋는다. 서쪽으로 기우는 한 줌의 저녁 해가 허리에 동아줄을 맨 남자의 굽은 등줄기 위를 곡진한 기도처럼 어루만지고 있다.

날 저무는 봄날

봄인가 싶더니 벌써 개나리의 푸른 새순들이 하나둘 돋아나기 시작했다. 한창 벌어지기 시작한 목련들은 서러운 빛깔로 피어나고 봄날의 오후는 바람이 거칠기만 하다. 사람들의 발길이 뜸한 평일의 호숫가는 약간은 썰렁한 느낌마저 든다. 서서히 연둣빛이 살아나는 경이로운 봄마다 마음 한쪽이 적막해서 울적해지곤 한다.

그애가 아프기 시작한 건 4월 중순쯤이었다. 새 학기가 한 달 반쯤 지난 초등학교 3~4학년 무렵이지 싶다. 직장에 다니며 이미 결혼 말이 오가던 20대 후반의 큰언니와 대학 초년생인 오빠, 고등학교에 입학한 작은언니, 나, 초등학교 입학 전의 여동생. 나이 차가 너무 많은 우리 오 남매의 일상은 격차가 심해서 그리 얼크러져 자라지는 못했다. 학교가 끝나고 집에 돌아오면 으레 손아래 여동생뿐이었다. 그러니 그애와 나는 매사에 유난히도 각별했던 모양이다.

오 남매 중에 유독 어머니를 빼어 닮은 여동생의 커다란 동공은 마치 잘 익은 머루알 같았다. 갓 태어났을 때부터 어찌나 예쁘던지, 찾아오는 사람들마다 서로 경쟁이나 하듯 품에 안고 얼러대기 일쑤였다. 갑자기 막내 자리를 빼앗긴 나는 그때마다 심통이 나서 할머니의 무릎으로 기어들곤 했다. 아들 하나에 줄줄이 딸만 낳아댄다는 할머니의 가시 박힌 언성이 문밖을 넘어가도 아버지를 가장 많이 닮은 나를 그래도 귀여워는 했으니까.

산림청의 고급 공무원이던 막내 삼촌은 강원도 지역의 영림 책임자였다. 효성이 남달라서 때때로 할머니께 강원도의 특산품들을 보내오곤 했다. 송이버섯이나 잣, 알맞게 잘라 말린 간식용 노루 고기 같은 것들이었다. 그중에는 산머루가 으뜸이어서 가을마다 몇 궤짝씩 가득가득 담겨 왔다. 새콤하고 단내가 진동하는 그것들을 구슬처럼 따들고 내가 곧잘 하는 짓이란 여동생의 눈언저리에 갖다 대고 "네 눈하고 똑 닮았어!" 하면서 짓궂게 놀려대는 일이었다.

한창 배밀이를 할 때만 해도 그애의 타고난 운명이 그리 가혹하리라 누군들 짐작이나 해봤겠는가. 새순이 돋아나길 세 해쯤 되어서야 비로소 다들 머리를 갸웃거리기 시작했으니. 여름이어도 가을이어도 겨울을 나고도, 도무지 일어설 줄 모르는 그 천진한 것의 해맑음. 물정 모르는 여린 것을 보면서 차츰 먹빛같이 흐려지던 어머니의 눈빛은 봄이 깃들고 새날이 푸르러도 시나브로 물빛만 가득했다. 마당 구석구석에 피어나던 갖가지 꽃들이 목줄을 놓아 버린 후에도 그저 말없이 침울하기만 했다. 병원에 다녀올 적마다 새벽 내내 아버지와 두런거리던 어머니의 근심 어린 목소리, 그 깊은 한숨과 가녀린 울먹임들. 칠흑 같은 어둠 속에서 잠결에 번져가던 내 안의 이상한 슬픔들도 그렇게 해서 어렴풋이 깨어나기 시작했다.

내가 초등학교에 입학한 후, 여동생은 더욱 혼자가 되었다. 언니가 학교에 가 있는 한나절의 긴 기다림이 그애의 유일한 그리움이 되어 갔는지도 모르겠다. 대문을 밀고 들어와 마당을 건너뛸 때면 어느새 대청 끝까지 기어 나와 새까만 눈동자에 눈물이 그렁그렁 매달린 채 고개만 쳐들던 그 아이. 그때 난 왜, 어린것의 마음속에도 어른들이 알 수 없는 지독한 슬픔이 있다는 것을 알지 못했던 것일까. 왜…….

　그때부터 나는 공책들을 꺼내고 스케치북을 열고 크레용을 들쑤시고 하면서 그애 옆에 배를 깔고 누워 그날 배운 것들을 이것저것 모두 가르쳐 주었다. 대청 깊숙이 퍼져 있던 투명한 햇살이 힘을 잃고 마당 가득 그늘이 넘칠 때까지. 굳이 누가 시키는 것도 아니었는데 저녁을 먹고 잠자리에 들기 전까지도 어떻게든 글자들을 깨우쳐 주려고 내 나름대로 무진 애를 쓰곤 했다.

　ㄱㄴ과 숫자, 구구단, 시계 보는 법, 그애 혼자서도 동화책을 모두 읽게 된 것은 그렇게 진종일 이어지던 그애와 나의 종알거림과 웃음소리 탓이었다. 그때의 종알거림과 웃음소리가 조금만 덜 했던들, 그리고 그 아이가 글자를 전혀 깨우치지 못했던들, 차라리 얼마나 다행이었을까 싶다. 글자들을 거의 다 깨우치자 그애는 내가 없을 때마다 혼자서 책 속에 파묻혀 지냈다. 그러자 나날이 늘어 가던 질문들. "언니. 장화, 홍련은 왜 죽었어? 죽는 게 뭐야? 나도 죽으면 언니랑 못 만나?"

　초등학교 입학 시기를 한참이나 넘기고도 학교에 갈 수 없었던 그애는 학교생활을 무척이나 궁금해했다. 그 후로 점점 시무룩해지고 웬일인지 말수도 적어져 갔다. 그럴수록 나는 그애를 위해 온갖 놀이들을 생각해내고 같이 얽혀 방 안을 뒹굴곤 했다. 오빠나 언니들은 이미 다 커버렸으니 제 생활들에 바빠서 우리와는 친밀감이 덜했다.

겨울 추위도 끝나고 앞동산 개나리의 노란빛이 한창 이울기 시작했을 때, 돌연 그애가 아프기 시작했다. 며칠씩 병원을 다녀오고 온갖 약을 먹어도 좀체 나을 기미가 없어 보였다. 그러기를 한 달쯤 지나 마침내 네 발로 기는 것조차 힘겨워 드러눕게 되었을 때, 병명도 알 수 없이 미음조차 넘기기가 어려워졌다. 책과 더불어 사물의 이치를 조금씩 알아가던 날들이 어느 순간 폭발하듯 그애의 머릿속을 옥죄이기 시작했는지도 모른다. 아마도 내게서 글자들을 깨우쳤던 그 순간들이 첫 단추였는지도. 제 안에 일기 시작한 알 수 없는 노여움의 불길들. 슬픔으로 점령당한 제 육신을 그렇게 태우고 한마디 표현조차 제대로 못 한 채 시름시름 시들어 가던 그 고통의 나날들. 우리는 짐작조차 못 했겠지 싶다.

그날도 그랬다. 며칠째 미음 한 방울 넘기지 못한 그애가 학교로 가는 나를 향해 힘겨운 웃음을 겨우 내비쳤을 때, 창백한 미간 아래로 잠시 휩쓸고 지나던 형용할 수 없던 눈빛. 내게 무얼 말하고자 움찔거리던 서러움을 가득 담은 그 참담한 눈빛. "제 어미를 닮아서 어린것이 눈동자에 서기만 넘친다."는 할머니의 그 질기고 질긴 오랜 넋두리를 가슴속에 한으로 품기라도 했던 것인지······.

이제 막 유월의 초여름이 시작된 화창하고 바람 한 점 없는 고요한 날이었다. 학교에서 돌아와 대문을 밀고 들어섰을 때 집 안 가득 번져 나오던 울음소리들. 양쪽으로 미닫이가 활짝 열린 안방에는 길게 덮인 무명천만이 만개한 목련빛으로 가득했다. 새치름한 얼굴에 장죽만 물고 있던 할머니의 시린 옆모습. 대청 너머로 어머니의 저미는 흐느낌을 보다가 얼결에 마당을 가로질러 장독대로 뛰어갔을 때, 햇살 아래 흐르던 아버지의 굵은 눈물.

가을볕의 산수유 열매처럼 붉디붉은 두 눈에서 쉴 새 없이 쏟아지던 그 눈물들을 보고서야 뜨겁게 북받치던 내 안의 슬픔들…….

사흘이 지나고 어둑발이 내릴 무렵, 부모들을 따라나선 낯선 아저씨들과 함께 그애는 홀연히 사라지고 말았다. 그렇게 내 삶에서 마주쳤던 어린 날의 첫 번째 죽음은 마치 폐기된 우물처럼 마음속 깊은 곳에 가시지 않는 충격과 상처를 남겼다. 무슨 이유인지 지금껏 부모님은 그애가 묻힌 자리를 단 한 번도 내게 알려주지 않으셨다. 수십 년째 타국에 계시니, 화계산 골짜기는 해마다 더욱더 우거지고 있을 뿐.

그애의 퀭한 눈빛과 애처롭게 야위어 가던 모습들은 봄이면 봄마다 불쑥불쑥 찾아와 눈앞을 아른대고, 이상스레 해가 갈수록 짙어져만 간다. 그러니 꽃망울이 터지기 시작해서 청정한 여름으로 접어들기 시작하는 해거름 녘이면 나도 모르게 먹먹함에 젖게 된다. 천지사방 봄꽃들이 피어나 고요한 날이면 더욱 그렇게. 꽃비라도 흩날리면 그애의 눈물일까 내 속 뜰은 하염없이 무너지고.

기도하는 여인

　　낮 동안 지면을 달구던 때 이른 폭염은 밤이 되자 사그라들어 웬일인지 살갗이 차가워질 만큼 선들바람이 불었다. 습기를 머금은 그 시원한 밤바람이 너무 청량해서 동네 곳곳을 거닐다가 어느 성당 옆을 지날 때 나는 무심코 걸음을 멈추었다. 저만치 떨어진 어두컴컴한 곳에 환한 불빛이 새어 나오는데 거기에 기도하는 여인의 모습이 내 시선을 사로잡은 까닭이었다. 살며시 그곳으로 몇 발짝 다가가 보았다.

　　그 여인의 발치 앞에는 키 작은 촛불들이 이리저리 흔들리며 타오르는데 성모 마리아를 향하여 두 손을 합장하고 고요히 서 있는 여인의 뒷모습은 마치 검은 석상처럼 형체가 뚜렷했다. 생머리를 길게 늘어뜨린 것으로 보아 젊은 여인으로 짐작되었다. 성모 마리아를 비추는 두 개의 작은 조명과 앙증맞은 색색의 촛불이 가늘게 흔들리는 앞에서 홀로 기도에 잠겨 불빛에 드러난 검은 뒷모습.

　　멀찍이 떨어져 그 정경을 보고 있자니 알 수 없는 감동이 밀려들었다.

거짓을 말하지 않는 참된 발원의 순간으로 정화된 육신의 참모습이 저런 것일까 싶어 마치 하나의 아름다운 성화를 눈앞에 보고 있는 느낌이었다. 그 여인을 방해하지 않으려고 나는 주택 모퉁이로 비켜서서 어두운 그늘 속에 스며 있었다. 그리고 알 수 없는 어떤 경건함에 휩싸였다. 그러자 '대체 저 여인의 소원은 무엇일까?' 몹시 궁금해져 왔다. 밤 열 시가 다 되어가는 초여름 밤이었다. 한동안 그 여인의 뒷모습에 취해 나 홀로 상념에 젖어 있는데 마침 서너 명의 사람들이 성당 안에서 나와 여인의 곁으로 다가갔다. 여인은 조용히 고개를 숙여 인사하더니 그 자리를 총총히 떠나고 말았다.

그때서야 나는 걸음을 옮겨 천천히 그곳으로 가서 사람들 등 뒤에 가만히 서 있었다. 그들이 서로 주고받는 말을 들었을 때 비로소 성모 마리아상이 오늘 처음 그곳에 안치된 날이라는 것을 알게 되었다. 그들마저 자리를 뜨자 여인이 있던 곳에 조용히 서 보았다. 세상의 온갖 고통을 품어 들일 것처럼 두 팔을 아래로 벌린 성모 마리아의 맑고 깨끗한 모습 아래로 갖가지 화분이 놓여 있었다. 노란색과 주황색이 곱게 뒤섞인 한련화를 중심으로 베고니아, 제라늄, 흰 장미, 붉은 장미 등 이름을 알 수도 없는 많은 꽃들이 바람결을 따라 조그맣게 흔들리는 촛불 너머로 더욱 싱싱하게 비쳐졌다.

그곳은 원래 성당과 나란히 단독주택이 한 채 서 있던 자리로 일 년쯤 전에 집을 헐고 나무와 잔디를 심어 작은 공원처럼 꾸며 놓은 곳이었다. 가끔 지나다 보면 성당에서 바자회를 열거나 혹은 미사가 끝난 성도들이 삼삼오오 모여 있곤 했다. 보름쯤 전에 그곳을 지나는데 자재가 여기저기 쌓여 있고 중장비가 동원되어 나무들을 다 파헤치느라 소리가 요란했다. 새로운 건물을 짓나 보다 짐작하면서 스쳐 지났을 뿐이었다. 하지만 예상과 달리 커다란 소나무들을 심고 한쪽 구석에 성모 마리아 상을 안치한 다음 마룻바닥을 조성하고 잔디를 심어 주변으로 작은 시내까지 만들어 놓고 있었다.

성모 마리아 반대편에 지붕을 머리에 인 작은 그네가 바람결을 따라 약간씩 흔들렸다. 나는 발걸음을 옮겨 그네에 앉았고 슬쩍 발을 밀어 천천히 그네를 타기 시작했다. 불빛으로 환히 빛나는 고요한 성모 마리아를 바라보며 깊은 생각에 잠겼다. '내가 아직껏 종교를 갖지 못하는 이유는 무엇일까?' 궁금증이 일었다. 한국처럼 기복적 성향이 강한 여러 다종교 상황의 나라에서 말이다.

사람들은 종종 나에게 묻곤 했다. "종교가 뭐예요?" 라고. 그러면 나는 "아직 종교가 없는데요." 라고 말했다. 그러면 그들은 "아하, 무신론자구나!" 하고 맞받았고 그럴 때마다 나는 "글쎄요, 무신론자라기보다는 조금 까탈스러운 유신론자랍니다." 라고 대꾸했다.

신성과 세속 사이에서 항상 양심을 따라 움직이는 침묵의 소리를 듣고자 원하는 나는 현자賢者와 우자愚者 사이에 서 있는 조금 덜 떨어진 지자知者일지도 모른다. 그렇다면 나는 과연 종교적 인간에 가까운가 아니면 철학적 인간에 더 가까운가를 또다시 가늠해 보았다. 지극히 합리적인 인간일수록 신의 세계에 가까이 다가서는 일은 어려운 일인지도 모른다. 합리성을 초월하는 은총의 세계야말로 곧 신앙의 세계라고 하지 않던가.

이런저런 우매한 사념에 휩싸이다가 배타성을 지닌 이기적 종교가 아니라면 믿음과 깨달음으로서의 모든 종교의 참 진리는 존중받아 마땅하다는 결론에 이르렀다. 거기에 더불어 관용과 조화를 지닌 종교라면 금상첨화가 아닐까 싶었다.

잠시 상념에 잠겼던 나는 그네를 내려와 아까 그 여인이 서 있던 곳으로 가서 고개를 숙인 채 두 손을 마주했다. '지순하고 순결하신 성모 마리아여, 아까 그 여인의 모든 소망을 당신께서 이루게 하여 주시옵고 그 여인의 앞모습 또한 당신처럼 고결한 모습으로 나날이 빛나도록 정신과 육체를 맑게 정화하여 주시옵소서. 세상의 모든 외로운 자가 그대의 품 안에서 안식을 얻는 것과 같이 그 여인의 마음속에도 사랑과 평화, 따뜻함이 넘쳐 누군가에게 더 큰 온정을 베풀게 하소서. 그녀를 아는 모든 이에게도 오늘 밤 축복을 내리소서.'

천천히 밤길을 걷노라니 불현듯 이 세상 어딘가에 '나의 뒷모습'을 기억하는 누군가가 있기나 할까 싶었다. 또 다른 나의 자화상, 그것은 진실을 말하는 최고의 앞모습일지도 모른다. 나는 지금 나의 뒷모습에 무엇을 새겨 넣고 있는가.

마음의 경계를 허물고

밤새도록 어둠을 질러가는 드센 바람 소리가 머리맡을 뒤척이게 만든다. 이엉 사이에 몸을 말고 숨어 있는 늦가을 굼벵이처럼 이불 속에서 눈을 떴다 감았다 하기를 몇 차례나 반복한 끝에 겨우 고개를 내민다. 호된 몸살을 앓고 나니 이제야 조금 살맛이 난다. 어슬한 새벽빛이 동창에 어리고 살며시 일어나 두꺼운 겉옷을 걸치고 문을 밀고 나간다.

빗물을 흠뻑 빨아들인 검은 텃밭은 온통 붉고 노란 잎들로 뒤덮여 지난 밤 추상화 한 판을 제대로 새겨 놓았다. 푸른빛이 뚜렷한 '주목' 몇 그루가 아직도 매서운 바람 속에 등줄기를 휘고 서 있다. 살아 천 년, 죽어 천 년, 썩어 천 년, 도합 삼천 년의 수명을 이어간다는 주목의 꿋꿋함이 눈길을 오래 붙잡는다. 찬바람에 정신이 번쩍 든다.

문을 닫고 들어와 가만히 이불 속에 누워 다시 아침이 되기를 기다린다. 느닷없이 불어닥친 초겨울 찬바람이 아직도 제 속을 다 게워내진 못한 모양이다. 무언가 간간이 뒤끝을 내보이는 소리가 창밖에서 여전히 들려온다. 눈을 감고 있으려니 줄기를 모두 드러낸 마당의 앙상한 나무들 사이로 새파란 주목들이 떠오른다. 가을 색을 자랑하던 갖가지 잎들이 거의 떨어져 누운 지난밤, 별스러운 그 푸닥거리 소란 중에도 그토록 청정함이라니.

생명력과 끈기로 치자면 나무 중에 으뜸으로 내세워지는 것들 가운데 하나가 바로 주목이다. 사시사철 푸르기도 하거니와 척박한 공간에서 흙만 있으면 살아남기로는 단연 돋보이는 수종이다. 가을이면 묵은 줄기 끝에 콩알만 한 붉은 열매들을 꽃처럼 매달고 서 있다. 언제나 변함없이 싱싱한 모습을 하고서 날이면 날마다 마당 가장자리를 차지하고 서 있는 나무. 그런데 왜 하필 찬바람이 깊숙한 이 아침에 머릿속을 헤집고 떠오르는지 알 수 없는 일이다. 그 곁에 헐벗은 나무들이 스산해 보이기 때문일까.

'유독 두드러진다는 것도 그다지 좋은 일은 아니지……' 싶은 생각이 문득 스쳐 지난다. 어딘가 물들이지 못하고 특별한 경계에 서 있다는 것은 그만큼 위험을 내보이는 가장 손쉬운 일인지도 모른다. '별쭝맞은 것이 때로 된서리를 만나는 법이니 가끔은 마음의 모서리를 깎아 두어야 하지 않을까……' 임자를 제대로 만나야 정신을 차린다는 속담이나 모난 것이 정을 맞는다는 속담도 어찌 보면 지나친 자기만의 선을 누그려야 한다는 의미를 내포하고 있는지도 모른다.

종종 날 선 마음 하나가 사람을 판단하는 기준을 흐려 놓기도 한다. 뜬금없는 일로 속이 부대낄 때면 내 속의 나를 달래는 방편으로 지나가는 것들은 언젠가 아름다울 수 있다는 흔한 구실을 위안 삼아 스스로를 달래 본다. 그렇게 가만가만 속을 어르지 않으면 내 속의 어린 내가 철딱서니 없게도 불쑥 화를 내고 튕겨 나와 금방 변죽을 울려댈지도 모르는 일이니 말이다. 이 나이에 따지고 보면 제 얼굴 붉히는 일처럼 보기 흉한 일도 없다.

판단과 식견이 짧으면 종종 일을 망치는 지름길을 우선으로 골라잡아 나아가기 마련이다. 우격다짐으로 제 생각만 앞세워 줄을 긋고 발을 뻗대다 보면 때로 분란을 자초하고 만다. 분별없이 자존심만 강해서는 상대를 휘어잡기가 곤란한 것이다. 그것이 가끔 젊은 날의 삶을 실수로 얼룩지게 만들어 놓기도 하기 때문이다. 계획을 세워도 계획대로 되지 않는 것이 어쩌다 일을 잘 구르게 만드는 새로운 구실을 만들어 주기도 하지만.

그러니 사람 사이에 이거다 저거다 분명한 경계로 선을 확실히 긋는 것은 서로를 위해 결코 이롭지 않다. 그것은 지난 경험의 산물이기도 하거니와 아픈 몸을 추스르고서야 거친 바람 속에서도 의연한 주목을 떠올리며 깨닫는 일이다. 때로는 색을 조금 바래어 뚜렷한 선을 없애 보는 것도 해롭지는 않다. 그렇다고 해서 자신의 본모습을 온전히 잃는 것은 아니니 그저 유연해져야 하지 않을까.

마찬가지로 굳이 사람에 대해 인간됨이 좋고 나쁨을 가르는 것도 실은 부질없는 짓이나 다름없다. 누가 누구를 평가하는 일은 언제나 옳은 것도 아니며 그것이 절대적인 것도 아닌 까닭이다. 더구나 편을 갈라 이편이다 저편이다 자리매김을 하는 것도 옹졸하고 볼썽사나워서 우습기조차 하다. 그러니 긴장이 풀려 된통 앓고 난 새벽에 싱싱한 나무들이 '색이란 있고도 없고 없고도 있는 것이니 다만 본디 제 색을 잃지 않으면 된다.'고 일러주는 듯하다.

바람 부는 이 아침, 어둑한 방안에 가만히 누워 바람 소리 벗 삼아 제 속을 채우듯 자신을 조용히 타이른다. 그저 누구에게나 담담한 마음의 눈을 지녀야 한다고 작은 다짐을 두면서. 그것이 사람에 대한 좋고 싫은 마음의 경계를 허물고 좀 더 인간적으로 성숙한 관계를 맺는 방법은 아닌가 하여.

떳떳한 손

언젠가 유명한 발레리나 강수진의 발을 찍은 사진을 본 일이 있다. 발가락이 꺾이는 마디마다 붙어 있던 굳은살은 커다란 충격이 아닐 수 없었다. 마치 팽이버섯의 갓머리를 잘라내어 발가락 곁에 하나하나 얹어 놓은 것 같았다. 그 단단하게 뭉친 공이들은 과연 여성의 발인가 의심스러울 만치 험악했다. 가히 세계적인 명성을 유지하는 프로의 세계는 어떠한지 그 치열함을 말없이 담고 있었다. 한참을 보고 있자니 오랜 세월 얼마나 많은 아픔을 차곡차곡 견디어 냈을지 감동으로 다가왔다.

얼마 전 나의 손위 시아주버님께서 우리 집에 오셨을 때, 자신의 두 손을 보면서 눈머리 젖어들던 일이 있었다. 그 모습을 생각하니 지금도 마음이 짠해서 이 또한 잊히질 않는다. 그의 손마디도 거칠기 짝이 없었기 때문이다. 병으로 시난고난 하시던 아버님을 여의고 한 집안의 책임자가 된 시아주버님. 동해안 어촌 마을에서 홀로 된 어머님과 8형제나 되는 집안의 가장 역할을 하게 되었으니 그 고생을 어찌 말로 다 할 수가 있었겠는가.

동생들은 어리고 집안 형편도 어려웠으니 사는 게 몹시 고되었다. 결혼 이후에는 동이 트기도 전 바다로 나가 펄떡이는 생선들을 잡아 올렸다. 20대 중반부터 사시사철 바다와의 싸움은 한순간 죽을 고비조차 넘기게 했다.

칠흑 같은 어둠을 뚫고 칼바람이 내피까지 휘몰아치는 차가운 겨울 날. 땅에 발을 붙이기조차 힘든 그런 날씨 속에도 그는 여전히 선상에 자신의 삶을 올려놓고 있었다. 폭풍과 거센 파도가 휘몰아치던 바다 위에서 그 많은 세월동안 무슨 생각들을 품고 있었을까. 집에 남은 부모 형제들의 얼굴만이 그의 마음속을 온통 무겁게 짓눌렀을지도 모른다. 혹은 어린 아들의 고운 숨결이 불현듯 살아나 당장 그물을 팽개치고 따뜻한 아랫목을 향하여 간절히 내달리고 싶었을지도.

반짝이는 별들과 고요한 수면 위에서 바라보는 끝없는 지평선의 아득함. 낭만을 부르짖는 감수성의 잔물결들이 그의 가슴속엔들 왜 스치지 않았겠는가. 심해의 어딘가 닻을 내리고 마음껏 뻗어난 하늘을 향하여 젊음의 한때를 보란 듯 질주하고픈 욕망도 꿈틀댔을 테고 자신의 어깨를 짓누르는 책임감을 벗어던지고 홀연히 객지로 떠나 자유로운 생활을 꿈꾸기도 했을 것이다. 생각이 여기까지 미치면 먹먹한 기분을 지울 길이 없다.

그러나 그는 결코 그렇게 하지 않았다. 자신의 마음속을 분주히 오가는 온갖 상념들을 떨쳐버리고 우직하게 삶을 헌신했다. 그러는 사이 억센 바람이 불고 꽃은 피어나고, 동생들도 하나둘 결혼하고 해마다 계절이 바뀌는 동안 그의 손은 거칠어져 가기만 했다. 닻줄과 그물에 쓸리고 소금기와 해풍에 절어 날 생선을 걷어 올리던 손가락 마디들은 옹이처럼 굵어지고 마디의 주름살들조차 깎여 나가 매끄럽게 변하고 말았다. 관절이 꺾이는 마디마다 피부 자체가 닳아서 허연 살빛을 드러낸 채 검게 그을린 손 등의 피부와 대조를 이루었다. 누가 보아도 험한 일을 한 손이란 것을 단박에 알 수 있다.

종종 온전한 몸을 지니고도 뚜렷하게 하는 일 없이 빈둥거리면서 이리 저리 핑계를 대는 이들이 있다. 처자식을 먹여 살리는 일에 도통 책임을 보이지 않거나 주변 친지들에게 빌붙어 손을 내미는 것도 부끄러워하지 않는다. 대개 그러한 사람들은 쓸데없는 일에 정력을 낭비하거나 삼팔광땡에 희색이 만연해서 귀한 시간을 밤낮으로 탕진해 버리기 일쑤다. 그러니 혹여 이들이 아무리 좋은 보석으로 손가락을 치장하고 매끄러운 손을 지닌다고 해도 부러워할 이유가 없다. 이것이야말로 얼마나 볼품없고 비루하기 짝이 없는 인생인가.

거기에 비하면 내 시아주버님의 거친 손은 장하고 떳떳한 손임을 생각지 않을 수 없다. 주어진 삶을 묵묵히 살아가면서 자신의 책임을 회피하거나 일신의 편안함을 구하지 않았던 정직한 손이기 때문이다. 모양이 아무리 험하다 하여도 세상 그 어떤 손보다 인생의 고귀함을 담고 있는 귀한 손이다. 동생들이 다 가정을 이루고 자식들도 장성하여 제 몫을 하고도 성채 같은 새집을 지었으니, 한 집안을 일으켜 세운 대들보 같은 손이다. 고맙기 그지없는 떳떳한 손이다.

언젠가 기회가 된다면 시아주버님의 그 굵고 투박한 손을 사진으로 찍어 액자에 담아 보관하고 싶다. 그리하여 내 인생이 제대로 굴러가지 않거나 잠시 어느 곳에서 삐걱일 때, 혹은 무디어져 가는 일상의 고마움을 잊고 불만을 느낄 때, 액자 너머로 바라다 뵈는 그 투박한 손을 보면서 내 삶의 느슨한 어느 한순간들을 점검해 보고 싶다. 그때마다 자신의 삶을 치열하게 살아가는 한 인간의 위대성에 대해 더 깊은 감동을 되새겨 보고 싶다.

넝쿨장미

해마다 초여름이면 어딘가에서 꼭 눈에 띄는 넝쿨장미. 하나둘 피어나기 시작하면 그 아름다움에 반해 일순간 혹하기 마련이다. 사람마다 개인차가 있어서 받는 느낌도 제각각 다양하다. 꽃봉오리일 때의 모습을 좋아하는 사람, 반쯤 필까 말까 할 때의 다소곳함을 즐기는 사람, '드디어 피었구나.' 싶을 때의 화사함을 사랑하는 사람, 가지가 휘늘어질 정도로 만개된 모습을 찬탄하는 사람까지 천차만별이다. 아마 똑같은 사물에 대해 느끼는 저마다의 색다른 감정은 비 오는 날 지면에 떨어지는 빗방울의 수만큼이나 많을지도 모른다.

꽃송이가 필 듯 말 듯 적색을 품고 조용히 맺혀 있을 때면 애잔한 그리움이 밀려온다. 그러다 어느 날 불쑥 하나쯤 탁! 얼굴을 내밀면 갑자기 반가움이 솟아 눈을 반짝 뜨고 유심히 보게 된다. 녹색의 이파리들 사이로 드문드문 적당히 활짝 피어 있을 때는 유혹적인 아름다움에 반해 나도 모르게 넋을 놓게 된다. 줄기마다 송이송이 핏빛으로 달아올라 시들기 직전의 모습을 유감없이 쏟아낼 때면 그야말로 장관이다. 왠지 서럽기조차 해서 어딘가 웅숭그리고 앉아 폭폭 울고 싶은 것이다. 그럴 때마다 나는 조선 숙종 때 김수장의 시조 하나가 머릿속을 기어 다니는 것처럼 가물가물 떠오른다.

> 갓나희들이 여러 층이오레
> 송골매도 같고 줄에 앉은 제비도 같고
> 백화원리에 두루미도 같고 녹수파란에
> 비오리도 같고 땅에 퍽 앉은 솔개도 같고
> 썩은 등걸에 부엉이도 같데
> 그래도 다 각각 님의 사랑이니
> 개일색皆─色인가 하노라

하지만 나는 왜, 그 절정에 이른 만개의 모습을 여러 날 보고 있자면 금방 식상해지곤 하는 것일까. 제 무게를 못 이겨 가지가 축축 처질만큼 새빨갛게 피어 있을 때의 모습은 마치 말 많은 수다쟁이들이 모여 남의 눈치 보지 않고 마구잡이로 떠벌리는 것만 같다. 와글와글한 장터 한복판에 서 있는 그런 번잡스러운 기분이 들곤 한다. 피어나느라 사력을 다한 넝쿨장미에게는 미안한 일이지만. 꽃이란 것도 듬성듬성 피어 휘우듬히 고적하게 흔들릴 때라야 무덤덤한 사람의 마음까지 적시며 저다운 맛이 풍겨나는 게 아닐까.

이렇듯 어여쁜 넝쿨장미 하나를 보면서도 시시각각 달라지는 꽃의 형태에 따라 미묘한 심상의 차이를 발견하게 된다. 이것도 참 별나다면 별나서 따지고 보면 유별나기까지 하다. 하기야 파고들기로 치자면 어느 누군들 저마다의 까탈스러운 구석이 없지 않으랴. 단지 그것을 표면상 어디까지 나타내느냐의 차이일 뿐이다.

아름다움에 대한 기준은 모호해서 대체로 취향에 따라 미묘한 차이로 정의되곤 한다. 자세히 봐야 예쁘다는 말처럼 기울이는 관심의 정도와 기분에 따라 특이한 분별심이 나타날 수도 있다. 시시각각 변하는 저 넝쿨장미를 바라볼 때와도 같이. 다만 필 대로 다 피어 시끌벅적 왁자한 분위기를 풍기는 넝쿨장미를 보면 노자의 도덕경에 나오는 한 마디가 떠오르기도 한다. '천하사람 모두가 아름다운 것을 아름답다고 하지만 그것은 흉함이 있다는 것을 뜻하며'라는 구절이 그것이다.

꽃의 아름다움을 알 듯한 나이가 되었다는 건 조금쯤 슬픈 일이기도 하다. 그것은 인생의 중반을 넘어섰다는 말과 다름 아니다. 젊고 발랄할 때에는 젊음에 취해 꽃이란 것도 금방 눈에 들어오지 않을 때가 많다. 누군가는 만발한 넝쿨장미를 보면서 불타는 정열을 운운하기도 하지만 나는 그와는 정반대다. 시간이 흐를수록 막힘없는 수다쟁이들이 떠오르곤 하니까. 어쨌거나 그런 기분이 들 때마다 내 스스로 혼자만의 다짐을 새겨두곤 한다. 때때로 솟아오르는 말을 내 입 안에 가두어 두는 것도 기품 있게 살아가는 한 가지 방법은 아닌가 하고 말이다.

아웃사이더

8차선과 인접한 한길 구석에서 잡곡을 파는 중년 여인이 있다. 평범한 얼굴에 허름한 차림새로 늘 있는 둥 마는 둥 해서 눈에 잘 띄지도 않는다. 행주치마를 겸하여 납작한 쑥색 전대를 허리에 둘러메고 앉아 작은 그릇에 이런저런 곡식들을 담아 판다. 한쪽 옆으로 조그만 콩나물시루와 두부도 보인다. 종종 그 앞을 지나다 보면 비들비들 말라 그리 실하지도 못한 잔챙이 더덕을 까느라 골몰해서 고개가 반쯤 꺾여 있기 일쑤다. 한 뼘도 안 되는 소쿠리에 담긴 하얀 더덕을 보면 그래서 조금은 슬픈 냄새가 맴도는 듯하다. 때때로 그것이 도라지로 바뀔 때도 있다. 발치에 널린 껍질들 너머로 추위를 달래주는 건 고작해야 둘러쳐진 종이박스 몇 개와 비닐뿐이다. 아주 가끔 술에 절은 사내 하나가 멍하니 풀린 붉은 눈을 하고 꿔다 놓은 보릿자루처럼 얹혀 있다.

언제부터 그곳에 자리를 잡았는지 알 수는 없다. 다만 불현듯 시야에 들어와 팥이나 서리태, 보리쌀, 찹쌀 등속을 사 주다 보니 서로가 별말 없이 눈인사를 나누곤 한 것이 8~9년 정도이다. 하루 일을 끝내고 주변 가게들이 슬슬 문을 닫을 무렵까지 그러고 앉아 있으니 오죽 고단할까 싶다. 딸린 애들은 또 어떡하나 싶기도 하고. 별나지 않고서야 사는 건 다 마찬가지니 그 형편을 미루어 짐작할 뿐, 일부러 팔아주기가 절반이다.

찬바람이 쌀쌀하던 어느 해 가을밤에 못 볼 꼴을 보고 말았다. 우연히 그 앞을 지나는데 낯익은 사내가 우당탕 그릇들을 집어던지고 난동을 피워댔다. 흩어진 수수며 조 따위가 어둑한 불빛에 드러나서 무심한 인파의 무게에 짓눌렸다. 여인을 향해 쏟아지는 사내의 육두문자와 우악스러운 발길질. 나는 얼른 그 자리를 피해 못 본 척 다른 길로 돌아갔다. 그것이 최소한의 예의가 아닐까 하여. '쯧쯧, 남편이란 사람이 조금만 도와주면 수월할 텐데, 대체 왜 저러나. 못난이 같으니라고.' 그 후로 여인은 사라지고 없다. 그 자리에는 낯선 철제 포장마차가 떡하니 들어서 있을 뿐.

두어 달 지나 큰길 건너편 시장에서 볼일을 마치고 집으로 가다 무심히 고개를 돌리는데 그녀가 시장 끄트머리에 있는 게 아닌가. 그것도 연립주택과 전봇대 사이 지극히 비좁은 공간에. 빛바랜 파라솔 하나를 달랑 천장으로 삼고 비닐을 둘러친 속에 여전히 그 모습 그대로 들어앉아 있다. 여인과 나는 또 일 년여를 오가며 예전 그대로 별말 없이 지냈다. 비가 오거나 눈이 오거나 바람이 불어도. 하지만 날씨가 아무리 화창해도 일요일에는 그 여인을 절대로 볼 수가 없다.

겨울 추위가 얼마나 드센지 크리스마스를 지나 반갑잖은 감기가 찾아왔다. 연말이라 이래저래 바빠서 피곤했던지 몸이 신호를 보내는 모양이었다. 며칠을 견디며 지내다 할 수 없이 병원을 거쳐 지름길을 통과하는데 이번에는 그 여인이 한적한 주택가 입구에 앉아 있다. 무슨 이유인지 시장

끄트머리에서도 조금 더 밀려나 있었다. 그냥 지나치다 발길을 돌려 두부 한 모를 사려는데 무턱대고 세 모를 사고 만다. 참 알 수 없는 노릇이다. 계산을 끝내고 돌아서려는데 "잠깐만요." 하면서 불러 세운다. 의아한 눈길로 바라보니 두부 한 모를 따로 싸서 내민다. "제 선물이에요. 마음의 선물." 거듭 사양을 해도 부득불 내미니 거절하는 것도 어째 이쪽 도리는 아닌 듯싶다. 얼결에 받으면서 보니 두부를 받쳐 든 손이 거칠게 투박해서 거뭇거뭇 새까맣다. 나는 어쩐지 미안한 마음에 내 손을 감추다시피 하고 고맙게 잘 먹겠다는 말을 전한다.

집에 와서 두부를 어떻게 처리할까 생각하다 겸사겸사 작정하고 휴일에 만두를 만들었다. 그런데 식탁에서 가족들이 맛있게 먹을 때마다 새록새록 여인이 건네준 선물이 머릿속을 떠다닌다. 마치 몸속 어딘가 한 군데가 맺힌 것처럼, 짠한 무엇이 이상하게 돌아다니며 마음을 편치 못하게 만든다.

아마 그로부터 보름을 훌쩍 지나 여기저기 불빛들이 밝게 켜진 저녁 무렵이었다. 여인이 있는 근처를 지나다 슬쩍 보니 고등학생이나 새내기 대학생 정도로 보이는 앳된 청년이 무릎 위에 사각 쟁반을 올려놓고 뚝배기를 들여다보며 혼자 열심히 식사 중이다. 옆으로 쭈그려 앉은 그 여인은 가까이 다가가도 누가 지나가는지 의식도 못한 채 연신 청년의 뒷머리를 쓰다듬으며 등을 다독거린다. 새끼를 지닌 어미만이 지닐 수 있는 순한 눈빛. 나도 모르게 마음이 일렁거린다.

가던 걸음을 재촉하다 문득 만두집 앞에서 멈추어 선다. 그리고 김이 펑펑 나는 만두와 찐빵 2인분을 사다가 슬며시 내미니 화들짝 놀란 여인이 이내 환하게 웃는다. 나도 덩달아 웃음이 가득 번진다. 음력 동지섣달인데도 어쩐지 마음은 한없이 따뜻하고 후련하다. 어둑한 길을 걸어가자니 어린 시절 어머니를 따라 시장에 갈 때마다 무심히 던지곤 하던 말씀이 불쑥 떠오른다.

"애야. 이다음에 커서 장에 가거든, 한데 나앉은 사람들 물건부터 사주도록 애써라."

이깟 추위가 무슨 대수라고

기세등등하다. 바깥 창문 구석에 조그만 얼음꽃이 피었다. 바람을 동반한 겨울 추위는 체감온도를 실제 기온 그 이상으로 끌어올린다. 아침 뉴스를 보니 모두들 중무장한 채 출근길을 바삐 서두르고 있다. 아무리 서슬 퍼런 맹추위라도 살아가는 발길을 멈출 수는 없다. 그러니 뛰든가 걷든가 종종걸음을 치든가 택해야 한다.

몰려드는 찬바람에 볼이 얼얼할 지경이지만 긴장감이 살아나서 좋다. 오리털 점퍼에 모자, 목도리, 장갑까지 시베리아 벌판을 지나는 순례자처럼 중무장을 하고 나왔어도 정신이 번쩍 든다. 나도 모르게 발걸음이 점점 빨라진다. 모처럼 온몸이 활기로 가득차서 근육과 세포들이 제대로 작동하고 있는 느낌이다. 심장박동이 평소보다 빠르게 뛰고 있음이 확실하게 전달된다. 느슨한 풀어짐보다 살아 있는 감이 확연해서 오히려 기분까지 맑아진다.

초등학교 담을 따라 긴 모퉁이를 막 도는 찰나 '어?' 하는 생각에 갑자기 발걸음이 늦춰진다. 한 남자가 골목을 서성이며 책을 읽느라 골몰해 있다. 목장갑을 낀 손에 책장 한쪽을 말아 쥐고 글자에 코를 박고 있지 않은가. 천천히 지나며 보니 깨알 같은 글자들이 지면을 가득 채우고 있다. 분명 잡지도 아니고 소설류를 읽고 있는 듯하다. '박진감 넘치는 무협인가? 아니면 역사물?' 이 추위에 저리 골몰해 있는 것을 보면 상당한 재미에 빠져 있음이 분명해 보인다. 조신한 발걸음으로 그 옆을 스쳐 지난다. 혹시 제목이라도 볼 수 있을까 하고 슬며시 고개를 틀어 몸을 조금 낮춰 보아도 무슨 책인지 알 수가 없다.

색 바랜 점퍼에 오래된 군화, 무릎이 튀어나온 낡은 솜바지. 먼지가 낀 듯 손질도 안 된 머리칼이며 제법 두툼한 책갈피까지 무심한 척 샅샅이 훑어보아도 도무지 어울리지 않는 조합이다. 골목 중간쯤에서 무언가 철골 구조물을 자르는 소리가 날카롭게 들려온다. 방풍막을 둘러치고 한창 집을 지어 올리고 있는 연립주택이다. 안에서는 벽을 울리며 쾅쾅거리는 망치 소리가 들려온다. 거기 어디쯤에 어울릴 것 같은 차림새의 남자다. 몸으로 일하는 사람들 틈에 끼어 보란 듯이 혼자 책을 들여다보기는 난감했는지도 모를 일이다. '공사장 십장인가?' 투박한 몸매며 제법 거칠어 뵈는 주름들까지 사십 대 중반은 지났음 직하다. 골목을 관통해 들어오는 바람이 내 머리칼을 훑고 지나간다. 다시금 걸음이 빨라진다.

이 추위에도 우체국 안에는 사람들로 붐비고 있다. 연말이 가까워지고 있으니 각종 우편물과 택배를 포장하는 사람들로 분주하게 돌아간다. 앉아서 기다리는 사람들은 따분한 표정이 역력하다. 꽤나 지루한 시간을 보내고서야 들고 온 서류 봉투들을 다 부치고 돌아선다. 문을 밀고 나오니 볼을 스치는 찬바람이 더욱 싸늘하게 다가온다.

사거리를 지나 건널목을 건넌다. 사람마다 두툼한 차림새가 불어닥친 한파를 대변하는 중이다. 추위 탓인지 거리를 오가는 인파가 평소보다 헐거워 보인다. 상가 옆길에서 누군가 담배를 피우고 있다. 클린트 이스트우드마냥 제법 그럴듯하다. 편의점 앞을 지나 전봇대를 돌고 아까 그 골목길로 접어든다.

저 앞 중간쯤에 누군가 고개만 삐죽이 빠져나와 있다. 망치 소리는 여전히 들려오는 중이다. '아직도?' 그는 지금도 책을 읽고 있는 중이다. 아까와는 달리 사람들이 지나다니는 큰 골목을 벗어나 있을 뿐이다. 건축자재가 어수선하게 쌓여 있는 연립주택 공사장 바로 옆 작은 골목에 몸을 부리고 앉아 독서 삼매경이다.

혹여 방해라도 될 새라 이번에도 발소리를 죽이고 스치듯 가만히 지나친다. 그의 발치 앞에는 시꺼멓게 그을린 철제통이 여러 개 쌓여 있다. 음식점에 납품되는 커다란 식용유 통들이다. 모른 척 지나치며 보니 그 안에 허옇게 타다 만 갈탄들이 수북이 들어 있다. 인부들이 추위를 견디려고 피우던 간이난로다. '열기가 조금 남아 있는 걸까?' 알 수 없이 번지는 이 미안함은 대체 뭘까 싶다. 투박함을 내비치는 보잘것없는 한 사람이 지금 한껏 존재감을 드러내고 있지 않은가. '이깟 추위가 무슨 대수라고.' 온몸으로 항거하듯이.

이상스레 바짝 긴장감이 몰려든다. 어쩌면 당혹감인지도 모른다. 남루한 일상이 몸에 밴 사람이라고 해서 정신마저 보잘것없다고 누가 감히 말할 수 있겠는가. 주변 상황과 전혀 조화를 이루지 않는 이 풍경을 두고 그저 흔히 보는 예삿일이라고 아무렇지도 않게 지나칠 수는 없는 노릇이다. 식자가 아니어도 그토록 무감각할 수 없는 내 자신이 갑자기 무게를 잃은 것처럼 기우뚱하게 다가든다. 자신의 순결한 정신을 고양하고 있는 사람에게서 허름한 삶의 자세 따위를 논하는 것은 차마 부끄러운 짓이다.

조심스레 그곳을 지나치자니 어딘가 내 삶의 지형도에 알 수 없는 자각이 꿈틀대는 것을 느낀다. 내 안에 살펴야 할 그 무엇들이 잠자고 있는 것은 아닌가 하고, 아마도 세차게 흔들어 깨워야 할 때인가 보다. 불현듯 마주친 낯선 사람 하나가 어둠을 밝히는 가로등처럼 한겨울 추위 속에서 신선한 물음들을 던져주고 있다. 몇 번을 뒤돌아보아도 거기 그 자리에 환한 그 무엇이 있다.

빗소리

    결혼 뒤 3년이 조금 지나 28평 신축 아파트를 샀다. 이삿짐이 집 안에 들여지고 한 달쯤 지나가니 제법 자리가 잡힌 듯했다. 어느 날 아침 출근을 하려고 맨 아래층까지 내려와 보니 밖에는 제법 굵은 비가 쏟아지고 있었다. 깜짝 놀라 다시 우산을 가지러 갔다. 어린 아들과 함께 집 안에 계시던 시어머님도 역시 비가 오는 걸 전혀 모르고 계셨다.

    전철을 타고 출근하면서 사람들이 우산을 들고 있는 모습을 보다가 곰곰이 생각에 잠겼다. 어릴 때부터 줄곧 단독주택에만 살다가 결혼 후 처음으로 아파트 중층에 살게 되니 제일 아쉬운 것이 무얼까 짚어 보았다. 그동안 빗소리를 들을 수 없었다는 것이 처음으로 느껴졌다. 그것이 하나의 시발점이었을까. 시간이 흐르면서 점차 아파트 생활이 단조롭고 어딘가 막힌 것처럼 답답하게 다가오기 시작했다. 아침마다 베란다 창문을 열고 밖을 내다보는 것이 습관으로 굳어져 갔다.

    가끔 잠자리에 누워 새벽녘까지 도통 잠이 오지 않을 때가 있었다. 그런

밤이면 아파트에서 산다는 것이 더욱 견디기가 힘들었다. 수많은 사람들이 모여 사는 공간임에도 불구하고 알 수 없는 정적, 일종의 공동화 현상空洞化 現狀 같은 느낌도 낯설었고 때로는 멀리서 들리는 문 닫는 소리, 물 내리는 소리, 복도에서 누군가 신발 끄는 소리 같은 것들이 불쾌하게 다가왔다. 2년 가까운 시간이 흘러가도 정이 들지 않고 도무지 집이 집 같지가 않아서 애착이 생기지 않았다. 양도세를 면하려면 취득한 지 최소 3년은 지나야 하니 당장 팔 수도 없었다.

2년 3개월쯤 지나 천천히 팔아 보자는 생각으로 중개소에 집을 내놓았다. 1년 가까이 이런저런 사람들은 드나들어도 막상 사겠다는 사람이 없었다. 아파트를 소유한 지 3년이 지나도 감감무소식이었다. 이래서는 도무지 팔리지 않겠다 싶어 어느 휴일 거실에 도배를 했다. 본래 옅은 베이지 빛에서 유백색으로 바꾸고 나니 산뜻했다.

도배가 끝나고 일주일 지난 수말에 중개소에서 40대 중반으로 보이는 남자 손님을 데려왔다. 거실을 한 바퀴 돌고 방 3개를 휘휘 둘러보더니 5분도 안되어 당장 계약서를 쓰자고 하니 속으로는 좀 어리둥절했다. 어느 집이나 집주인은 따로 있다더니 꼭 맞는 말이었다. 계약은 일사천리로 진행되었다. 하루 빨리 아파트를 벗어나고픈 욕심에 아무런 대책도 없이 한 달만에 집을 비워주기로 했다. 처음으로 내 집을 덜컥 팔았으니 새집을 장만하려면 두세 달은 여유를 두고 계약을 해야 한다는 것을 그땐 미처 깨닫지 못했다. 그날부터 새집을 사기 위해 이른 아침부터 밤까지 발이 부르트도록 집을 보러 다녔다. 한겨울에 그것도 보름 가까이 거의 90채가 넘는 집들을 순회한 끝에 마침내 매매계약서에 도장을 찍었다. 2월 말 간간이 눈발이 날리던 날, 서울대입구역 근처로 이사를 했다. 넓은 정원이 딸린 단독주택에 짐을 풀었다.

3월 중순을 지난 어느 새벽이었다. 잠결에 들으니 무언가 창문에 툭툭 부딪는 약한 소리가 들렸다. '이게 무슨 소리지?' 하고 잠이 번쩍 깨어 귀를 기울이는데 조금 있다가 갑자기 세찬 빗줄기 소리가 들려왔다. 그 소리가 어찌나 반가운지 살며시 일어나 창문을 열어 보았다. 현관 바닥에 내리쏟는 빗소리! 나는 가만히 베개를 들고 와서 창문 가까이 누워 이불을 덮고 굴 안에 몸을 숨긴 산토끼마냥 귀를 쫑긋 세웠다. 굵은 봄비 소리가 가뭄 든 논바닥 적시듯 가슴속까지 시원하게 적셔왔다. 흘러간 날들의 기억이 먼 안개 속을 헤치고 떠오르듯 아슴하게 피어났다.

봄빛이 일렁거리는 이때쯤 뒤꼍에 마른 줄기를 뻗고 있던 내 어린 날의 포도나무. 언제 뿌려 두었던지 앞마당 담장 아래 한 뼘쯤 올라온 꽃모종들을 하나하나 옮겨 심던 할머니의 야윈 등. 아주 가끔 다락 한구석에 모셔둔 남폿불을 들고나와 등피를 곱게 닦던 어머니의 옆모습. 제삿날 아침이면 작은 손칼로 향나무의 몸피를 얇고 길게 깎아 저녁에 쓸 향불을 미리 준비하던 아버지의 엄숙하고 진지한 얼굴. 외지에서 근무하다 제사에 참석하려고 오후 늦게 도착하던 막내 삼촌의 시원한 웃음과 듬직한 어깨. 큰언니가 장래 남편감을 집에 데려와 가족들 앞에 선보이던 날의 붉게 상기된 얼굴. 부엌일을 돕던 복순이 언니의 짧은 단발머리…….

동이 트려면 아직 멀었건만 두어 시간이 지나도록 퍼붓는 빗소리. 그것은 기억 저편의 닫혀졌던 문들을 활짝 열게 만든 빗장이었던 셈이다. 평소에는 잘 떠오르지 않던 작고 섬세한 기억들이 오랜만에 반딧불을 깜박이며 살아나듯 하나하나 밀려들었다. 거침없는 자연의 소리를 타고 깊숙이 묻혀 있던 어린 시절이 잠깐씩 고개를 내밀다 먼 유성처럼 사라지곤 했다. 내심 그리워한 탓이었을까. 나는 오직 빗소리에만 귀를 기울였다. 알 수 없이 고 즈넉한 이 작은 행복감에 취해서.

첫새벽 매미 소리

　　한창 꿈속을 헤매는데 갑자기 귓속을 찌르는 소리에 놀라 눈을 뜬다. 참매미 우는 소리. 대체 어디서 나는 소린가 싶어 밤새도록 열린 창문 너머로 온 신경을 집중해 본다. 틀림없이 양쪽 마당귀에 서 있는 우람한 향나무들 쪽에서 들려온다. 새벽 4시를 절반쯤 넘긴 시각이다. 눈을 감고 이리저리 뒤척이며 꿈의 말미를 더듬어 보아도 도무지 뒤숭숭하기만 할 뿐, 다시 잠이 들 것 같지는 않다. 자리를 털고 일어나 뜰에 나가 잠시 거닐어 본다.

　　밤비 지나고 나뭇가지 사이에 걸린 거미줄 위로 아침 이슬 영롱하다. 우둘투둘한 대문 기둥 안쪽에 탈피한 매미 껍질 하나가 붙어 있다. 흡사 얇은 비닐 모형처럼. 그걸 떼어 손바닥 위에서 자세히 살피는데 또다시 울리는 매미 소리 요란도 하다. 어두운 땅속에서 긴긴 세월 참을 인忍자 노 젓다 묵언수행 쟁여둔 바랑 내던지듯 허물 벗어두고 세상 구경 노래한다. 하늘빛에 반해 "치임~" 초성 놓고, 우렁각시 찾아 "밈밈밈밈 미임~" 중성 푼다. 연이어 마지막 힘을 밀어내기라도 하는 것처럼 "밈~" 통성 한다.

득음의 경지에 든 소리꾼마냥 목청 틔우는 소리가 미명을 뚫고 첫새벽을 알린다. 청음淸音으로 퍼져나가는 그 소리가 누군가의 단잠을 깨우는 자명종 노릇이나 하듯이 유장하게 흘러넘친다. 절절하기도 하고 애절하기도 해서 마치 내 몸 어딘가 켜켜이 쌓아둔 울음들 봇물 터지듯 낭자하다. 어디쯤에서 저리도 열성으로 울어대나 고개를 꺾고 향나무 속을 올려다보아도 아직 어슴푸레함이 남아 있는 속에선 통 보이질 않는다.

텃밭 언저리에 한동안 말뚝처럼 가만히 앉아 본다. 찬물같이 서늘한 새벽 기운이 두 팔을 휘감고 든다. 비 그친 여름 아침의 정갈하고 상쾌한 느낌이 온몸으로 시원하게 파고든다. 세상 만물이 온통 고요한데 어느 틈바구니에선가 울리는 풀벌레들의 합창 소리도 청량하게 들려온다. 그러고 보니 이 시간에 깨어 있는 것은 유독 참매미 한 마리와 나, 풀벌레들뿐인 것 같은 착각이 든다. 빗줄기에 씻긴 나뭇잎들도 생기로 차오른다.

묵은 속을 원 없이 퍼내기라도 하는 것처럼 명징하게 울어대던 매미. 갑자기 울음을 뚝 그친다. 그때 퍼뜩 '최선'이란 무엇일까 하는 생각이 스친다. 이루고자 하는 것들을 찾아 끊임없이 나아가던 때의 어떤 지나침도 늘 최선이었다. 부족한 것들을 뒤돌아보지 않았던 때의 오만한 선택도 나름의 최선이었는지 모른다. 미진한 것들에 대한 채움의 열망으로 발버둥을 치던 때의 고단함도 역시 최선이었을 것이다. 모두가 마치 먼 옛날의 일들처럼 다가와 수줍은 얼굴들을 펼쳐 놓는다.

기운차게 울어대던 매미 소리도 잠시 멈추고 풀벌레 소리 은은하다. 마음속 어딘가 박혀 있던 녹슨 돌쩌귀 같은 감정의 덩어리들을 실타래 풀 듯 풀어주는 것만 같다. 허술하기 짝이 없는 내 모습들을 마치 투명하게 걸러

주기라도 하려는 모양이다. 세월을 밟고 지나온 날들이 떠오른다. 어딘가 허전한 모습을 갖추고 조금은 숙연하게. 한때의 파노라마들을 내려다보기라도 하는 것 같다.

시간 속에 익어 온 무수한 의미들의 결집체. 그 안에 담겨진 크고 작은 무늬들을 헤아려 본다. 아직도 이르지 못한 미완의 길이 잡다한 실마리처럼 풀어져 있다. 그 끝을 하나씩 붙잡고 천천히 발걸음을 옮겨 놓는다. 머릿속에 고임돌처럼 남아 있던 침체된 기운들이 후드득 몸을 털고 멀리 달아난다.

차고 명징한 새벽 기운을 마주하고 서 보는 일은 언제나 이처럼 개운함으로 휩싸이게 된다. 어두운 것들을 훌훌 털고 새롭고 신선한 마음가짐을 안겨 준다. 폐부를 뚫고 활기찬 기운이 스며와 알 수 없는 생동감으로 온몸을 적시는 것처럼 밝고 신선하게 살아난다. 작은 희망과 하루를 살아낼 용기로 가라앉았던 심신을 충전시켜 준다.

또다시 "치임~" 울리기 시작하는 매미 소리. 이윽고 마당 한가운데로 화통하게 울려 퍼진다. 어디선가 드르륵 창문 열리는 소리. 귀 밝은 저 사람도 맑고 푸른 아침 기운을 생생하게 맞이하려나 보다. 잠기운이 남아 있던 나뭇잎들도 실눈을 뜨고 새날, 새 아침의 기지개를 켜려는지 가볍게 몸을 터는 소리 들려오는 듯하다. 새벽을 깨우는 청량한 매미 소리처럼 누군가의 마음속도 시원한 기운을 가득 퍼 올리게 되길 고대해 본다.

사람과 사람 사이에 흐르는 마음의 실핏줄이
얼마나 뜨겁고 섬세하게 퍼지는가

-「꽃샘추위」에서

2
—

지난밤의 화톳불

경전 經典 속을 헤매이다

　장맛비 버금가는 겨울비가 쏟아지고 나니 속이 후련하다.
2016년 한 해를 보내는 내 마음도 그에 못지않게 시원하다. 세상은 떠들썩
하건만 나름대로 숙원宿願에 근접했기 때문이다. 2015년 연말에 세운 나의
신년 목표는 '불교경전 10권 읽기'. 목표치를 초과하여 16권 읽기를 마쳤
으니 얼마나 다행인가.

　40대 조반에 조성래의 장편소설 『대장경』으로 불교문학을 처음 접했
다. 대구 팔공산 부인사를 중심으로 '팔만대장경조성사업'을 둘러싸고 중
심인물 최우와 수기가 벌이는 한 판 승부가 치열하게 펼쳐지는 작품이다.
'대장경조성'이란 대역사 앞에서 고려 백성들의 아픔과 한이 고스란히 느
껴지는 명작이다. 그 뒤 기타 단편소설들을 통해 불교의 희미한 자취를 더
듬긴 했어도 이렇다 하게 남는 작품은 없어서 '대체 불경의 내용들은 무엇
일까?' 늘 궁금하기만 했다.

　종교가 없는 나로선 그 뒤에도 오랫동안 주위에서 경전에 관한 이야기
를 할 때면 괜한 호기심이 발동하곤 했다. 초보자가 어떤 경전부터 읽어야
하는가 하고 직접 물어보면 모두들 한두 권 이름을 대다 막연하게 말끝을
흐릴 뿐이어서 의문만 높아질 뿐이었다. 공부에 왕도가 없으니 직접 부딪

히는 수밖에 별도리가 없겠다고 작정. 몇 날 며칠 검색을 하다가 2015년 말, 서점에서 『법구경』上과 『법구경』下를 구입해 드디어 신년 초부터 읽기에 들어갔다.

그러나 2권을 다 읽었을 때 고작 20%도 채 이해하지 못한 느낌이었다. 뒤이어 『관음경』을 읽었을 때도 30% 정도만 어렴풋이 이해되었다. 읽어나갈수록 생소한 불교 용어들에 발목을 잡혀 진의를 이해할 수 없으니 답답할 따름이었다. 궁리 끝에 『그림으로 보는 반야심경』을 먼저 훑어본 다음 『마하반야바라밀다심경』 즉, 『반야심경』을 읽어 보았다. 대승불교의 정수를 압축한 『반야심경』의 공사상空思想을 조금 이해하다 보니 답답증이 약간 해소되는 기분이 들었다.

그러다가 올 초여름, 우연찮게 조계사에 들러 난생처음 '부처님 오신 날' 행사를 보았다. 이리저리 경내를 거닐다 앞마당 정중앙에 마련된 가판대에서 수북이 쌓여 있는 각종 불교서적과 마주쳤다. 그 속에서 『금강반야바라밀경』을 한 권 샀다. 보통 『금강경』이라 일컬어지는 이 책을 서서히 읽다가 어느 날 문득 희미하게 눈이 떠지는 묘한 느낌을 받았다. 그때부터 비로소 속도가 붙기 시작하여 551쪽에 달하는 『금강경』을 두 번 독파했다. 아상, 인상, 중생상, 수자상을 탈피하여 아뇩다라삼막삼보리(가장 완벽한 깨달음)를 얻으라는 것이 『금강경』의 핵심 내용이었다.

이때부터 따로 수첩을 마련하여 낯선 불교 용어들을 검색하고 하나씩 해설을 기록해 나가기 시작했다. 이어서 문자로 표현된 깨달음의 세계를 대표하는 『벽암록』과 최고의 선어禪語만을 정선한 『불멸의 선어백선』을 읽자 경전에서 말하고자 하는 의미들이 하나둘 선명해지기 시작했다. 그리하여 불경시리즈를 인터넷으로 한꺼번에 주문해 가득 쌓아 두고 독서 삼매경에 진입했다.

　때마침 여름도 깊어 갈 무렵, 김선우의 장편소설 『발원』 1, 2권을 읽게 되었다. 애초부터 조계종 화쟁위원회와 불교신문의 적극적인 후원 아래 씌여진 이 기획소설은 원효와 요석의 사랑 이야기를 아름다운 문체로 담아내고 있었다. 이 작품은 드라마적 기법을 도입한 사랑 이야기를 표면에 내세우고 있었으나 실은 원효의 헌신적 수행을 통해 십우도+牛圖의 마지막 과정인 입전수수入廛垂手 즉, '저잣거리에 손을 드리우는 과정'을 심도 있게 보여주었다. 사바세계의 중생들을 향해 부처의 그늘을 드리우는 불교의 실천사상을 소설이라는 형식을 빌려 대중에게 널리 설파하고 있는 불교문학의 성공작이라고 할 수 있었다.

　『발원』에서 원효가 '금강삼매경론'을 설하는 장면이 워낙 압권인지라 앞서 『금강경』을 읽은 것이 많은 도움이 되었다. 곧바로 대승불교의 깊은 정신과 종교적 실천을 설함으로써 원융무애한 부처의 마음을 나타낸 『화엄경』을 읽었다. 또한 수행하여 깨닫는 법을 자세하게 나타냄으로써 대승의 극치를 설한 『능엄경』도 읽기를 마쳤다. 이어서 어리석은 중생을 위해 절묘한 방편과 비유의 극치를 나타냄으로써 일불승사상一佛乘思想을 담은 찬불문학 『묘법연화경』을 보았다. 이 『묘법연화경』은 흔히 『법화경』으로 널리 알려져 있으며 가장 마지막에 전승된 부처님 말씀을 옮겨 적은 경전이다.

　『묘법연화경』을 읽을 때쯤 해서는 경전 읽기가 한결 수월해지기 시작했다. 문수보살을 포함한 열두 보살이 부처님과의 문답을 통해 원각수행의 계점을 보이는 『원각경』, 누구나 부처님이 될 수 있는 씨앗으로서의 여래장사상을 설하는 『승만경』, 인생의 지침이 되는 교훈적 가르침을 나타낸 『아함경』1과『아함경』2를 차례로 읽어 나갔다. 최근에 마지막으로 읽은 것이 『유마경』으로 내가 읽은 위의 16권의 경전들 중에서 가장 쉽고 편하게 다가왔다. 그러니 처음에 제대로 이해하지 못한『법구경』上, 下와『관음경』을 다시 읽어 봐야겠다.

모르긴 하되 지금까지 읽은 불경의 핵심을 표현하자면 '공사상空思想, 마음, 지혜'가 아닌가 싶다. 이 세 가지 핵심 사상을 갖가지 비유와 대구로 이리저리 풀어내어 문자로 보여주고 있는 것이 불경임을 알게 되었다. 한마디로 압축하라면 '마음 다스리기'라고 해도 과히 틀리지는 않을 것 같다. 하지만 굳이 누군가 불경의 특징을 요약해보라고 한다면『유마경』에 나오는 유마대사의 한 구절 "법의 특징은 고요함에 있으니 욕망의 대상이 아니며, 상대에 의존하지 않으며, 문자로 그려낼 수 없으며, 모든 언어가 끊어진 것입니다. 설명할 수 없는 것이며 온갖 생각의 물결을 여읜 것입니다. 모든 것에 두루 찼으며 허공 같습니다. 색깔도 특별한 성질 형태도 없으며 모든 움직임을 떠나 있습니다." 라고 해야겠다.

일 년 동안 저녁마다 경전들을 안고 밤늦게까지 좌충우돌 씨름하다 보니 한 해가 훌쩍 지나고 있다. 찬찬히 돌이켜 보니 많은 경전들을 읽었으되 이해한 것은 없기도 하거니와 그렇다고 이해를 못한 것도 아니다. 또한 깨달음을 얻지는 못하였으나 그렇다고 깨닫지 못한 것도 아니다. 다만 경전은 머리로 이해하려고 해서 되는 것이 아니고 읽어 나가는 동안 자기 나름의 깨달음을 순간순간 얻는 것이 아닌가 한다. 마치 죽비로 한 차례 내려 맞듯이 무언가를 깨닫는 그 순간에 자신의 마음을 깨끗이 정화시키고 바른길을 걷고자 노력함으로써 참된 자성청정심을 찾아가는 것이라고 생각된다. 바르고 청정함이 없으니 그야말로 혼탁한 세상이 아니던가.

괭이밥나무 집 여자의 생각인 즉, 이러하리

윤대녕의 「상춘곡」을 읽고

윤대녕의 「상춘곡」은 7년 만에 만난 옛 연인에게 남자가 보내는 편지글 형식의 단편소설이다. 이 작품은 용기만 있고 책임은 없는, 무모한 첫사랑의 흔적을 문신처럼 간직한 청춘 남녀의 십년지사다. 그 과정을 하나의 담채화이거나 수채화, 혹은 시적 언어의 투명한 어조로 봄날의 애잔함을 담백하게 표현해 내고 있다. 미학적 언어가 문체의 특성인 작가의 개성이 잘 발현되고 있는 작품이라고 하겠다. 작품을 유심히 읽다가 특히 나의 시선이 멈춘 곳은 7년 만에 느닷없이 만난 두 주인공이 헤어지고 난 뒤에 홀로 남은 여자의 어두운 심리 상태였다. 즉, 상처로 얼룩진 채 '사람들 앞에 나타나느니 남에게 보이기 싫어 제 살을 뜯어 먹고 살 만한 지랄 같은 성격'의 여자 '란영'의 숨겨진 마음을 상상해 보는 일이었다. 만일 내가 이 소설을 썼다면 다음과 같이 처리하지 않았을까.

'이 놈의 봄바람은 맵차기도 하지. 적묵당寂黙堂을 단번에 뒤집어 흔들다니.' 방금 사라진 두 사람의 등 그림자가 아직도 가슴속에 뚜렷이 남아 있는 란영은 문가에 서서 짙은 어둠 속을 묵연히 내다봤다. 울음산 너머 억새밭의 갈피를 휘돌아 질러오는 바람은 암산과 숫산의 멧뿌리를 타고 내려와 산정호수

바닥을 깊숙이 긁어 대는 중이었다. 지금쯤 그 둘은 백운계곡의 앞머리를 돌아 나가고 있을 참이었다. '미욱한 사내 같으니! 어쩌자고 겉멋만 여전해서……. 십 년 정한이 붉어 터진 줄도 모르고 곧이곧대로, 눈 없는 여자 보듯 하다니.'

물가 주변에 늘어선 암적색의 소나무들은 선운사 석상암을 물밀듯 올라가던 때의 객기만큼이나 정정해서 검푸른 하늘가에 문실문실 먹 선처럼 뻗어 있었다. 란영은 그중에서도 유독 휘어진 가지를 호수에 담근 채 수면 위로 삐죽이 몸을 내민 청자빛 소나무들의 깊은 울음소리를 듣고 있었다. 그것은 아기 돌부처를 둘씩이나 떼어 보낸 여자의 처연한 밤 그림자가 수면 위를 흔들며 지나는 애끓는 소리였다. '…… 물빛을 너무 훔쳐본 게야…… 아니고서야 어찌, 산벚나무 아래 후박꽃 향기 염염히 퍼지는 공터를 비워 두고 물속까지 나아간담. 그러니 서리 나무가 가시 돋친 눈을 뜨고 때늦게 눈꽃을 틔우지.'

목울대를 타고 치밀어 오른 란영의 가짓빛 멍울들은 숲과 숲 사이로 부지런히 눈물을 퍼 날랐다. 덕분에 두 눈은 마치 눈병을 앓아 새빨개져 버린 듯했다. 숲과 계곡을 통과해 나뭇가지들을 훑고 지나는 바람의 자취는 그 멍울 빛을 어르고 달래느라 늦도록 아득하게 이어졌다. 괭이밥나무 아래 잔뜩 몸을 웅크린 란영은 밤새 그 바람 소리들이 다투어 이르는 길들을 따라 한정 없이 헤매었다.

어느새 산정 호수에 발끝을 적시던 암산과 숫산의 등 너머로 어슬어슬 아침빛이 스며왔다. 검은 녹빛으로 가라앉은 호수를 내려다보던 란영은 자리를 털고 일어나 울음산을 향해 무작정 질러가기 시작했다. 이른 봄 산의 첫새벽 기운은 서늘해서 끓는 속을 씻김 하듯 정갈한 맛이 났다.

"사랑 사랑 사랑이 뭐다길래 잠들기 전에는 못 잊겠네
잊으랴고 잊자허여 벽을 안고 누워를 보니
그 벽이 점점 변하여서 님에 얼굴이 되는 거나 혜"

느닷없이 란영의 입에서 육자배기 한 가락이 울음산 자락을 타고 돌기 시작했다. 심금을 쥐어짜는 진양조 가락은 억새밭 마른 갈퍼 사이를 누비고 골짜기를 매만지며 가다가다 퍼져 나갔다. 그 아찔하고 까마득한 소리가 눈먼 꽃들의 몽우리를 톡톡 쳐 나가자 하나둘씩 피어나기 시작했다.

새벽이슬에 젖은 란영의 발길은 무작정 닿는 대로 이어지다 마침내 느려지기 시작했다. 바위산 마루턱에 앉아 억새의 스산한 부대낌을 온 마음으로 주워 담고 나자 비로소 지난밤의 화톳불이 서서히 잦아들었다. 무우귀영無雩歸詠 평온한 마음이었다. 그제야 봄꽃이 열리는 순한 소리들을 가만 가만 듣고 있던 란영의 눈앞에 벚꽃 흐드러진 만세루의 조각조각 잇대고 기운 성치 않은 모습이 장엄하게 떠올랐다. '내 마음을 내 마음대로 못하는 것이 중생이고, 내 마음을 내 마음대로 하는 것이 부처라.' 란영은 저도 모르게 두 손을 모아 합장했다. 인간이 아름다운 건 온기를 품고 있기 때문이고 꽃이 아름다운 건 한 시절이 다 가고 있기 때문이었다. 더구나 봄꽃이 유독 아름다운 건 그 청신한 푸른 빛을 속 깊게 숨겨 두고 있기 때문이기도 했다.

'푸른 연둣빛! 고것이야말로 참으로 징한 것이지.'

윤대녕의 「상춘곡」을 읽으며 어딘가 미진하게 느껴졌던 부분들을 내 나름대로 창작해서 덧대보자니 옛 기억들이 새롭기만 하다. 벚꽃 분분이 날리는 봄날에 청춘 남녀의 상열지사가 내 지난날들도 아름다웠음을 다시금 뒤돌아보게 만든다. 눈을 감고 가만히 누워 그녀의 발길을 따라 억새 자락을 훑다 보면, 혼자서 울음산을 헤매는 란영의 모습을 상상하는 것은 얼마나 깊고도 애잔한 심상을 불러일으키는가.

아직도 삭여지지 않는 열정을 가슴에 품은 채 차갑게 정제되어 가는 젊은 여인 하나가 이른 새벽의 봄 산을 투둑투둑 깨워나가는 서글픈 정경을 떠올려 보라. 더구나 한스러운 육자배기 가락을 새벽 첫 산의 미명 속에 검푸른 산야로 이 골짝 저 골짝 퍼 내리고 있는 정취 어린 모습을. 울음산 마루에서 토해내는 란영의 그 같은 눈물이 산정호수 깊은 바닥으로 흘러들어 물빛을 거르고 때때로 그녀가 고적한 모습으로 물가 주변을 서성이는 모습을……. 명주실 같던 음성이 짚신짝으로 변한 연고가 이렇듯 한스럽게 뿜어내는 육자배기의 정한에 있지 않겠는가. 깊게 미루어 이런 생각들을 펼치다 보면 더욱더 애절한 사랑의 아픔과 고독한 심연을 실감 나게 체험해 주도록 할 것이다. 이것이야말로 뛰어난 문학의 힘이며 문학을 대하는 우리들의 눈과 마음을 예리하게 다듬어 주는 것이라 아니할 수 없다.

그럼에도 불구하고, 란영의 속마음을 짚어보게 만드는 것은 「상춘곡」이 지니고 있는 약점 때문이 아니었을까 한다. 부드럽고 순한 시적 이미지가 윤대녕이 작가로서 이룩한 우수한 특성이라고는 하나, 읽는 내내 어쩐지 이야기의 발단과 전개만 있을 뿐 그 절정을 보여주지 못하고 있기 때문이지 싶다. 바꾸어 말하면 심각한 내용을 그다지 심각하지 않게 느끼도록 만든다는 것이다. 그것은 작가 자신이 여성적 시각을 갖고 있기 때문이기도 하지만 남녀 주인공의 역동적인 움직임이 한 발 더 나아가지 못하고 있음에 기인하는 것은 아닌가 생각된다. 부연하자면 무모한 첫사랑의 허허로운 뒷 감정을 농밀하게 한 발 더 짚어 나가지 못했음을 일컫는 말이다. 물론 이것이 단편소설의 한계이기는 하나 결정적으로 이야기의 응집력을 떨어뜨려 독자에게 '청춘 소설' 혹은 '어린 소설'로 기억하게 만드는 것이다. 물론 나와 같이 감정의 포화 상태가 한 발 더 나아가지 않았음이 「상춘곡」이 보여주는 맑고 투명한 이미지의 유지 비결이라면 그것이야말로 이 영리한 작가의 뛰어난 감수성이라 하겠지만.

독친毒親과 득친得親

백은영의 『독(毒)이 되는 부모,
득(得)이 되는 부모』를 읽고

자녀 교육을 대표하던 맹모삼천지교孟母三遷之教란 말은 어느
사이 우리 곁에서 희미해지고 있다. 십여 년 전에는 '헬리콥터 맘'이나 '헬
리콥터 파파'란 단어가 유행하기도 했다. 세상이 복잡해질수록 세분화의
경향은 뚜렷해져서 최근에는 엄마들을 부르는 호칭마저 새롭게 바뀌고 있
다. 분류하기 좋아하는 사람들은 유형별로 나누어 스칸디 맘, 타이거 맘, 잔
디 깎기 맘, 빗자루 맘, 드론 맘 등으로 구분한다.

헬리콥터 맘은 성장한 자녀의 주변을 떠나지 못하고 항상 주변을 빙빙
도는 엄마를 가리킨다. 거센 치맛바람에서 비유된 이 말은 한동안 엄마들
의 뜨거운 교육열을 상징으로 나타내는 단어이기도 했다. 아이들이 대학에
들어가거나 사회생활을 하게 되어도 자녀 주위를 맴돌며 자녀들의 일이라
면 무엇이든지 발 벗고 나서서 과잉보호하는 엄마들을 지칭한다. 헬리콥터
파파도 이와 마찬가지여서 지금도 우리 주변에 흔히 볼 수 있다.

스칸디 맘이란 북유럽의 스칸디나비아식 교육법으로 자녀와의 정서적

교감을 넓히고 소통을 중시하며 합리적 교육을 선호하는 젊은 엄마 층을 일컫는다. 특히 아빠(스칸디 대디)와 함께 많은 시간을 보내며 자란 아이들은 위기에 대처하는 능력이 발달한다고 알려져 있다. 또한 성장하면서 행동장애 및 비행행동이 많이 감소하는 것으로 나타난다.

타이거 맘은 호랑이처럼 엄격하게 훈육하고 간섭하면서 자녀를 혹독하게 교육하는 엄마를 부르는 말이다. 자녀들이 어떤 목표를 성공적으로 달성할 수 있도록 강요하는 식이다. 실패를 용서치 않으며 자녀를 지나치게 억압한다. 따라서 특별한 독창성을 기대하기가 어려우므로 비판의 목소리가 높은 교육법이다.

잔디 깎기 맘이란 자식 앞에 나타나는 장애물을 깨끗이 제거해주는 엄마다. 자식의 앞길에 뭔가 방해물이 있다 싶으면 마치 잔디 깎는 기계처럼 미리미리 없애 버린다. 걸림돌이 될 만한 것은 무엇이든 열성적으로 나서서 말끔히 정리해 버리는 것이다.

빗자루 맘은 최소한의 간섭만 하는 엄마를 가리킨다. 자녀 스스로 자신의 진로와 학습을 탐색하는 가운데 약간의 장애물만 치워 도움을 주는 식이다. 마치 빗자루로 지저분한 곳만 일부 쓸어내듯이 학습 방해물을 걷어내기만 한다. 자녀들의 자기 주도 학습을 방해하지 않으므로 능동적인 자녀교육 방식이다.

드론 맘은 가장 최근에 나타난 신조어로 스마트폰 같은 모바일로 자녀의 일거수일투족을 지배한다. 무선으로 움직이는 드론처럼 직접 얼굴을 보며 잔소리하기보다 문자메시지나 SNS등을 통해 아이를 감시하고 조종하는 식이다.

이런 분류에 속하는 엄마들은 비단 엄마뿐만 아니라 아빠까지도 통칭

해서 부모를 유형별로 나타내고 있다. 다만 자녀를 보살피는 비율이 엄마 쪽에 좀 더 치중되어 있다 보니 부르기 쉽게 '맘'이란 단어를 일괄적으로 사용하고 있을 뿐이다.

위와 같은 여섯 가지 형태의 부모를 묶어 다시 독친毒親과 득친得親으로 구분하고 있다. 독친은 자식의 앞날에 독이 되는 부모를 말함이고 득친은 무언가 득이 되는 부모를 이르는 말이다. 헬리콥터 맘, 타이거 맘, 잔디 깎기 맘, 드론 맘은 독친에 해당한다고 하며 스칸디 맘이나 빗자루 맘은 비교적 득친에 해당한다고 주장한다. 그러면서 "독친은 나쁜 엄마가 아니라 득친이 되어가는 과정 속에 있는 엄마다. 득친은 우리가 최종적으로 도달하고자 하는 엄마의 모습이다. 우리는 독친과 득친의 모습을 모두 가지고 있다. 다만 득친의 모습으로 더 많은 시간을 보냈으면 하는 바람을 가질 뿐이다."라고 이 책을 쓴 저자 백은영은 의미심장한 말을 전해주고 있다.

자녀를 사랑하고 양육하는 방식이야 부모마다 다르겠지만 어쩐지 성공만을 추구하는 세태의 반영이 갈수록 심화되어 가는 것은 아닌가 싶어 씁쓸한 느낌이 든다. 예로부터 우리의 가정교육을 대표하는 말은 엄부자모嚴父慈母로 엄한 아버지와 자애로운 어머니를 이상으로 꼽아왔다. 하지만 이 말도 근래 들어 점차 귀해지고 있으며 인성人性이나 품성品性이란 말도 듣기가 수월찮아지고 있다. 요즘 젊은 부모들은 친구처럼 다정다감한 부모를 대세로 내세우기도 해서 시대에 따라 변화의 양상이 조금씩 달라지기도 한다.

자식이 하나밖에 없는 나로서는 아들을 귀애하는 마음이야 남다르지 않을 수 없다. 그러나 대학에 들어간 이후로 별다른 간섭이나 참견을 하지 않으려고 애써 왔다. 대학을 졸업한 이후로도 자신의 하는 일을 지켜볼 뿐으로 부모로서 가장 기본적인 일 즉, 먹고 자는 일만 해결해 주고 있다. 나머지 모든 경제적인 활동은 본인 뜻에 따라 스스로 잘 해결하고 있다. 매사에 독립적 성향을 지닐 수 있기를 바라는 마음에서 나는 그저 약간의 코치만 해 주는 정도이다. 거의 야생성 강한 자유방임형에 가까워서 어찌 보면 방목이랄 수도 있다.

그럼에도 불구하고 거의 웬만한 일은 부모에 대한 의존감 없이 독자적으로 처리한다. 모든 선택과 결정, 나타난 결과까지도 본인 주도하에 이끌어가고 있다. 추진력이 강하고 책임감이 확실하며 매사를 철저하게 잘 처리해 주고 있는 아들에게 내심 감사한 마음이 클 뿐이다. 시대 조류에 따라 최근 분류해 놓은 엄마들의 유형을 보면서 자식에 대한 나의 이런 방목적인 태도는 과연 독친일까 득친일까 잠시 헤아려 보는 중이다.

참고문헌: 백은영 지음, 『독이 되는 부모 득이 되는 부모』(2015), 좋은책만들기.

팀 버튼과 상상력의 세계

현존하는 예술인들 가운데 '꿈의 문턱을 넘나드는 상상력의 종결자' 혹은 '쿨 고딕Cool-Gothic 스타일의 창시자'라고 한다면 아마도 미국의 뛰어난 영화감독 '팀 버튼'을 지칭하는 말일 것이다. 대중들은 그에게 '버튼양식Burtonesque'이라는 합성어를 신조어로 만들어 붙여주었다. 어둡고 침울하면서 유머 있고 지적이며 쿨(Cool)하면서도 음산한 그의 감각을 통틀어 일컫는 말이다. 그는 영화감독일 뿐만 아니라 제작자, 예술가, 사진가, 작가, 콜렉터 등 다양한 수식어들만큼이나 다방면에서 두각을 나타내고 있다.

그는 1985년 미국 캘리포니아에서 태어났다. 학교에서 늘 왕따를 당했으므로 애드거 앨런 포의 소설이나 1950년대 공포영화들을 도피처로 삼아 혼자서 그림을 그리는 일에 온통 파묻혀 지냈다. 그런가 하면 공동묘지 등을 찾아다니며 공상 속의 인물들과 오싹한 놀이를 즐기고 항상 외톨이가 되었다. 17살 때 애니메이터가 되기로 결심하고 디즈니사가 설립한 칼아츠(캘리포니아 예술학교)에 들어가 2년간 애니메이션을 전공한 뒤 디즈니 스튜디오에 들어갔다. 그 후 베니스 국제영화제 평생공로상과 프랑스 예술훈장 등을 수상했다.

팀 버튼의 작품은 크게 3시기로 나누고 있다. 제1시기는 '버뱅크 시기'로 고향인 캘리포니아 버뱅크에서 상상력을 키웠던 초기 영화 및 드로잉 제작 시기다. 제2시기는 '성숙기'로 칼아츠 2년과 디즈니 스튜디오 4년을 통한 작품 제작 시기다. 마지막 '전성기'는 의상디자인, 특수효과, 인형 제작, 캐릭터 창조 등의 분야에서 이른바 '팀 버튼 사단'이라 불리는 전문 협업 팀과 작업하며 세계적 영화감독으로 그 명성과 위치를 확고히 다진 시기이다.

1980년대와 1990년대를 풍미한 그의 영화들 중에는 〈배트맨〉, 〈가위손〉, 〈크리스마스의 악몽〉 등이 있고 2000년대에는 〈빅피쉬〉, 〈찰리와 초콜릿 공장〉, 〈이상한 나라의 앨리스〉가 있다. 또한 2012년에는 〈프랑켄위니〉를 제작하여 스톱-모션 애니메이션 분야의 최고봉임을 과시했다. 그의 작품들은 대부분 악몽과 환상, 기괴함과 우울함, 독창성과 창의력을 집중적으로 보여준다. 조니 뎁이 주연한 영화 〈가위손〉을 봤다면 창호지처럼 얇은 얼음조각들이 공중에서 눈꽃처럼 휘날리는 아름다운 장면을 잊을 수가 없을 것이다. 이러한 그의 이력들을 바탕으로 4월 중순 화창한 휴일에 서울시립미술관 서소문 본관으로 〈팀 버튼 展〉을 보러 갔다.

아시아 최초로 개최된 그의 전시회는 보는 내내 많은 생각들을 불러일으켰다. 우선 예술가 한 명이 그의 단독 작품으로 서울시립미술관 전체를 다 차지할 수 있다는 것이 놀랍기만 했다. 왜냐하면 대개의 전시회는 흔히 작품 수가 미비해서 기대치를 밑돌기 마련이거나 완성도 높은 몇몇 작품을 등에 업고 겨우 들러리처럼 끼어 있는 많은 수의 B급 작품들이 실망을 더해주는 경우가 드물지 않기 때문이다. 그러나 860여 점에 달하는 팀 버튼의 작품들은 그의 끊임없는 창작력과 호기심의 세계를 대변하고도 남았다.

우선 그가 창조해 낸 캐릭터들의 가장 큰 특징은 필요 이상으로 강조된 원형의 눈이 아닌가 싶었다. 초점 없이 크고 둥근 눈들은 보는 이로 하여금 막연한 우울과 슬픔, 불안정한 상실의 감정을 불러일으켰다. 언뜻 보거나 유심히 보거나 간에 현대인들의 고립된 내면을 응시하고 반추하는 듯 의기소침해 보였다. 더구나 미묘한 선의 움직임이나 섬세하고 세밀한 묘사는 거의 동일해 보이는 캐릭터들의 지루함을 상쇄해서 무언가 한마디쯤 말을 걸어 보고픈 충동을 슬며시 일으켰다. 또한 특이하고 독창적인 형태들의 무한 변신과 아기자기함은 주체할 수 없는 예술가의 '타고난 재능'을 유감없이 보여주고 있었다. 눈을 뗄 수 없는 창작과 상상력의 세계가 얼마나 재미있고 무궁무진할 수 있는가를 실감케 했다.

"예술이란 주관적이고 개인적이다. 재미난 건 모든 사람이 똑같은 걸 봐도 달리 생각하고 달리 받아들이는 것이다. 어떤 이들은 예술성 자체에 무게를 두는 반면 다른 이들은 별로 그렇지 않다. 예술의 위대함이란 똑같은 것도 다르게 보고 다르게 생각하는 것이다." 라는 팀 버튼의 말은 그의 작품 세계를 관통하는 '상상력'을 가장 함축적으로 표현한 것임을 알 수 있었다. 각종 스케치와 비공개 드로잉, 페인팅, 사진과 필름, 영화에 쓰인 소품들과 의상, 퍼펫인형들도 다양한 시각 산업의 창조성을 자극하는 실마리들을 제공해 주었다.

그러나 사람들의 눈길을 사로잡고 볼거리 많은 이 전시회를 둘러보는 내내 가장 크게 머릿속을 채우는 생각은 정작 따로 있었다. 흔히 음식점에서 집어 드는 작은 종이 냅킨 위에 그려진 수십 점의 일사불란한 소품들을 마주하노라니 차오르는 생각들. 그것은 어느 날 머릿속에 떠오른 하나의 단서를 찾아 끊임없이 헤집고 나아간 그의 집요함을 물씬 풍겼다. 남다른 상상력의 바탕에는 '아, 바로 저런 것이로구나.' 하는 끄덕여짐이 절로 일었다. 손바닥보다 훨씬 더 작은 스케치 한 장(그러니까 초등학생들이나 쓸 법한 스프링 달린 조그만 수첩 위에 그려진 너무도 간단하고 보잘것없는 연필 선)이 주는 신선함. 그저 쓰레기통에 처박혀 구겨져 있기에 충분한 종이 냅킨 위의 도안 하나까지도 소홀함 없이 전시되어 있음을 볼 때 상상력을 촉발시키는 별것 아닌 단서에 대한 작가의 집착이 오늘날 그를 수식하는 명성의 기초가 되었음을 단적으로 보여 주었다. 모든 전시품의 85%가 팀 버튼 개인의 소장품이고 나머지는 디즈니사나 FOX, 워너브라더스와 개인 콜렉션 중에서 대여한 작품들이라지 않는가.

지극히 사소한 것들조차 보관, 정리하고 그것들을 작품으로 제시하는 그 치밀함은 놀랍기도 하거니와 무섭기까지 했다. 하긴 바로 그 점이 겨우 230년 역사의 미국을 지탱하는 근본적인 힘이라고 해야 할까. 전시된 작품들을 세세히 들여다보자니 4,300년 역사를 자랑하는 한국의 현실은 야속해서 어딘가 미안함이 밀려들지 않을 수가 없었다. 어느 방면에서나 귀중한 자료들을 소중히 보관해야 함을 새삼 깨닫게 된다.

영원한 인간

　　시원한 봄비다. 세찬 빗줄기가 겨우내 꼼짝없이 묵은 속을 단박에 씻겨준다. 발등을 적시는 그 빗속을 아랑곳하지 않고 서초동 예술의 전당 한가람미술관으로 향한다. 〈대영박물관-영원한 인산 展〉을 보기 위하여. 우면산 자락에 봄물 오르는 소리가 갓난아기 젖살 오르듯 부드럽고 경쾌한 리듬으로 차창을 두드린다.

　　전시실 안에는 세계 최대 문명사 박물관인 대영박물관의 보물 중 미공개 유물 및 조각, 회화 작품 176점이 뛰어난 위용을 자랑하고 있는 중이다. 8천 년 전 신석기 시대의 해골부터 이집트와 그리스, 로마 유물들을 비롯하여 라파엘로, 피카소, 마티스 등 20세기 거장들의 드로잉, 판화까지 뛰어난 작품들을 고루 아우르고 있다. 대개 시대상을 반영한 복합적인 상징과 여러 가지 의미심장한 은유로 가득한 작품들이 많지만, 해학과 풍자가 담긴 작품들도 종종 있다.

　　헤르메스의 청동상이나 앗시리아 제국을 중흥시킨 아슈르나시르팔 대

제 상, 마르쿠스 아우렐리우스 황제의 두상이나 하드리아누스 황제의 얼굴을 새긴 주화, 렘브란트의 자화상을 비롯하여 노인의 묘지 위를 장식하던 얼굴 부조 파편도 있다. 또한 아프리카 지역의 고대 주술상 등 신석기 시대의 갖가지 두상들까지 진귀한 예술품들이 즐비하다. 한 시대를 풍미했던 권력자들의 두상이 많은 것을 보면 자신의 권위나 위세를 드러내기 위한 수단으로서의 두상제작은 특히나 중요한 일이었던 모양이다.

예나 지금이나 시각예술의 중요 관심사는 인간이 지닌 여러 모습들을 아름답게 표출하는 것이다. 그러나 인간의 신체를 가지고 빚어낸 갖가지 예측불허의 조합들을 다양하게 보여주는 이 전시회는 얼굴로 보는 역사적 문명의 대서사시가 아닐 수 없다. 상상을 초월하는 예술가들의 주도면밀함과 그들의 신념, 특유의 예리함이 자못 경이롭게 펼쳐지는 시대의 파노라마다.

대륙과 시간을 넘어서서 역사를 이끌었던 뛰어난 인물들의 많은 얼굴을 쭉 살펴가다 보니 한쪽 구석에 눈길을 끄는 독특한 초상화가 보인다. 까무잡잡한 피부에 약간 사시인 듯 찌그러진 두 눈, 움푹한 볼 위로 드러난 광대뼈, 얼룩덜룩한 미세한 반점들까지 매우 사실적인 인물화다. 서양인들의 크고 거대한 입체적 두상들 사이에서 다소 초라해 보이는 전통복장의 한국인 인물화 한 폭. 조선시대 유학자 채제공(蔡濟恭, 1720~1799)의 초상화다. 오래 묵은 색감과 작은 족자형의 이 초상화는 어딘가 꼬장꼬장해서 만만찮은 노인네의 심사까지를 유감없이 담아내고 있는 것 같은 표정이 단번에 시선을 사로잡는다. 마치 근거리에서 실물과 마주대하고 있는 느낌마저 든다.

그는 정조 때 영의정까지 지낸 남인 출신 유학자로 정조의 극진한 총

애를 받았던 인물이다. 그를 유독 아끼던 정조는 당시 궁정 최고의 초상화가로 이름을 날리던 이명기로 하여금 퇴임한 채제공의 초상화를 그리도록 하였다. 이때 제작된 초상화는 두 개로 하나는 아들에게 주었으나 그 아들이 먼저 세상을 떠났다는 가슴 아픈 사연이 채제공의 친필로 그림 왼편에 기록되어 있다.

"기유년(1789) 정조께서 명하여 내 초상화를 그리도록 하였다. 이 여분의 작품을 아들 홍근으로 하여 보존케 하여 자자손손 전하려 했으나 내 아들이 나보다 먼저 저세상으로 가고 말았다. 슬프도다. 이명기의 그림에 몇 자 적고 있노라니 두 눈에서 눈물이 마르지 않는구나. 번옹 73세 자필"

초연하고 담담하면서도 어딘가 내면의 소리가 깃든 것만 같은 노인의 얼굴. 삶의 노정이 깊게 배인 것처럼 정면을 응시하고 있는 의연한 모습은 왠지 보는 이로 하여금 옷깃을 바로잡아야 될 것처럼 조심스러움을 자아낸다. 고위직을 두루 거쳐 우의정과 영의정까지 지내고 퇴임한 노 재상의 얼굴을 한동안 바라보자니 문득 '시종일관始終一貫'이라는 단어가 머릿속에 차오른다.

어느 쪽으로 방향을 설정하느냐에 따라 충분히 긍정과 부정으로 함의될 수 있는 말, '시종일관'의 사전적 의미는 '일 따위를 처음부터 끝까지 한결같이 함'이란 뜻이다. '한결같이' 역시 '처음부터 끝까지 변함없이 꼭 같이'란 뜻이다. 또 '변함없이'는 '달라지지 않고 항상 같이'란 의미이고 보면 여간한 심지心志가 아니고서야 평생을 그리 보내기란 어려운 일이지 않았겠는가.

하물며 그것이 발전적이고 긍정적인 것임에야 더욱 바람직했을 만한 일이다. 어느 시대나 상황에 따라 모습을 달리하는 카멜레온 같은 인간들이 하고많은 세상 아니던가. 짐작건대 채제공에 대한 정조대왕의 눈여겨 보심과 사랑하심도 그 변함없음에 대해 그처럼 애틋하셨던 건 아니었을까 싶다. 한 폭의 인물화로 남은 채제공의 초상화에서 역사에 길이 남은 영원한 인간의 변함없는 발자취와 한 생애를 새삼 실감하게 된다. 자신이 살아낸 삶의 발자취가 고스란히 서려 있는 얼굴을 보며 감탄하지 않을 수 없다.

그렇다면 지금껏 나의 시종일관은 무엇이었던가. 자잘한 무늬들을 이루며 살아온 지난날들이 주마등처럼 스쳐 지난다. 무언가 순조롭지 않을 때조차 내 의지와 생각대로 살려고 했던 그것들도 일종의 시종일관이었을까. 아니면 한낱 고집으로 점철된 장삼이사의 삶에 지나지 않았던 것일까. 노년기가 되었을 때 굳이 내 초상화를 하나 남긴다면 과연 어떤 모습을 하고 있을까 잠시 진지해지지 않을 수 없다.

격조 있게 살아가기

품위(品位)라는 말이 있다. 이때 쓰인 '물건 품品'자는 입 구口가 셋이나 되니 '여러 사람'이 본뜻인데 물건이나 종류, 등급을 뜻하기도 한다. 본래 입 구口자는 그릇 모양을 나타내는 것이다. 이것이 세 개 모인 물건 품品자는 그릇 모양의 물건이 여러 개 있다는 뜻으로 갑골문자 시대부터 지금까지 사용되고 있다. 약 3,400년이란 세월을 그 자형字形이 변하지 않고 있는 셈으로 '여럿이 이야기하면 최고의 물건을 얻을 수 있다.'는 의미를 내포하고 있다.

헌데 이 글자를 유심히 바라보고 있자니 그 뜻과는 다르게 재미있다는 생각이 든다. 하나의 입이 두 개의 입을 내리누르고 있는 형상이 아닌가. 그렇게 생각하니 어쩐지 위에 있는 입은 다소 위압감이 든다. 똑같은 크기의 입인데도 말이다. 마치 기가 세거나 폭력적인 느낌마저 묻어난다. 하여 문득, 군림君臨이라는 낱말까지 생각나게 만든다. 나아가 연산군, 광해군까지 점차 확대되어 생각이 꼬리에 꼬리를 물고 늘어진다.

중국 당나라 말기에 유명했던 풍도(馮道, 882~954)라는 재상이 있다. 그는 군벌정권이 혼란에 달했던 5호16국 시대에 다섯 왕조(후당, 후진, 요, 후한, 후주) 53년에 걸쳐서 11명의 천자를 섬기며 30년 동안 고관을 지냈고 재상만도 20년을 지냈다. 난세에 처하여 민중생활의 어려움을 잘 보살폈으므로 관후한 어른으로 칭송받았다. 그러나 왕조가 바뀔 때마다 새로운 왕조를 적극적으로 옹호하는 현실정치를 펼쳐 지조가 없는 파렴치한 정치가로 맹비난을 받기도 하였다.

그는 자신이 쓴 『장락로자서長樂老自敍』에서 '난 황제를 섬긴 것이 아니라 나라를 섬겼다.'라고 하였으니 그 뜻이야 해석하기 나름이요, 능란함이 묻어난다 하겠다. 또한 그는 「설시舌詩」라는 유명한 작품을 남기기도 하였다. 그 내용인 즉, 혀를 칼에 비유하여 '입은 재앙을 불러들이는 문이요(口是禍之門-구시화지문), 혀는 몸을 베는 칼이다(舌是斬身刀-설시참신도). 입을 닫고 혀를 깊이 감추면(閉口深藏舌-폐구심장설), 가는 곳마다 몸이 편안하다(安身處處牢-안신처처뢰).'고 하였다. 새겨 볼수록, 곱씹어 볼수록, 말조심에 대한 깊은 맛이 우러나는 구절이라 하겠다.

말쟁이들이 아무 생각 없이 던지는 말뭉치 하나가 누군가의 뒷덜미를 잡는 것이 어제 오늘의 일은 아니다. 팔짱을 끼고 담장 위에 걸터앉아 땅을 내려다보면 그럭저럭 땅 모양은 보일지 몰라도 개미들을 발견하기가 어려워진다. 땅 위에 발을 딛고 쪼그려 앉은 다음에야 비로소 개미들의 움직임이 보인다. 자세를 낮추어 오랫동안 보고 있으면 미세하지만 활발한 움직임이 느껴진다. 그들은 질기고 질긴 잔디의 뿌리를 잘게 끊어 가며 복잡 미묘하고 거대한 개미집을 만들기도 한다. 무심코 그 개미집을 발로 툭툭 건드려 보라. 순간적으로 작고 작은 개미들이 쏟아져 나온다. 말풍선이란 것도 실은 이와 같아서 작은 말실수 하나가 이리저리 부풀려져 걷잡을 수 없는 사태를 부르기도 한다.

글자 하나를 놓고 이런저런 비약을 하다가 생각이 여기까지 이르니, 새삼 살아가는 데 있어 처신의 중요함이 어떠해야 할지 또다시 깊은 상념에 잠기게 된다. 굳이 사람의 품격을 나누어 말한다면 몇 가지 등급으로 나눌 수 있을지 의문이다. 기준이야 어찌 되었건 스스로 체면을 유지하려면 중간쯤이라도 들어야 하지 않을까 싶다. 그 이상을 넘어가면 천만다행이고 만일 하급이면 수신修身에 힘써야 부끄러움을 면할 노릇이다.

사람들이 많이 모이는 곳에는 어디나 상하좌우, 위계질서라는 것이 있다. 조용히 관찰하다 보면 그 안에는 작은 규칙과 무언의 약속 같은 것들도 숨어 있기 마련이다. 적어도 그것들을 받아들이고 어느 정도 몸에 익힌 후에 다음 행동을 취해야 큰 무리가 생기지 않는다. 기본을 갖추지 않으면 범절이 없어 보이고 도가 지나치면 안하무인이 되어 볼썽사나워진다. 겸손은 자기의 위치나 인격이 낮아지는 것이 아니라 스스로의 격을 높이기 위한 가장 보기 좋은 도구인 것이다.

'여럿이 모여 이야기하면 그중 최고의 등급을 받을 수 있는 사람'이 되는 것은 여간해서 쉬운 일이 아니다. 스스로의 품위를 높이는 것은 하루하루를 차곡차곡 쌓아가는 긴 과정이 튼실해야 이루어지는 때문이다. 정신세계를 제대로 담금질 하지 않으면 나이 들어서도 흔들림 없는 마음의 평화와 안정을 찾기란 쉽지 않다. 그러니 격조 있게 살아가기란 참으로 어려운 일이어서 아무나 할 수 있는 일은 아닌 성싶다.

처음으로 조국을 생각하다

내가 현충원을 처음 찾은 것은 중학교 3학년 때였다. 여름 방학 숙제로 국립묘지 주변의 풀뽑기 봉사활동이 의무적으로 주어졌기 때문이었다. 그때 나는 도봉구 끝에 살았으므로 현충원까지는 상당히 먼 거리였다. 방학이 막바지에 이를 무렵, 친구 3명과 함께 버스를 타고 물어물어 현충원으로 왔다. 그날은 유난히도 햇볕이 쨍쨍해서 눈을 들기조차 힘들었다. 이미 다른 학교에서 봉사활동을 나온 여러 학생들이 이곳저곳에서 풀을 뽑고 있었다.

쇠똥구리가 굴러가는 것만 봐도 웃음이 터지던 나이. 우리는 묘지 쪽을 걸어 오르며 방학동안 못한 온갖 수다를 다 풀어놓았다. 어느 지점에서 토끼풀을 발견하곤 꽃반지를 만들며 서로 장난을 쳤다. 그러다가 각자 흩어져 묘지가 많은 중간쯤에서 풀을 뽑기 시작했다. 한 시간 넘게 풀을 뽑고 있다가 문득 해가 사라지고 그늘이 드리워지는 것을 느꼈다. 고개를 들어 보니 산이 있는 저 너머에서 검은 구름이 몰려와 하늘을 덮어 가는 중이었다.

그래도 우리는 무심히 풀을 뽑아 나갔다.

느닷없이 풀잎 위로 후두둑 빗방울이 쏟아지기 시작했다. 이윽고 엄청난 굵기의 빗방울이 세차게 쏟아졌다. 당황한 우리는 서로 이름을 부르며 어쩔 줄 몰라 했다. 주변을 둘러보니 아무도 없는 것이 아닌가. 우리는 약속이나 한 듯이 마구 달음질을 쳐서 제일 먼저 눈에 띈 건물의 처마 밑으로 뛰어들었다. 옷은 이미 흠뻑 젖은 채였다. 우리는 서로 자기 옷을 이리저리 털며 어쩌나 소리를 치다가 문득 눈앞을 바라보았다.

아! 그때 우리의 시야에 들어온 것은 수많은 묘지들 뿐. 캄캄한 하늘과 엄청난 빗줄기, 산 아래 퍼진 뿌연 물안개 사이로 줄줄이 나열된 묘지들은 마치 공포영화의 한 장면 같았다. 우리는 그 분위기에 압도되어 그저 무서워서 벌벌 떨기만 했다. 한동안 서 있자니 빗줄기가 조금은 약해지고 있었다.

우리는 시간이 흐를수록 아무런 말도 하지 않게 되었다. 빗줄기 속으로 보이는 그 많은 묘지들은 소리 없는 메시지를 던져주고 있었다. 그동안 학교에서 배웠던 그 어떤 말들보다 더 많이, 그 무엇보다 더 강렬하게 우리들의 어린 가슴속을 먹먹하게 흔들어 놓고 있었다. 우리는 그때 서로가 아무런 말을 하지 않아도 조국이 무엇인가를 처음으로 가장 진지하게 생각하고 있었다. 현충일마다 포스터를 그리고 표어를 만들던 것이 너무도 형식적으로 느껴지기 조차했다.

이제 성인이 되어 국립서울현충원 앞을 지날 때마다 그때의 강렬했던 기억을 되새겨 보곤 한다. 그리고 조국을 위하여 자신의 목숨을 헌신한 분들의 참마음, 참뜻을 생각한다. 무심히 잠든 영령들께 순국의 고마움을 가슴 깊이 느끼며.

파놉티콘 시대

마트에 생필품을 사러 갔다. 내부가 워낙 크다 보니 물건을 찾는 일도 쉬운 일이 아니다. 하루가 멀다하게 각종 상표의 제품들이 쏟아지니 무엇을 고를까도 고민거리다. 간편한 손수레가 아니면 때때로 한꺼번에 많은 물건을 구입하는 것이 여간 고역이 아니다. 이런저런 용품들을 담고 한 차례 돌다가 상표 진열장 사이로 조그만 문이 반쯤 열려있어 '뭐지?' 하는 마음으로 살짝 들여다보았다. 조그만 CCTV들이 죽 나열된 벽면에 누군가 열심히 화면을 보고 있다. 아무런 잘못도 없는데 약간 기분이 상한다.

집에서 1km쯤 떨어진 공터에 작은 공원이 생겼다. 자연환경에 대한 인식이 높아지다 보니 수년 전부터 마을 곳곳에 남겨진 자투리땅을 이용하여 쉼터 같은 소공원들이 늘어났다. 어느 날 한쪽 다리의 근육이 단단히 뭉친 것처럼 무겁고 아파서 잠시 바람도 쐴 겸 운동을 하러 갔다. 새로 설치된 운동기구들이 다양했다. 자전거 바퀴도 돌리고 허리 운동과 팔다리 운동도 하다가 거꾸로 매달리는 기구에 몸을 올려놓았다. 일자로 된 쇠붙이에 발등을 끼우고 누워서 몸을 아래로 쭉 늘리면 두 발은 공중에, 머리는 지면을 향해 물구나무 자세가 된다. 다리근육이 좀 시원해지는 듯도 하여 잠시 눈을 감았다 뜨고 약간 고개를 돌리니 저만치 허공 위에서 새까만 둥근 물체가 나를 빤히 내려다보고 있다. 시원한 하늘을 배경으로 마치 가로등 같은 모습을 하고서. 순간 편치 않은 마음에 재빨리 몸을 일으켜 세우고 만다. 대체 저 CCTV는 또 언제 생겼는지 알 수가 없다.

서울시에서 우리나라 최초로 방범용 CCTV를 설치한 곳은 강남구다. 현재 CCTV가 가장 많이 설치된 곳도 강남구다. 갈수록 늘어나는 추세다. 공공기관과 민간 분야를 합쳐 현재 1,000만 대 이상 보급되어 있다는 통계도 나와 있다. 백화점이나 커피숍, 편의점, 식당은 물론이고 시내버스 안도 예외가 아니다. 다양한 모습과 각기 다른 형태의 눈이 우리의 행동반경을 주시하고 있다. 최소 100m 안에 40개 이상의 감시카메라가 작동하고 있다는 보고도 나온다. 2011년 9월 30일 제정된 개인정보보호법 제3장 25조에는 CCTV에 대한 규제도 마련되어 있지만 무용지물인 셈이다. 최근 관악구에는 거리에 이동식 CCTV까지 설치되고 있다. 바퀴가 달려 있어 감시가 필요한 곳에는 언제든지 옮겨두고 상시로 운영할 수 있다.

제레미 벤담이 원형감옥인 파놉티콘을 처음 제안한 것은 1791년의 일이다. 원형의 감옥 바깥쪽에는 죄수들의 방을 설치하고 그 중앙에는 죄수들의 일거수일투족을 감시하는 원형의 공간이 있다. 중앙의 감시 공간은 항상 어두워서 언제나 밝게 유지되는 방에 있는 죄수들을 감시할 수 있다. 하지만 죄수들은 캄캄한 감시 공간 안에 자신을 지켜보는 간수가 있다는 사실은 전혀 알 수가 없다. 다만 감시 받고 있다는 사실만으로 스스로 자율적인 규율을 만들어 낼 뿐이다. CCTV도 이 파놉티콘의 기본 원리를 따온 것이다.

현대사회에 만연되어 있는 감시 기능은 갈수록 치밀하고 은밀한 방식으로 진화하고 있다. 1949년에 발표된 조지 오웰의『1984』라는 소설은 빅브라더가 TV스크린을 통해 국민 개개인을 일일이 감시하는 세상을 그려내고 있다. 무려 70여 년을 앞선 조지 오웰의 혜안은 현대사회와 놀랍도록 잘 맞아 떨어지고 있다. 우리가 아무런 의심 없이 자유롭게 드나드는 인터넷 사이트에도 사실은 비밀리에 전자 지문들이 남겨지고 있으며 수많은 몰카들이 사생활 침해를 낳고 있는 건 이미 오래전부터 시작된 일이다. 각종 신용카드나 지불결제수단도 예외가 아니다. 알리바바의 결제수단인 알리페이나 우리나라에서 생겨나고 있는 다양한 결제수단, 블랙박스나 스마트폰도 사실 그 속에는 엄청난 빅브라더가 숨어 있는 셈이다.

영화 〈아일랜드〉가 나온 지도 벌써 수년이 지났다. 인간 장기의 대체를 위한 대량 복제인간들의 제품화와 폐기화가 실지로 코앞에 도래할 지도 모른다. 4차 산업혁명과 인공지능, 블록체인 기술이 결합된 가상화폐까지 눈만 뜨면 신기술이 우리를 압도하고 있다. 더욱 가공할 일은 과학자들의 '베네칩'에 대한 연구가 그 실현 단계에 가까이 와 있다는 사실이다. '베네칩'은 쌀알만 한 크기의 소형 칩으로 개인에 대한 모든 정보를 한꺼번에 담을 수 있다. 손등이나 신체 어딘가에 심어두고 살짝 스치기만 하면 각자에 대한 숨김없는 정보가 적나라하게 드러난다. 몸 자체가 하나의 지갑 구실을 해서 가장 손쉬운 결제수단으로 이용되기도 할 예정이다. 신분증이나 스마트폰도 사라지고 영화에서나 보던 매트릭스의 세계가 찾아올 날도 멀지 않았다. 이것은 우리의 후세들에게는 심각한 재앙이 될지도 모른다.

파놉티콘이나 CCTV 같은 감시체계는 빅브라더에 의한 권력의 남용을 보여준다. 특히 '베네칩'이 상용화되면 이것이야말로 권력 남용의 최대 상징이 될 전망이다. 왜냐하면 '베네칩'은 하위 계층에 대한 모든 정보를 손에 틀어쥐게 될 최상위 계층들이 그들에 대한 지배력을 최대한 강화하는 수단으로 이용될 것이기 때문이다. 이를 알고 있는 최상위 1%에 해당하는 지배 계층들은 자신들의 몸에는 절대로 '베네칩'을 심는 우를 범하지는 않는다. 우매한 사람들만이 그 편리성을 쫓아 너도나도 몸속 어딘가에 베네칩을 심게 될 것이 눈에 보이듯 환한 일이다. 설령 우매하지 않다고 해도 일률적인 시행이 강제성을 띠게 되면 피해가기는 어려운 상황이 될지도 모른다. '베네칩'의 최종 목적이 어디에 있는지 근본적인 의도를 이해하지도 못한 채로 말이다. 편리하고 혁신적인 기술의 발달만을 쫓다 보면 기분이 약간 상한다거나 마음이 편치 않은 정도로 가볍게 끝나는 것이 아니다. 인간의 자유의지는 묵살 당한 채 보이지 않는 감시와 통제의 사슬에서 벗어나기는 지금보다 훨씬 더 어려워질 것이기 때문이다.

까치집

3월의 아침빛이 신선하다. 이제 막 골목길을 돌아드는데 허공에서 작은 나뭇가지들이 툭툭 떨어진다. 웬일인가 하여 눈을 들어보니 모퉁이에 서 있는 전신주 위에서 까치의 날갯짓이 한창이다. 한 마리는 입에 가지를 물고 와 부산하게 주위를 도는 중이고 다른 한 마리는 변압기 사이에 앉아 주둥이를 연신 놀리고 있다. 집짓기가 시작되었는지 얼기설기 걸쳐 놓은 가지들 틈새로 그물코 같은 하늘이 파랗게 보인다. 까치의 산란기는 3월 상순에서 하순 사이로 봄볕이 따사로운 요즘이 보금자리 마련에 적기인 셈이다.

까치는 조류 중에서도 매우 지능이 높다. 4살 정도 어린아이의 지능과 맞먹는다. 까치집은 보통 10m 이상의 높은 곳에 짓는다. 6개월 이상 날씨를 내다보고 예견하는 인지 기능이 예민하게 발달해 있다. 만일 까치가 집을 낮게 지으면 그 해는 바람과 태풍이 심하며 높이 지으면 비교적 날씨가 고르다는 뜻이다. 예전에는 농부들이 까치가 집을 짓는 형태를 유심히 보고 한 해의 농사날씨를 점쳐보기도 했다고 한다.

까치는 대개 반구형이나 구형의 집을 짓는데 숫자로 보아 50:50 정도이다. 새로 집을 짓는 경우 문을 위쪽에 두는 반구형일 때는 봄철에 장마가 없고 강수량이 적어서 새끼를 부화하는데 별 탈이 없음을 암시한다. 그러나 농구공 형태의 구형으로 집을 짓는다면 태풍이 잦거나 바람이 심하다는 뜻이다. 구형으로 지을 경우 들락거리는 문은 반드시 남쪽을 향해 옆으로 뚫어 놓아 세찬 바람을 막고 햇볕이 잘 들도록 한다니 영특한 일이다.

까치집은 엉성해 보여도 집을 짓는 방식이 예사롭지가 않다. 통나무를 쌓아 올려 진흙으로 틈을 메우는 귀틀집과 같아서 인류의 오랜 집짓기 방식과 비슷하다. 우선 튼튼한 나무의 곁가지를 물고와 전신주, 철탑 등과 같이 흔들림이 없는 곳에 터를 잡는다. 한 뼘 정도의 작은 나뭇가지들을 엮어 바닥의 기초를 마련한다. 그 위에 진흙과 지푸라기를 섞어 틈새를 촘촘히 메꾸어 준다. 일종의 구들장 놓기 방식과 똑같다. 그런 다음 커다란 그릇 형태로 높이를 얼기설기 짜 맞추며 올라간다.

이런 일을 하는 사이사이에도 10cm 간격으로 나뭇가지를 위에서 아래로 수직으로 꽂아두는 것을 절대 잊지 않는다. 비가 올 경우 물받이처럼 물이 바깥으로 재빨리 흘러내리도록 해서 내부에 습기가 차는 것을 방지하기 위함이다. 이 과정이 끝나면 안쪽에서 진흙을 묻혀 방수 작업을 하고 각종 비닐 끈이나 천 조각, 털실이나 사탕 껍질 등을 물고와 벌어진 곳을 적당히 채워 준다. 다시 바닥을 중심으로 부드러운 풀이나 지푸라기 등을 주변에 골고루 얹어 둔다. 특히 알이 부화하는 근처는 솜뭉치나 새의 깃털을 깔아 보드랍고 포근하도록 만들어 준다. 가끔 은박지나 철사 등을 넣어 정전을 불러오기도 하니 요즘은 성가신 유해 조류로 분류되기도 한다.

까치들이 집을 지을 때 쓰는 나뭇가지의 비율도 계산적이다. 숲 사이에 떨어진 메마른 가지와 한창 물기 오른 새 나뭇가지를 주둥이로 꺾어와 각각 절반씩 섞어 짓는다. 메마른 가지로는 집의 무게를 덜어주고 새 가지로는 견고함을 유지한다. 낡은 것과 새것 사이 적당한 간격이 바람이 잘 통과되도록 해준다. 헌집을 찾아내어 수리해서 쓰는 경우도 많다. 그럴 때는 오래되어 삭정이 같이 힘이 없고 메마른 가지들은 뽑아내고 물기 오른 새 가지들을 꺾어다 짜깁기 하듯 얽어 넣는다. 싱싱하게 물기 오른 새 가지들로만 집을 지으면 무게가 너무 무거워서 바람이 불 때 오히려 하중을 못 견디고 밑으로 굴러 떨어지기 십상이다. 그러니 웬만한 바람에도 끄떡없이 견디도록 적절히 힘을 분산시켜 주는 것이다.

멀리서 보면 작아 보이는 까치집도 실제로는 크기가 상당하다. 연구 목적으로 수거하거나 헐어 버리기 위해 해체를 하는 데 족히 한나절은 걸린다. 까치집 하나를 분해하면 무려 1,300개 이상의 나뭇가지들로 이루어져 있어 놀라움을 불러일으킨다. 진흙과 기타 재료들로 인하여 무게도 제법 육중하다. 지게에 얹으면 한 짐이나 되고 어떤 것은 사람이 들어가도 될 만한 크기도 있다. 언뜻 보기에 허술해 보이는 까치집이 실제로는 견고하고 그 짜임도 예상 외로 튼튼하다. 축구공처럼 발로 차면 웬만해서 잘 부서지지도 않거니와 대개 원형 그대로를 유지한다. 자연의 신비가 아닐 수 없다.

이런 여러 가지 과학적 이유로 건축공학을 연구하는 사람들은 까치집을 채집하여 면밀하게 분석해서 최신형 고층빌딩을 짓는 데 이용하고 있다. 삼성물산이 지은 세계 초고층 빌딩인 두바이의 부르즈칼리파나 말레이시아의 페트로나스트윈타워 등도 이런 원리들을 연구, 적용해서 완벽한 내풍설계와 내진설계를 갖추었다. 우리나라의 스포츠 스타디움이나 인천대교, 동대문 디자인플라자도 건물에 부는 바람이 안전에 영향을 미치지 않도록 철저한 내풍설계가 골고루 설치되어 있다.

얼마 전 TV뉴스에서 최근 강남의 어떤 신축 아파트에 입주한 주민들이 부실시공으로 골머리를 앓고 있다는 소식을 본적이 있다. 입주한 지 채 6개월도 안되었는데 벽이 여기저기 갈라지고 이 집 저 집 천정에서는 물이 새는 통에 지하 주차장 바닥에서 물이 발등까지 차오르고 있었다. 옆집과의 소음도 너무 심해 벽을 뜯어보니 콘크리트가 아닌 속이 텅 빈 석재였다. 공명효과로 작은 소리마저 울려 퍼지니 눈 가리고 아웅 식이다. 시공업체와 주민들의 줄 소송이 잇따르는 가운데 이런 사실이 외부에 알려져 집값 하락으로 이어질까봐 주민들끼리 쉬쉬 입단속까지 하고 있단다. 어쩐지 까치가 집을 짓는 방식만도 못하다는 생각이 스친다. 자연을 이용한 인간의 위대함을 보는 것은 즐거운 일이나 인간의 이기심을 지켜보는 것은 실로 유쾌한 일이 아니다.

꽃샘추위

　밤잠을 놓치고 몸을 뒤채다 일어나니, 고양이의 실눈 같은 탁상시계는 먹빛 공간을 황록색으로 수놓는 중이다. 문살에 엷디엷은 아침빛이 스미려면 서너 시간쯤 기다려야 할까 보다. 오후부터 불기 시작한 찡한 바람은 아직도 적막한 거리에 있고, 무언가 바람에 이끌리는 소리가 연하게 흩어져간다. 이 야심한 시각에 도통 잠이 오지 않는 이유를 모르겠다. 나는 가만히 마음자리를 짚어본다.

　수년 전, 맞벌이 주부로 직장에서 승승장구하던 때. 일에 관해서라면 어느 누구보다 철저했던 나는 타 회사의 지인으로부터 끈질긴 도움을 요청받고 있었다. 계속된 회유는 집요하기조차 해서 연이은 거절이 무색할 지경이었다. 어슴푸레 어둠이 깔리기 시작했던 어느 오후, 단 한번만이라도 도와 달라는 전화기 너머의 읍소는 나의 굳은 마음을 흔들어댔다. 아마 창밖으로 펼쳐진 푸른 땅거미가 도시의 빌딩 숲을 외롭게 적시는 그 이상한 차분함이, 하루 일과를 묻어 두고픈 피로감으로 나를 깊게 가라앉히던 탓이었는지도 알 수 없다.

결국 그 해 성수기에 약간의 도움을 주는 것으로 서로가 마음의 부담을 덜기로 하였다. 주말을 이용해 꼬박 이틀이나 날밤을 샌 끝에 나는 두 사람 몫의 일을 혼자서 처리해 월요일 오전 지인에게 넘겨주었다. 하지만 그 작은 실마리는 본의 아니게 타 회사 직원들의 경쟁심을 부추겨 지인이 책임자로 있던 부서의 실력 향상으로 이어졌다. 그것을 계기로 그들은 도리어 나에게 더 많은 도움을 요청하게 되었다. 이도 저도 아닌 것을 싫어하는 나의 선택은 얼마 후 타 회사로의 이직으로 맞물려 들어갔고, 일중독에 가까웠던 나는 3년 동안 오로지 일에만 몰두했다. 아마 그때처럼 일에 대한 열정과 책임감으로 충만했던 때도 극히 드물었으리라.

그러던 어느 해 초봄, 매서운 봄추위가 겨드랑이를 들썩이던 날. 굳이 저녁식사를 같이하자고 조르던 지인은 어느 때보다 부드러워서 매끄럽게 다가왔다. 봄인지 겨울인지 턱 밑을 살강대던 그 미묘한 추위는 일에 지친 내게도 작은 안온함을 원하게 했던 모양이었다. 퇴근 후 직장 동료들과 가끔씩 들리던 회사 근처의 일식집으로 나는 친절하게도 지인과 단 둘이 갔다. 갓 튀긴 야채들과 싱싱한 해산물로 식사가 끝나갈 무렵, 내게 무심결인 양 들려주던 지인의 한 마디는 상냥해서 너무도 이채로웠다.

"우리 부서 사람들 말야. 하나같이 다들 갈 곳 없어서 온 사람들이야. 다른 데 갈 곳 있는 사람들은 여기서 일 안한다고!"

나는 갑자기 시선을 어디에 두어야 할 지 적잖이 당혹스러웠다. 미각을 돋우던 혀끝의 감각이 일시에 사라지는 싸한 느낌은 느닷없이 작별을 고하는 연인의 뒷모습처럼 몹시도 서늘했다. 방심의 허를 찔린 순간, 동공의 흔들림을 애써 숨기려는 나의 노력은 가늘어진 눈가의 미세한 떨림을 시작으로 가슴 한복판으로 밀려들었다. 일시에 속이 뒤엉키는 것을 막을 도리가 없었다. 점차 밀려드는 노여움으로 붉게 물들어져 가는 나의 얼굴을 차마 바로 들기가 민망했다. 일찍이 살면서 그때처럼 내 자신의 자존감이 무너져 내리며 부끄러웠던 때가 또 있었을까 싶었다.

사회생활의 첫 발을 내디딘 회사에서 선배 동료로 알게 된 인연이 십수 년. 평소 애바르기 그지없는 지인이었으니 허투루 뱉을 말은 아니어서 나 역시 심상해지지 않을 수가 없었다. 직장은 달라졌어도 같은 계통에 종사한 이유로 가끔씩 지인들과 얼굴을 마주한 긴 세월들. 크고 작은 웃음꽃들과 인간에 대한 이해의 폭을 늘려갔던 그 귀한 시간들은 허망하게도 만남의 고리를 한순간 비틀어 대고 있었다. 한 인간을 이해하는 것은 한 세계를 이해하는 것과도 같이 지극히 심오한 일이라고 했던가. 비수처럼 날아든 한 마디는 언젠가 화면을 가득 채우던 고창 들판, 넘실대던 청보리밭의 푸른 꼭짓대처럼 까슬까슬해서 내 가슴속을 콕콕 후비고 지나갔다.

집에 돌아와 잠자리에 들었을 때, 아무것도 모르고 단잠에 빠진 남편의 숨소리는 짙은 어둠 속을 고르게 채우고 조용히 울려 퍼졌다. 나는 이제 갓 초등학교에 입학한 어린 아들을 품에 안고 그 작은 어깻죽지에 얼굴을 파묻었다. 그리고 끓어오르는 울음을 내 새끼의 무르고 여린 뼈마디에 적시며 삭여야만 했다. 속인의 말이란 어찌 그리 버린 칼끝처럼 날아와 내 심중을 휘저어 놓을까 탄식하고 또 탄식하면서 말이다.

첫새벽이 올 때까지 나지막한 창가에서 그 밤 내내 불어대던 봄바람. 나의 알량한 자존심을 촘촘한 빗살처럼 여지없이 할퀴어 대던 추운 바람은 애살스럽게 눈가로 피어 올리던 지인의 웃음마저 밉쌀 맞게 여기도록 했다. 난데없이 휘갈기던 한 마디에서 세상살이의 쓸쓸함이 코끝까지 스멀거렸다. 자신의 생존을 위한 비밀의 열쇠를 그렇듯 한순간에 뭉텅 드러내는 것은 결코 상대에 대한 배려가 아니었다. 금쪽같은 혈육을 품고도 여전히 마음은 시리기만 해서 참으로 길고 긴 밤이었다. 그때 등줄기로 퍼지던 알 수 없는 서늘함은 초봄에 부는 저 쌀쌀한 바람 탓이기만 했을까.

애바르기 그지없는 사람을 끝까지 경계하지 못한 실수를 몹시도 후회하면서 나의 분별없음을 자책으로 보낸 그 밤에 나는 새삼 깨닫게 되었다. 오랜 세월을 뛰어넘는 인간의 교류란 보이지 않는 숱한 노력과 다독임으로 그 테를 쌓아 간다는 사실을. 그리고 그것은 사람과 사람 사이에 흐르는 마음의 실핏줄이 얼마나 뜨겁고 섬세하게 퍼지는가를 이해하는 자들의 지고한 심적 영역이라는 것을. 며칠 동안 홀로이 심사를 들볶던 나는 보름이 채 가기 전에 사직서를 제출하고 말았다. 나의 새로운 일터는 거기가 아니어도 숨어 있었다.

겨울 끝자락이 문틈에서 봄기운과 뒤섞이고 있다. 오늘 밤 잠이 오지 않는 이유는 그날의 날씨와 흡사히 닮은 까닭인지도 모른다. 혹은 강산이 변하고도 마음의 빗장을 풀지 못한 내가 아직도 꺾이지 못한 젊음으로 그날의 추위를 잊지 못하거나.

살갗을 에일 듯 깊게 눌러앉았던 추위도 들뜬 몸을 휘청이게 하는 3월 중순. 봄바람은 어딘가 다소 잔망스러워서 미덥지 못한 것이 흠이다. 그래도 여간내기는 아니어서 슬몃슬몃 다가들며 남의 자리를 은근히 밀어내는 것이, 고약한 심성의 소유자처럼 내밀하기만 하다. 살가움 뒤에 느슨해진 경계심을 여지없이 되살리는 선득함이 그것이다. 으스스한 추위가 골목을 가로지르는 이 봄밤. 추억이 되지 못하는 옛일의 선명함도 그다지 좋은 것은 아니어서, 때때로 현명한 인간으로 가는 길목을 잠시 주춤거리게 만들기도 한다.

꽃씨 파는 아저씨

3·1절 오후다. 예상치 못한 가랑비가 축축함을 더하고 있다. 종로에 볼일이 있어 나갔다가 전철역 출구를 막 빠져나오니 도로는 텅 빈 채 고막을 울리는 확성기 소리만 가득하다. 무슨 일인가 하고 둘러보니 종로통은 모두 봉쇄된 채 한 무리의 태극기 부대가 종로3가 쪽을 향해 요란한 행진을 하고 있다. 어수선한 시국이 눈살을 찌푸리게 만든다. 가끔 인도를 지나는 행인들의 표정도 날씨만큼이나 우중충하게 다가온다.

약속을 정한 표구사를 찾아 공연히 무거워지는 발길을 옮긴다. 일부러 휴일을 골라 볼일을 마치려던 참인데 왠지 낭패감이 찾아든다. 어차피 낙원상가 쪽으로 가려면 제법 걸어야 할 테니 별도리가 없다. 심호흡으로 마음을 가라앉히고 건널목을 건너려는데 한패의 태극기 부대가 저 앞 인사동 중앙 통로에서 북과 꽹과리를 울리며 거침없이 쏟아져 나오는 중이다. 길을 건너려면 행진이 다 지나가도록 기다려야 할 낌새다.

이 야단법석을 잠시 피할 길은 없나 하고 옆을 둘러보니 곁길 안쪽으로 꽃씨를 파는 가게가 보인다. 몸을 돌려 그쪽으로 다가서니 투명한 유리문 안에 엽서크기의 갖가지 씨앗 봉투가 벽이란 벽을 도배하다시피 늘어서 있다. 일편단심 씨앗 종류만 전문으로 파는 가게인 모양이다. 안에 사람이 보이질 않으니 문을 열고 들어서지도 못하고 다만 오른편 인도 쪽에 세워진 가판대 위에 줄줄이 꽂힌 꽃씨 봉투만 훑어보았다. 그동안 집에 채집해 놓은 꽃씨 종류만 해도 수십 가지가 있으니 별 신통한 것도 없다 싶은 생각이 든다.

이번엔 왼편 가판대를 유심히 들여다본다. 배추, 무, 얼갈이, 상추, 치커리, 쑥갓, 시금치, 파 등등 온갖 채소 씨들을 눈요기 삼다가 부추씨 봉투에 눈길이 머물렀다. 문득 몇 해 전인가 한강공원 어느 길목에서 마주친 부추꽃이 떠올랐다. 소담스러운 하얀 꽃무리에 작은 꿀벌들이 붕붕대며 날던 모습이 아리따워 사진까지 여러 장 찍어 두었다. '이참에 부추나 한 번 길러볼까?' 싶어 부추씨 봉투 하나를 쑥 빼들기 무섭게 양쪽 가판대 사이로 유리문이 세차게 드르륵 열리더니 통통한 아저씨 하나가 턱 하니 나와 선다.

요란한 문소리에 흠칫 놀라 바라보니 두 손을 바지 주머니에 꽂고 배를 내민 채 데데하게 올라선 품새가 어딘가 꽃씨 파는 사람답지 않게 조금은 불량스러워 보이기까지 한다. 대체 넓지도 않은 저 가게 안 어디쯤에 그 우람한 체구를 숨겨두고 있었을까 싶다. "아저씨, 부추씨 심으면 잘 나나요?" 하고 물으니 단번에 내 위아래를 훑더니만 "안 나면 팔 것슈우?" 라며 어김없이 통을 놓는다. 그냥 놓고 돌아설까 하다가 꽃이나 한번 볼 양으로 값을 지불하자니 "갸는 늦게 되는 앤께, 심어 놓고 한 이십여 일 물이나 푹푹 주슈. 싹 나게!" 한다. 생김새 못지않게 뚝뚝하기론 삼복더위에 바짝 마른 갈참나무 장작만큼이나 억세기도 하다. 세상 참 심드렁하게 돌아가니 이 분도 심사가 꼬일 대로 꼬였나 싶다.

어렵사리 건물 4층 깊숙이 들어앉은 표구사를 찾아내어 붉은 주목을 깎아서 만든 이중표구액자를 맞추었다. 대형액자에 국내산 실크지 원단값을 합쳐 웬만한 사람 반 달 치 봉급값이니 혀를 내두를 지경이다. 표구사에서 이런저런 세심한 의논을 하느라 시간이 지체된 탓인지 밖은 이미 땅거미가 깔리기 시작했다. 종로통으로 다시 가자니 그럴 기분도 아니어서 인사동 중간 샛길을 거슬러 올라 광화문 방향에 이르니 아뿔싸. 차벽에 둘러싸인 중앙광장은 촛불시위가 극에 달아 확성기와 엄청난 부르젤라 소리가 밤하늘을 가르고 솟구치는 중이다. 이리로 가나 저리로 가나 시끄럽기는 매일반이어서 한민족의 단결을 부르짖던 3·1절의 의미는 어디로 갔는지 무색하기 이를 데 없는 광경이다. 민주주의는 원래 시끄러운 법이라던 힐러리의 말이 떠오르는 순간이다. 전철역 안에는 이미 아무렇게나 팽개친 비옷들과 시위에 쓰이는 소도구들이 바닥에 난장판을 이루고 있다.

전철을 타고 오는 내내 꽃씨 파는 아저씨의 불퉁스러운 언사가 떠올라 실소가 스친다. 우스갯소리로 6·25때 난리는 난리도 아니라더니 몇 달째 계속되는 집회와 시위에 아저씨 마음도 삭을 대로 삭아 부식되어 가는 중이었을까. 오만가지 꽃 사진이 도배를 이룬 유리창 틈바구니로 내다보이는 세상은 결코 아름답지 못하기 때문이었을까. 때아닌 도로 봉쇄로 행인들의 발길이 끊겼으니 봄이 시작되어도 좀체 팔릴 기미가 보이지 않는 꽃씨들을 향해 불편한 마음을 닫아걸기라도 했던 것일까.

3월 중순 볕바른 날에 텃밭 양지머리 쪽에 부추씨를 일렬로 가지런히 심었다. 길게 골을 이룬 이랑 사이에 두어 뼘 간격으로 작은 구덩이를 파고

한 줌에 열 댓 개씩 씨를 넣고 흙을 살짝 덮어 주었다. 아저씨 말마따나 3주 정도 아침마다 한 번씩 물을 충분히 주었다. 4월 어느 날인가 보니 가는 실 같이 푸른 줄기가 몇 개 올라 오다 그마저도 시들시들 사라지는가 싶더니 그 후론 종내 무소식이다. 2~3일 간격으로 물도 주고 알뜰히 챙겼건만 5월 한 달이 다 지나도록 그 자리는 볕만 가득하다. 불친절한 아저씨를 닮아 제 속이 환하게 피어나는 친절을 거부라도 하는 것인지 당최 모를 일이다. 아니면 세월이 하수상하니 혹여 씨앗이 된서리를 맞기라도 했단 말인가.

누군가의 크고 든든한 뒷받침이 아니라
혼자서 이룩할 자기 생애의 크기가
과연 어느 정도일지 위태로운 가늠자를
이리저리 재어 보면서.

－「허리에 동아줄을 맨 남자」에서

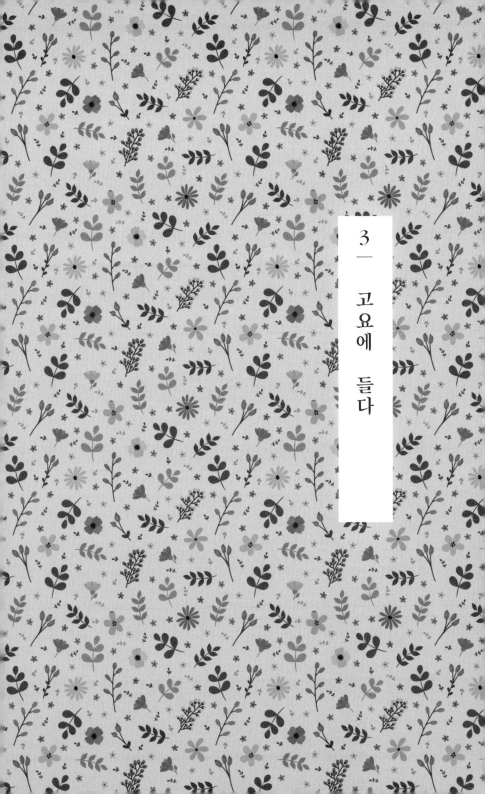

3 —

고요에
들다

불영사, 고요에 들다

풍경이 생각에 날개를 달아 주는 곳. 한국의 차마고도로 불리는 아흔아홉 구비, 울진 구슬령 고갯길을 지난다. 해발 600m 높이에서 내려다보이는 2월 초입의 눈 덮인 산들은 중중첩첩 한 폭의 수묵화다. 그 비경을 돌고 돌아 도착한 곳은 신라 진덕여왕 때 의상대사가 창건한 1400년 고찰 불영사 입구다. 일주문 처마 밑에 '천축산불영사'란 편액이 보인다. 일주문 밖의 세상은 속계俗界이고 그 안쪽이야 말로 진계眞界로 친다는 안내문이 붙어 있다.

그곳을 통과하니 험준한 지형 사이로 소나무가 울울창창 들어찬 불영계곡이 펼쳐진다. 불영교를 지나며 산자락 윗길을 쳐다본다. 한국의 그랜드캐니언이란 별칭에 걸맞게 깎아지른 바위와 산이 골짜기를 따라 병풍을 치듯 솟아 있다. 싱싱한 금강송림을 따라 1km 남짓 길 떠난 선승처럼 묵묵히 걷는다. 암벽 아래 모퉁이를 도는데 찬바람이 소나무 위를 비질하는 참인지 지난밤 내려 쌓인 눈발을 거칠게 흩날린다. 이마를 적시는 차가움이 새뜻한 감을 불러일으킨다. 겨우내 메말랐던 산야가 간밤에 내린 눈으로 온통 희게 변했으니 눈이 호사를 누린다. 작은 고갯길을 넘자마자 탁 트인 시야 속으로 조계종 불국사의 말사인 불영사가 나타난다. 빛들이 산란하는 오전 10시 무렵의 공간에 잠시 붙박이처럼 서 본다.

오지 중의 오지에서 마주치는 눈꽃 벌판. 눈이 부시다. 잠시 속눈썹에 경련이 일듯 떨려 온다. 긴 담장 안에 고즈넉한 산사가 누워 잠자듯 펼쳐지고 있다. 눈 속에 파묻힌 비구니 사찰의 그윽한 정취가 마음을 사로잡는다. 알 수 없는 평온함과 여유가 먼 길의 수고로움을 일시에 잠재운다. 범속을 떠난 이 은근한 고요에 무참히 지배당하고 싶은 유혹마저 느낀다. 동안거에 든 탓인지 스님들의 모습은 어디에도 간곳없다. 예닐곱쯤이나 될까 싶은 관광객들의 느린 발걸음만이 겨울 산사의 속 깊은 적막을 깨울 뿐이다.

천축산 아래 몸을 푼 넓은 밭들이 넉넉하게 다가온다. 막힘없는 평지다. 계절이 문을 연 동안 몸을 재게 놀렸을 스님들의 바지런함이 흰 고랑 사이로 파고든다. 음식사찰로 이름을 높인 까닭 뒤에는 땅을 뒤집고 묵은 흙을 고르며 노루발처럼 시간을 누벼대던 고단한 수행이 있었음을 짐작해 본다.

부처 형상의 바위 그림자가 이곳 연못 위에 비쳐 불영사佛影寺라 불린다니 혹여 그 모습을 볼 수 있을까 하고 불영지에 몸을 굽힌다. 속인의 마음은 욕심일 뿐, 얼어붙은 연못은 들판처럼 평화롭다. 범종을 모신 법영루에서 바라보니 경내에 깃든 드넓은 적요함에 어리숙한 마음조차 숙연해진다.

수각에서 차가운 물 한 모금으로 목을 축이자 세속을 벗는 맑은 감동이 몸속을 지나는 듯하다. 메마른 덩굴식물들이 에워싼 낮은 담장 너머로 요사채인 청풍당이 보인다. 소복히 눈 쌓인 공양간 장독대들과 오래된 은행나무도 묵언수행 중이다. 설법전 맞은편에 유형문화재 135호로 지정된 삼층석탑이 아담한 자태를 드리우고 있다. 그 뒤로 대웅보전이 고찰의 면모를 깊숙이 지닌 채 엄숙하게 들어앉아 중생들을 맞는다. 대웅보전 4개의 주련에는 다음과 같은 화엄경 구절이 새겨져 있다.

佛身普扁十方中(불신보편십방중)　부처님 몸 시방세계에 두루 충만하니
三世如來一切同(삼세여래일체동)　삼세 여래가 한 몸이다
廣大願雲恒不盡(광대원운항부진)　넓고 크신 원력구름 항상 다함이 없으니
汪洋覺海杪難窮(왕양각해묘난궁)　넓고 먼 깨달음의 바다 헤아리기 어려워라

　　대웅보전은 불영사의 중심 법당으로 석가모니불을 모시고 있으며 정면 3칸, 측면 3칸의 다포식 팔작지붕을 하고 있다. 석가모니불 뒤로 후불탱화인 〈영산회상도〉가 걸려 있다고 하나 훼손방지를 위하여 벽 전체를 흰종이로 가려둔 탓에 볼 수가 없다. 석가모니 부처가 인도 영취산에서 설법을 행하는 모습을 그린 영산회상도는 언젠가 국립중앙박물관에서 보았던 기억으로 아쉬움을 달랜다. 불영사의 화기를 누르기 위하여 대웅보전 양측 기단에 돌거북 머리가 솟아 있음도 특이하다. 뒤편 울창한 숲 사이로 불영지에 그림자를 드리운다는 신비로운 부처바위가 길게 우뚝 솟아 있다.
　　불영사 3대 보물은 바로 이 대웅보전(보물 제1201호)과 후불탱화(보물 제1272호), 응진전(보물 제730호)이다. 석가모니를 중심으로 좌우에 아난阿難과 가섭迦葉을 모시고 그 주위에 16나한상과 끝부분에 범천梵天과 제석천帝釋天을 함께 봉안하여 중생들의 복덕을 성취시켜준다는 응진전을 둘러본다. 의상전, 명부전을 두루 지나 산신각과 칠성각, 삼신각을 거치는 동안 해가 머리 위를 비껴가는 중이다.

삼층석탑 앞으로 되돌아오니 황화실과 설법전 사이 출입이 금지된 환한 장소에 정숙한 건물들이 침묵에 들어 있다. 스님들의 거처 공간으로 짐작되는 곳이다. 흰 회벽과 오래된 적송들이 액자무늬를 이루는 공간에 고요만이 한가롭게 머물고 있다. 몸속에 동안거를 들이듯 심호흡을 해본다. 깊고 청정한 도량에서 삶의 여백이 충전되는 기분이다. 나는 지금 여기 왜 서 있는가 잠시 생각한다. 어지러운 마음 안에서 내 안의 도시다운 것들이 모두 숨을 죽이는 동안 서산대사의 임종게송 한 구절이 죽비처럼 내려친다.

　　千計萬思量(천계만사량) 천 가지 계산과 만 가지 헤아리는 생각이란
　　紅爐一點雪(홍로일점설) 붉은 화롯불에 한 점 눈꽃이더라

소서팔사

우리나라에서는 보통 여름철이라 하면 기상학적으로 6, 7, 8월을 가리킨다. 24절기로 치자면 입하에서 입추까지요, 천문학적으로 따지면 하지부터 추분까지를 말한다. 기후 변화가 심하다보니 갈수록 더위도 길어지고 있다. 옛 선비들은 여름 더위를 어찌 이겨냈을까 궁금해진다.

'7말 8초'라는 여름휴가를 맞이하여 학술원 회원이신 고승제 박사가 중앙일보사의 배려로 편찬한 『다산을 찾아서』라는 책을 열독하였다. 550쪽에 이르는 방대한 평전을 읽어 보니 다산 정약용의 사상과 철학, 파란만장한 일생이 상세하게 기록되어 있다. 정약용은 조선 정조 때 정쟁의 희생양으로 39세에 전남 강진에 유배流配 당하여 18년 만인 57세에 해배解配되었다. 인생의 황금기를 좌절과 체념으로 보낸 셈이다. 그 뒤 고향인 용문산 아래 '초천'에 은거하며 더 이상 벼슬자리에 오르지 않고 담담하게 세월을 보냈다. 1824년 63세 되던 해 여름더위가 유독 심해지자 '선비들이 더위를 이기는 8가지 방법'이라 하여 「소서팔사消暑八事」란 유명한 시를 지었다.

소나무 숲에서 활쏘기. 느티나무 밑에서 그네 타기. 넓은 정각에서 투호 놀이하기. 대자리 깔고 바둑 두기. 연못에서 연꽃 구경하기. 숲 속에서 매미 소리 듣기. 비 오는 날 한시 짓기. 달밤에 개울가에서 발 씻기. 모두 자연 친화적인 것이어서 인공적인 것과는 거리가 멀다. 이것들과 연관하여 가벼운 여름철 단상들을 적어 본다.

한여름 푸르고 늠름한 소나무 숲에 들어 짙은 그늘을 지나자면 알 수 없이 엄숙해진다. 잘 자란 나무들의 열병사열식을 지나듯 가벼운 걸음이 왠지 무람하게 느껴진다. 그물무늬 어리듯 나무 그늘이 반쯤 햇볕 속으로 뒤섞인 관악산 끝 삼성산 자락에 위치한 관악정(활터)에 이르러 멀리 떨어진 과녁과 마주 선다. 허리에 묶은 궁대에 화살을 꽂고 격식에 맞는 발디딤으로 활과 시위를 잡는다. 여포의 창날같이 날카로운 눈어림으로 과녁 정중앙을 향해 시위를 잡은 깍지손을 당긴다. 최대한 집중력이 필요한 이때의 긴장감과 성취감은 한창 기승을 부리는 무더위를 잊기에 충분하다.

20대 중반 어느 무더운 여름, 여주 신륵사에 가 보았다. 정면 동대바위 아래를 휘돌아 흐르는 새파란 여강 물줄기에 반해 드넓은 벌판을 한없이 구경하던 일이 있다. 그 여강 줄기를 따라 걷자니 거대한 느티나무 노거수가 그네를 매달고 마을 수호신처럼 서 있었다. 지면을 박차고 오를 때 허공을 가르던 상쾌한 강바람은 시원하기 그지없었다. 그러니 갓끈과 도포를 벗어던진 선비의 기운찬 그네 타기는 오죽했으랴. 이를 두고 정약용은 '굴러서 올 땐 자못 허리 굽은 자벌레 같고/세차게 갈 땐 참으로 날개 치는 닭과 같아라' 하였다. 상상만 하여도 시원한 여름 놀이임에 틀림없다. 남자들의 '장정그네'와 처녀들의 '댕기그네', 어린아이들의 '떼떼그네'는 말만 들어도 그 구분이 확연하다.

항아리에 화살을 던져 넣는 투호 놀이는 생각처럼 쉬운 것이 아니다. 어느 때 추석 말미에 경복궁에 가 보았다. 경내를 돌다 잠깐 투호 놀이를 하는데 중동인 몇 명이 몰려와 화살이 들어가지 않는다며 고개를 흔들고 소리를 지르곤 하였다. 흰 이를 드러내고 웃던 가무잡잡한 얼굴에서 색다른 문화를 체험하는 이방인의 순진함이 스쳤다. 남산골 한옥마을에 가면 가끔 입구 안쪽에서 투호 놀이 하는 아이들이 보인다.

조선 중기 때 이경윤이 그린 〈송하대기도(松下對碁圖: 소나무 아래서 바둑을 두다)〉는 선비들의 고아한 정취가 어린 모습으로 볼만하다. 바둑 두기는 본래 수담手談이라 하여 한가한 가운데 손으로 바둑알을 두면서 상대의 감정과 인격을 만나는 대화라고 했다. 그러나 이덕무와 같은 점잖은 학자들은 훈수로 감 놔라, 콩 놔라 하는 시끄러운 바둑 놀이는 경박한 잡기라 하여 질색하였다. 만일 자식에게 바둑과 장기를 가르치는 놈은 때려서라도 내쫓겠다고 으름장을 놓았다. 다산 정약용 선생의 일대기를 보면 유배지에서 편지를 보내 자식들을 훈계한 것이 마음을 울린다. 그중에서도 바둑과 장기는 버리기 힘든 나쁜 습관이니 절대 물들지 말라고 당부했다. 그런 바둑을 '소서팔사' 중 하나로 꼽은 것을 보면 노후에나 여유를 가지고 즐길 수 있는 놀이 정도로 생각한 것이 아닐까 싶다.

언젠가 한여름에 시흥 '관곡지'에서 한창 피어난 연꽃들을 구경한 일이 있다. 100년에 한 번 꽃을 피운다는 '가시연꽃'을 찍기 위해 연못가에서 사진작가들이 너나없이 북새통을 이루던 모습이 눈에 선하게 떠오른다. 맑고 깨끗한 연꽃의 아름다움을 감상하는 일은 시간 가는 줄 모르고 감탄을 자아내게 된다. 고고하게 우뚝 피어난 연꽃의 우아함. 그 자태를 보는 일은 예나 지금이나 지루한 여름을 보내기엔 안성맞춤이다.

숲속에서 매미 소리를 듣는 일은 청량감을 한층 돋궈준다. 푸른 하늘과 진초록 나무들의 우듬지 너머로 사라지는 얇게 억눌린 쇳소리는 비상을 향한 환희로 출렁인다. 좀깽깽매미, 유지매미, 참매미, 털매미, 봄매미, 애매미, 두눈박이좀매미와 같은 토종 매미들은 대개 2~7년을 땅속 애벌레로 지낸다. 북아메리카 매미 중에는 13~17년을 땅속 애벌레로 지내다 지상에 나와 겨우 1~3주일 만에 죽는다. 그러니 매미의 지난한 일생을 더듬어 보면 하잘것없는 곤충이라고 허투루 볼 일이 아니다.

앞산에 번갯불 치자 처마에 빗줄기 굵어지는 날. 흐르는 낙수를 보며 먹빛 흔연하게 붓끝을 날릴 수만 있다면 좋겠다. 그리하여 그림 같은 시 한 수 얻는 일은 더위를 쫓고 시간을 궁굴리기엔 더없이 좋은 일이나 생각할수록 재능은 멀고 시는 미미하니 일취월장하지 못함은 실로 안타까운 일이다.

중천에 만월 가득한 여름밤. 밝고 환한 기운을 모아 절로 온유해지는 마음이 넘칠 때, 개울가에 발 담그고 턱 괴고 앉아 있노라면 가장 먼저 떠오르는 이 누구일까. 달빛 아래 한 번쯤 누군가의 그리운 이가 된다는 것은 축복이다. 그러나 있고도 없고 없고도 있는 그 은은함을 간직한 자가 되는 일은 더욱이 요원해 보인다. 또한 멀리 있어도 가까이 있고 가까이 있어도 멀리 있는 마음의 벗을 두는 일은 요즘 같은 세상에서는 호두가 매실이 되는 일만큼이나 어려운 일인지도 모른다.

'오월 농부, 팔월 신선'이라더니 어느새 '어정칠월, 동동팔월'이 막바지다. 오월에 씨 뿌려놓고 할 일 없는 신선이나 된 듯이 어정어정 칠월 보내다 추수 앞두고 커가는 곡식이나 지켜보자니 팔월은 다소 한가하다는 말이다. 그러니 옛 선비들의 '소서팔사'는 더위가 길어진 요즘 세상에서도 한 번쯤 즐겨볼 만한 여유가 아닌가 싶다.

꽃과 함께 살고 지고

여름 기운 찰랑대는 진천 보탑사 경내. 수많은 붉은 양귀비들이 낭창대는 허리를 곧추세우며 오가는 손님을 맞는다. 구불대는 좁은 비탈길 돌아 층층계단 올라선 산자락 위에 이토록 무수한 사람의 손길이라니. 치솟은 3층 목탑을 중심으로 눈부신 야생초들이 저마다 낭자한 빛깔을 풀어 놓았다.

설난, 금낭화, 후록수, 앵초, 물망초, 한련화, 천상초, 여우꼬리 등 들꽃들의 향연이다. 너도부추, 금송화, 네메시아, 바베나, 사계절국화, 노루오줌을 비롯하여 이름 모를 꽃이 지천이다. 고운 모습에 홀려 잠시 넋을 놓는다. 맑고 투명한 아침 하늘 아래 갖가지 기화요초 뚜렷한데 스님들은 간 곳이 없다. 이만하면 서늘한 새벽이슬 속에 살뜰히 잔손을 놀렸을 테니 지금쯤 참선 중이신가 보다.

목탑 뒤편 깊숙한 곳에서 만개한 인꽃人花들이 덩달아 단체 사진을 찍느라 야단법석이다. 출렁대는 생동감이 꽃사찰의 적막을 가만히 흔들어 놓는다. 그들이 자리를 뜨자 뒤편 스님들의 숙소로 보이는 방문이 소리도 없이 스르륵 열린다. 흰 고무신을 신고 밀짚모자를 깊숙이 눌러 쓴 스님 한 분이 조용히 걸어 나온다. 고개를 잔뜩 꺾고 방금 사람들이 스쳐 지난 발자국 언저리를 유심히 보더니 들릴락 말락 작은 소리로 '세상에!' 하면서 고개를 절레절레 흔든다. 그리곤 주저앉듯이 허리까지 바짝 낮춰 목이 꺾인 풀잎 하나하나를 어루만지며 바로 세우시는 중이다.

일행들의 맨 끝을 뒤따라 나오며 그 모습을 돌아보자니 순간적인 부끄러움에 얼굴이 달아오른다. 이곳에 피고 지는 것들이 어디 한둘이던가. 이만하면 지극한 꽃 공양이다. 대체 스님들은 무슨 생각으로 이 많은 꽃들을 외진 산사에 펼쳐두셨는가. 무념무상의 세계에 수많은 상을 지어 놓고 애지중지 그것들을 돌보느라 또 다른 상을 짓고 계신단 말인가. 꽃을 향한 간절한 사랑이 무상을 부르기라도 하는가 싶어 속인의 우문이 스친다.

갈피 없는 생각이 잠시 속마음을 치는 사이 적조전에 이른다. 법당 안에 길게 누운 와불을 보니 숙연함과 편안함이 동시에 몰려든다. 몸을 돌려 바라보니 열반에 드신 부처의 눈길이 머무는 공간에 현란한 꽃은 없다. 단지 흰색의 샤스타데이지만이 간간이 건들바람을 타고 흔들리고 있을 뿐이다. 가을에 피는 구절초와 흡사한 모습이다. 그 깨끗함이 조금 전 소란을 일시에 잠재우는 듯하다.

일행과 떨어져 혼자 영산전 앞마당을 에돌아가니 하얀 샤스타데이지가 만발한 작은 동산 저 앞에서 정갈한 스님 한 분이 합장인사를 건네며 지난다. "행복한 시간 보내세요." 하고, "고맙습니다." 라며 얼굴을 들어 마주 보니 꽃보다 더 고운 자태가 인상적이다. 무심코 애잔함을 불러일으키는 어깨선이 다시금 사람을 뒤돌아보게 만든다. 듣던 대로 아마도 주지 스님이 아닐까 짐작만 할 뿐이다. 화려한 꽃들이 날개 돋친 사이로 단조로운 승복이 두드러지다 곧 멀어져 간다.

곱디고운 자갈길 너머 고고한 소나무마저 연등 꽃으로 치장해 두었다. 목탑 발치께 두 그루의 소나무에 매달린 은은한 연등은 예술적 감각마저 돋보이게 한다. 섬세한 비구니들이 아름다운 경내를 솜씨 좋게 빚어 놓은 정성 앞에 눈길을 거두어야 하는 일정이 여간 아쉬운 게 아니다. 누군가의 발원이 깃든 아래서 잠시 서성거려 본다. 풀꽃 같은 나의 기원도 부처의 세계에 닿길 기원하면서.

수려한 꽃들의 세계를 거닐자니 오래전 읽은 안대회의 『조선의 프로페셔널』이란 책이 떠오른다. 그 속에 조선 영·정조시대를 살다간 화훼전문가 화서和瑞 유박(柳璞, 1730~1787)의 이야기가 재미있게 실려 있다.

유박은 유득공의 7촌 당숙으로 본래 사대부의 일원이었다. 유교적 가치관을 맹신하는 선비사회에 환멸을 느껴 평생 꽃이나 키우며 살겠다고 작정하고 20대 초반, 황해도 벽란도 안쪽에 있는 금곡으로 들어가 정착했다. 조선 팔도 각지를 다니며 온갖 화초를 구해다 심고 가꾸며 평생을 유유자적으로 보낸 인물이다.

그가 날이면 날마다 꽃을 심고 가꾸는 일에 어찌나 정성을 쏟았던지 급기야 '꽃에 미친 사람'이란 별명까지 얻게 되었다. 때문에 그의 화원과 주변의 동산은 사시사철 '온갖 꽃과 나무들이 넘쳐나는 세계'인 중향국(衆香國)을 이루었다. 불혹의 나이가 되었을 때 그는 자신의 삶을 뒤돌아보며 이렇게 읊조렸다. "물가에서 미친 노래를 부른 지 이십 년인데, 어느새 늙어버린 채 온갖 꽃을 앞에 두고 있네." 라고.

당숙의 이런 화벽(花癖: 꽃에 대한 병)에 감복한 유득공은 유박의 별난 꽃 수집벽을 향해 '달나라까지 가서 월계수를 꺾어올 기세'라고 익살을 부리며 '유독 검은색 꽃이 없음을 몹시 한스럽게 여긴다.' 하였다. 후에 유득공은 자신이 쓴 글에서 '눈雪은 시원스러움을, 달은 외로움을 느끼게 하지만, 사람을 운치 있게 하는 건 바로 꽃이지.'라고 묘사했다.*

진천 보탑사에는 '지극히 운치를 아는 이들'이 살아 숨 쉬고 있다. 해가 뜨거나 달이 뜨거나, 바람이 불거나 비가 오거나, 매 순간 흐름이 다른 정경을 품어 낼 줄 안다. 천성적으로 고요를 간직한 이들이 누리는 축복이다. 조용한 가운데 사라지고 살아나는 것들의 기운을 다소 심심하게 누릴 줄 아는 것. 눈에 보이거나 드러나지 않아도 흩어지고 모이는 것들의 애잔함을 감지할 줄 아는 것. 평범함을 넘어선 이들이 누리는 정서는 어딘가 고급스러운 숨결에 맞닿아 있음을 느낀다.

---

* 참고문헌: 안대회 지음, 『조선의 프로페셔널』(2007), 휴머니스트, 257p~291p 인용.

강릉 단오제에서

　　푸른빛이 선명하고 탱탱한 매실이 도착했다. '왕특매실'이니 매실 중에서도 최상품이다. 매실 담그기는 해마다 되풀이 되는 여름 일과 중 하나다. 15kg이나 되는 것을 씻고 다듬고 물 빠지기를 기다린다. 그러는 동안 지난해 담근 매실액을 체에 거르고 병마다 채워 넣기를 반복한다. 물 빠진 매실을 커다란 병에 두 군데 나누어 담고 담금주를 붓는다. 35%짜리 과실주다. 병 하나에 5L씩 모두 10L의 소주를 부어 넣는다. 그런 다음 울진에서 가져온 천연꿀을 적당히 넣어 준다. 나머지 매실들은 똑같은 무게의 설탕과 함께 버무려 저장 용기에 담고 그 위에 남은 설탕을 부어 꼭꼭 눌러 주고 마개로 덮는다. 이것들을 모두 지하실에 저장하는 것으로 올해 매실 담그기를 마친 셈이다.

　　일요일 아침상을 물리자 큰시누이가 돌아갈 채비를 서두른다. 휴가철 손님들이 동해로 몰려드는 성수기를 맞아 어시장 횟집으로 밀려들기 전 미리 3일 동안 쉬어두는 것이다. 서울 남동생 집에 와서 재충전의 시간을 갖는 것이 마음 편했던 모양이다. 같이 온 큰시누이의 장남이 차에 시동을 걸었으니 한창 가방을 꾸리는 중이다. 주름진 얼굴에 고단한 삶의 흔적이 묻어난다. 매실액을 거르느라 주름투성이 알맹이들을 매만지던 어제의 촉감들이 겹쳐진다. 꾸부정한 옆모습을 보니 알 수 없는 애잔함이 스며와 마음에 물기가 돈다. 어차피 뒤에 두 자리가 남았으니 서초동 경부고속도로 입구까지만 바래다 드리자 하고 남편과 함께 차에 올라탄다. 방금 전까지도 전혀 예정에 없던 일이다.

차가 출발하자 어제 마시던 매실주가 향기로웠노라 한 말씀 하신다. 1년이나 숙성되었으니 달콤하고 톡 쏘는 그 맛을 웬만한 위스키에 비기랴 싶다. 집에 오시는 손님들마다 목젖을 적시는 그 맛을 잊지 못하니 매년 수고도 헛된 일은 아니다. 어린 시절 이야기로 한창 웃음꽃을 피우는데 예술의 전당 앞을 막 지날 무렵 뜬금없이 큰시누이가 '강릉단오제'에 꼭 한 번 가보고 싶다는 것이 아닌가. 왠지 그 음성이 신경줄을 톡 치고 지난다.

오전 10시가 조금 넘었을 뿐인데 단오제 마당에는 사람들이 넘쳐난다. 남대천을 중심으로 천변 양편에 들어선 백색 천막들의 끝없는 행렬은 영화의 한 장면을 방불케 한다. 입구에서부터 도시적인 상품의 홍수가 봇물을 이룬다. 흡사 남대문 시장이나 동대문 시장을 펼쳐서 일렬로 늘어 놓은 것만 같다. 남대천 중앙을 가로지르는 창포다리를 건너니 각설이타령이 한판 흥을 달구고 있다. 그 신명을 바라보는 사람들은 즐겁기만 하다. 점심을 먹고 갖가지 구경들을 하노라니 다리가 아플 지경이다. 세계 각국의 풍물과 춤으로 가득한 곳에는 사람들이 성벽을 이루었다. 30도를 웃도는 날씨니 더위가 예사롭지 않건만 모두들 이국적인 눈요기에 매료되어 잠시도 자리를 뜰 줄 모른다.

장터 끝에 위치한 굿거리마당에 이르자 큰시누이 얼굴에 반가운 기색이 역력하다. 아마도 울진 별신굿을 떠올린 모양이다. 마침 다리쉼을 하기엔 안성맞춤이다. 오색 한복으로 치장한 무녀의 사설이 길게 이어지고 도포에 갓 끈을 맨 박수무당이 나타나자 평상 중간에 앉았던 큰시누이의 장남이 벌떡 일어선다. "아니, 쟈가 바로 갸가 아니가!" 하며 몹시 놀란 얼굴이다. 중학교 시절 동네 무녀의 아들 하나가 같은 학교를 다녔는데 아이들의 놀림이 극심했단다. 평소 입버릇처럼 말하기를 "내는 이다음에 죽으면 죽었지, 절대 무당은 안될끼라." 했다더니 고향 떠나 종적을 감춘 지 20여 년 만에 박수무당이 되어 강릉단오제의 굿거리마당을 이끌고 있을 줄이야 그 누가 알았으리. 부챗살을 펼치는 능숙한 동작이 세월의 흐름을 단번에 말하여 주는 듯하다. 인생에는 좀처럼 피해가기 힘든 운명의 그늘이 있는 것은 아닌가 짐작해 볼 따름이다.

　해가 서산중턱에 걸렸을 즈음, 남대천 가장자리에 자리를 잡고 앉으려 할 때였다. 큰시누이가 불쑥 장남에게 손전화기를 내밀었다. 삼촌하고 숙모하고 등 뒤에 세워 놓고 사진 좀 많이 찍으란다. 내가 "형님, 왜요?" 하고 물으니 "어시장에 있는 여자들이 말이다. 즈그 내외들은 강릉단오제에 갔다 왔다꼬 해마다 자랑이 늘어지잖나. 내는 오늘 여그가 생전 처음 아니것나. 동생들 데리고 내도 갔다 왔다꼬 자랑 좀 치야것다." 풀 죽은 듯 힘없는 목소리. 무언가가 일시에 속을 후비며 지나간다. 슬픔이 누적된 한 사람의 인생이 조용히 내게로 전이되고 있는 느낌이었다.

　울진에서 강릉까지 서너 시간 거리. 백발이 성성한 오늘에 이르러서야 이곳에 발길을 내딛다니. 그것도 동생 내외와 함께 말이다. 별것도 아닌 일이 누군가의 마음속에 상처가 될 수 있다는 것을 새삼 깨닫는다. 큰시누이의 오랜 속앓이가 지병처럼 한꺼번에 밀려든다. 40년을 꼿꼿한 청상으로 살아왔으니 차마 부모형제간에도 말 못하고 어우러진 세월의 진홍빛 사연들이 어디 한둘이겠는가. 잠시 숙연해질 뿐이다. 청매실 같던 꽃다운 청춘에 외기러기 되어 평생 홀로 저물어왔을 고독한 순간들이 말없이 반추되고 있다.

짙푸르게 흐르고 있는 남대천으로 눈길을 돌린다. 서서히 저녁 불빛이 어리기 시작하는 유장한 물길은 한 여인의 속절없음을 풀어 놓은 채 어수선한 풍물에 뒤섞이고 있다. 우린 별나게 열심히 사진을 찍다가 늦은 저녁을 먹고 헤어졌다. 울진으로 떠나는 차를 향해 손을 흔들다가 강릉종합터미널에서 막차에 오르니 차창 밖은 캄캄한 어둠뿐이다. 아침에 잠깐 문 밖을 나선다는 것이 큰시누이의 오랜 숙원을 풀어준 하루가 되었다.

후포항에 가면

후포항에 가면
아는 사람 하나 살고 있다
으스름 새벽부터 눅진한 몸을 일으켜 세우고
선득한 바다로 향하는 여자
온종일 날 비린내와 멱 딴 생선 대가리로
앞섶을 선홍으로 수놓는 여자
사시사철 짠물에 절어 손등이 온통 붉으죽죽
청보라 빛이 내비치는 여자
그 여자의 등뼈 속에는
수천 마리 물고기 떼들이 헤엄치고 있다
검푸른 바다를 꿈꾸며 갇혀 버린 슬픈 영혼들
그 퍼득이는 것들의 쉼 없는 돌진으로
낚시 바늘처럼 한 쪽으로 허리가 휘어버린 여자
스물여덟에 애 둘 매달고 청상이 되어
칠십이 코앞인 여자
어느 날 바다로 나가 영영 돌아오지 않는
지아비의 자력으로 오늘도 한 뼘 더

어느 하루, 꼭두서니 빛

바다로 허리가 기우는 그 여자
그 여자의 등뼈를 보고 있으면
내 고요한 삶을 후려치는 폭풍이 일고
눈머리가 홍건해진다
잠시잠깐 바다로 향하는
후포항 대구 횟집 주인 여자의 눈빛은
쪽빛보다 푸르다

      - 김진진, 「후포항에 가면」 전문

 낚시 바늘처럼 한쪽으로 허리가 휘어버린 여자. 그 여자가 드디어 수술을 했다. 제 몸을 탑신 공양하듯 홀로 44년을 쌓아 올린 삶의 질곡에서 해방되었다. 72세를 마주한 그 휘우뜸한 신체에서 마침내 등골을 가르고 뼈마디들을 일일이 짜 맞추던 길고 긴 시간이 끝났다. 희뿌연 그리움처럼 펼쳐진 분당 서울대 병원 입원실의 창밖으로 초겨울을 재촉하는 비가 내린다. 마치 꾹 참았던 눈물인 양 떨어지고 있다. 비라도 울어 예지 않으면 부지하세월不知何歲月을 묶어 두었던 이 깊은 떨림의 시간을 어찌 맞이하리.

 엊그제 내린 첫눈이 아직도 하얗게 쌓인 앞산 등성이를 따라 헐벗은 갈참나무들이 초겨울 비바람에 떨고 있다. 해 질 녘 바람결을 따라 골짜기를 돌아나가는 거친 소리가 그녀의 내부를 관통하는 신음소리처럼 들려온다. 창졸간에 불어닥친 고통으로 허화虛花가 되어버린 그녀의 수많은 세월을 대신 토해 놓는 중인지도 모른다. 섣부른 짐작으로 그녀의 가슴을 파고들던 애통함을 지금껏 그 누구도 덜어내 주지는 못하였을 법하다.

 도깨비 기왓장 뒤지듯 제 마음대로 몸을 이리저리 뒤척이던 자유를 잠시 잃어버린들 어떠하리. 사방으로 긴 링거 줄을 매달고 옴짝달싹 못할지라도 수직으로 직립하는 새로운 날을 맞이하기만 한다면야 남은 생이 즐겁지 않겠는가. 요지부동일 것 같던 풍진 세월의 애옥살이를 벗어나고자 제 청춘을 제물로 바쳤으니 서럽기도 하고 장하기도 하다. 곧고 멀쩡하던 등줄기를 그리 휘어놓기까지 홀로 눈물의 바다를 건너온 그녀의 한평생을 두고 나는 오늘 새삼 존경의 마음을 담아 보내지 않을 수 없다.

병원 침대 위에 길게 누운 그녀의 숨소리는 차차 고르게 퍼지고 있다. 야윈 얼굴에 깃든 담담함. 종일토록 입술이 메마르던 수술대 위의 긴장이 풀리고 삶의 조건들을 초월한 한 인간의 승리를 보듯 지켜보는 내내 가슴이 벅차다. 바르고 아름답던 청춘의 한 시절로 되돌아간 오늘의 안위安危 앞에 그저 먹먹해 질 뿐이다.

잠든 그녀의 육신을 내려다보고 있자니, 특히나 힘줄 불거진 손등을 보자니, 일상의 장엄함이 뿌리를 내린 지상의 악기를 보는 것처럼 경건해진다. 울퉁불퉁한 세월의 고단함이 말없이 건너다보이는 흔적들. 그동안 차마 건네지 못한 흥건한 감정들이 차고 넘치게 흘러든다. 큰 시누이! 그녀가 걸어온 뜨거운 생의 길목에서 내 삶의 허튼 자락들을 풀어 놓는 것이 실로 두렵기만 하다. 어쩐지 송구스럽기까지 하다.

창밖으로 해는 이미 기울고 있다. 옅은 먹물같이 시나브로 어둠이 번져 오기 시작하는 먼 산을 바라보며 어룽지는 눈머리가 뜨거워진다. 차마 시를 읊지 않을 수 없다. 하여 나는 잠든 이를 곁에 두고 오다가다 비 맞은 중처럼 낮은 소리로 「후포항에 가면」을 중얼거려 보는 것이다. 일찌감치 강은교 시인이 '우리들 삶의 각주이며 연결인 시'라고 일러 말하던 것을 생각하면서.

바보섬에 노할매가 산다네

세상에 많고 많은 섬들 중엔 바보섬도 있다네
전남 신안군 다도해 해상국립공원 영산도

기암절벽과 바다 경치 빼어나 그 이름 자자해도
단체관광 받지 않아 명품마을 호칭도 얻었다네

이 마을 사는 노老할매 하나는
파도가 휘몰아치는 갯바위에 붙어 서서 미역 따는 일로
제 평생 바닷물에 몸 절구고 살았다네

아는 것이라곤 먼 바다로 나아가 위험한 떼배타고
길고 긴 빈창을 바위 틈새에 꽂아 놓고 갯바위에 올라서서
하루에도 수십 번씩 목숨 줄 걸어 놓고 미역 뜯는 일이라네

오래전 세상 떠난 남편이 물속에 미끄러져 떨어지지 말라고

밤새도록 삼아 놓은 짚신 신고 구십이 코앞인 오늘도
차디찬 바닷물을 온몸에 덮어쓰며 미역을 베어 낸다네

후박나무 홍합 거북손 영산 13경 아무리 유명해도
살아 있음의 증표로써 삶을 향한 투지 차마 저버릴 수 없어
동트는 아침마다 제일 먼저 일어나 바다로 달려간다네

구천을 떠도는 남편이 행여 발목이라도 붙잡아 줄까 봐
달랑 짚신 한 짝 부적 삼아 지금 이 순간도 쉬지 않고 미역을 딴다네
　　　　　　　　　　　- 김진진, 「바보섬에 노할매가 산다네」 전문

　한번 발을 들여 놓으면 쉽게 바꾸기 힘든 것이 직업의 세계다. 그러니 첫발을 잘 디뎌야 한다는 말이 있다. 하지만 세상사가 자기 뜻과 달리 마음먹은 대로 안 되니 문제다. 척박한 환경에서 살자면 원치 않아도 몸을 부려야만 생명을 유지하는 삶도 있다. 바다를 끼고 사는 어촌마을이 특히 그렇다. 바다가 내어주는 산물과 싸워 이기는 자만이 생존의 길로 나아가는 영광을 누릴 수 있다.

　자식들이 아무리 뜯어 말려도 눈만 뜨면 바다로 나갈 궁리에 눈이 초롱초롱해지는 저 노인. 자식들이 찾아와 감시를 하면 어쩔 수 없이 안 나가는 체 가만 몸을 궁굴리고 있다가 그들이 돌아가기만 하면 부리나케 달려가 바다로 나가는 배에 몸을 싣는다. 자연산 미역을 따는 일에 종사하는 마을 아낙 몇 명과 함께.

　바다 한가운데를 지나 목적지에 가까워지면 기운 좋은 남자 하나가 배와 밧줄로 연결된 떼배에 올라탄다. 그리곤 가장자리에 의지할 난간 하나

없는 평평한 떼배에 아낙들을 옮겨 싣는다. 그 속에는 최고참 격으로 늙고 야윈 몸매를 지닌 88세 노할매가 있다. 시퍼런 파도가 쉴 새 없이 철썩이는 갯바위에 접근하면 이 남자가 길고 튼튼한 대나무 끝에 낫자루를 챙챙 묶어 고정시킨 빈창을 바위 틈새로 힘껏 던진다. 마치 고래잡이 꾼들이 고래를 향해 거침없이 작살을 던지듯이. 물론 이 빈창도 튼튼한 밧줄로 떼배에 고정되어 있다.

이런 동작을 여러 차례 반복하다가 드디어 어느 틈새에 빈창이 단단하게 걸리면 떼배를 바짝 접근시킨다. 이때 아낙들이 하나둘 파도에 몸을 담그고 물살을 헤치며 대나무를 잡고 갯바위로 올라간다. 자연산 미역을 채취하기 위해서다. 방수용 갑바를 입긴 했어도 물에 젖는 것은 예삿일이다. 아낙들은 작업 도중 잠깐의 실수로 '앗차' 하는 사이에 발이 미끄러져 파도에 휩쓸려 가서는 졸지에 목숨을 잃기도 한다. 그러니 제 나름대로 갖가지 방법을 동원하여 발바닥이 미끄러지지 않도록 조심한다. 거친 헝겊으로 친친 싸매거나, 새끼줄로 꽁꽁 묶거나, 밧줄로 둘둘 감거나.

평생 이런 일로 삶을 이어온 노할매가 안타까워 남편은 제 죽은 뒤에 쓰라고 병든 몸을 이끌고 날이면 날마다 짚신을 삼았다. 노할매의 발에 꼭 맞도록. 그것들을 창고 가득 쌓아두고 돌아올 길 없는 먼 나라를 향해 영영 떠나갔다. 동트는 새벽 짚신짝을 발에 꿰며 노할매는 오늘도 혼자 중얼거린다.

"영감, 나 다녀올게." 라고.

지금도 살아 계실까? 풍광 수려한 영산도에 등 굽은 그 노할매가.

제주 돌 문화공원

2012년 6월 8일 오후 1시. 대낮인데도 뿌연 안개 속이다. 지면 가까이에서부터 꽉 차올라 온통 시야를 뒤덮은 이류안개. 느닷없이 시야를 가린 혼돈의 바다 한가운데서 좌우를 살펴본다. 껑충 솟아올라 바닥을 파고들 듯 육중한 무게를 드리운 적막한 바위가 코앞에 들어온다. 그것을 제외하곤 무엇 하나 뚜렷하게 보이는 것이 없다. 목을 꺾은 교차로의 표지판 하나만이 희미한 수직의 실선처럼 공중에 붕 떠 있을 뿐이다. 도통 알 수 없는 미로에 갇혀 버린 기분이다. 눅눅하게 휘감기는 습기만이 온몸을 감싸고 돈다. 정수리가 따가우리만치 맑고 청명하던 제주국제공항의 오전 날씨와 이곳은 사뭇 딴판이다. 교차로에 진입하던 순간부터 거대한 안개의 장막만이 미명의 새벽처럼 어스레하다.

슬며시 형체가 드러난 돌담을 따라 조금 걸음을 옮기자 짚으로 지붕을 얹은 전통 가옥 형식의 매표소가 보인다. 마치 드라마의 한 장면처럼 어디선가 꼬리 아홉 달린 천년 묵은 여우라도 휘익 튀어나올 것처럼 음산하다.

매표소 옆으로 난 어둑한 샛길을 따라 들어가니 우뚝 솟은 나무 하나가 벌판의 수문장 같은 모습을 하고 서 있다. 우련하게 뻗은 배경은 아득해서 도무지 그 끝이 짐작되지 않는다.

19계단을 올라 거대한 입석들이 즐비한 전설의 통로를 지난다. 옆길로 빠지니 사람 하나 없는 들판, 신화의 공간 위에 토끼풀만 새하얀 꽃송이들을 무럭무럭 피워 올리고 있다. 현무암을 쌓아 올린 거대한 방사 탑들이 희뿌옇게 눈에 들어온다. 묵은 넝쿨들이 휘늘어진 숲길 사이로 푸른 이끼에 젖은 나무들은 축축한 원시림처럼 다가든다. '설문대 할망의 죽솥'이라 불리는 원형의 하늘연못 위로 넘칠 듯 담겨 있는 물빛은 맑고 투명하기만 하다. 아들 오백형제에게 먹일 죽을 끓이다가 실수로 죽솥에 빠져 죽은 설문대 할망과 오백장군 신화는 그 맞은편에 즐비한 말방아들 위로 소리 없는 전설이 되어 흐르고 있다.

서서히 안개가 걷히고 돌 박물관 옥상 야외무대에 올라서자 돌문화전시관 전경이 펼쳐진다. 원시 대자연의 광활한 공간은 정적과 고요만이 지배하고 있다. 그러나 그 순간도 잠시, 뒷산 봉우리를 재빠르게 덮치며 흐늘흐늘 몰려 내려오는 거대한 안개의 장막은 마술봉을 휘두른 듯 일시에 주변 풍경을 감춰두고 만다. 들어서는 길목마다 어디선가 조금씩 색다른 숲의 향기가 흘러든다. 가는 줄기를 늘어뜨린 인동초의 흰 꽃술들이 내뿜는 향기는 좀 더 깊고 진하게 코끝을 자극한다. 사람의 발길이라곤 도무지 닿지 않았을 것만 같은 고적하고 한가로운 천연의 풍경들이 마치 우리를 태고의 세계로 옮겨 놓은 듯하다.

어름어름 안개를 헤치고 존자암지 부도를 지나 서자복, 동자복까지 나아가다 마침내 지척을 분간할 수 없는 자욱한 안개에 갇혀 길을 잃고 말았다. 방향감각을 종잡을 수 없으니 어디로 발길을 옮겨 놓아야 할 지 알 수가 없다. 오후 2시가 조금 지났을 뿐인데 어둠침침한 전통 가옥들과 울울창창한 숲들이 뿌옇게 빚어내는 하모니는 자못 신비롭기만 하다.

이리저리 안개 속을 헤매다 전통 초가마을로 들어서려는데 어린아이를 포함한 6~7명의 프랑스 관광객 일행이 바짝 따라 붙으며 말을 건넨다. 그들도 우리와 마찬가지로 가족끼리 단출하게 여행을 온 것으로 보였다. 안개에 갇혀 난감하기는 서로가 마찬가지인 모양이었다. 그래도 이런 상황이 재미있는지 연신 웃으며 주변을 맴돈다. 겨우 길을 찾아 빠져나오는데 안내인 하나가 나타나 방향을 제시해 준다. 그가 가리키는 손끝은 온통 안개의 장막일 뿐, 아무것도 보이지 않는다.

현무암을 낮게 쌓아 올린 거무칙칙한 돌담길을 따라 걷고 있는데 담 너머 안쪽에서 갑자기 불쑥 솟아난 시꺼먼 사람의 형체에 일행들은 모두 기겁하고 만다. 드문드문 흩어져 벌초작업을 하는 인부들의 모습이다. 잠깐 사이 어두운 그림자처럼 상반신만 흔드는가 하면 일시에 안개에 묻혀 사라지곤 없다. 하반신은 아예 보이지도 않으니 흡사 흑백 필름 속의 유령들처럼 음산해서 영화 〈고스트버스터즈〉의 한 장면을 방불케 한다.

서너 시간 동안 큰지그리, 작은지그리, 바농 오름, 늪서리 등 제주 특유의 고유 풍광에 젖다보니 시간을 잃어버린 방랑자가 된 기분이었다. 어디가 어딘지 앞뒤 분간조차 어려운 안개 속을 헤매다 작고 아담한 돌절구들이 늘어선 곳을 만났다. 종갓집 장독대처럼 돌절구들이 잔뜩 모여 있는 것을 보니 미묘한 아름다움에 빠져 너나없이 발길을 멈추었다. 그러나 그 중앙에서 느닷없이 '돼지죽통'이란 팻말이 우리를 한동안 웃게 만들었다.

돌 갤러리와 영실중앙무대를 거쳐 알 수 없는 미로를 빠져나오니 누군가에게 사열하듯 서 있는 수십 개의 돌하르방과 마주쳤다. 드넓은 벌판 위, 안개에 잠겨 묵연히 서 있는 모습들. 마치 여백을 자랑하는 한 폭의 수묵담 채화이거나 혹은 묵상에 잠긴 성자들같이 인상적이다. 잠시 옆으로 눈길을 돌리니 멀리서 가이드를 앞세운 한 무리의 관광객들이 뿌연 안개 속에서 검게 탄 나무등치들처럼 잠깐씩 보였다 안 보였다 반복하며 느리게 움직이고 있다. 우리는 그들의 뒤를 쫓아 겨우 입구를 찾아 나왔다. 지독한 안개의 신비에 휩싸인 광활한 벌판을 뒤로 한 채.

제주국제공항에서 렌트한 지프를 타고 야자수들이 즐비한 거리를 지나 비자림을 거쳐 도착한 이곳, 제주 동부 지역에 위치한 곶자왈 지대 '제주 돌 문화공원'. 제주에 살고 있는 원주민들조차 찾아오기가 그리 쉽지 않은 외진 곳이다. 2006년 6월에 개장해 2020년까지 100만 평 규모로 계속 조성되고 있는 중이다. 가족친지로 구성된 우리들 5명의 일행은 남들보다 조금 앞당긴 3박 4일 여름휴가의 한나절을 마치 유령이나 된 것처럼 짙은 안개 속을 헤매며 보냈다.

나무가 전하는 말

    나의 취미는 산책이다. 서울대입구역 근처에 살다보니 그날 그날 기분에 따라서 이런저런 지름길들을 이용한다. 가끔씩은 목적지가 어디냐에 따라 이 학교 저 학교 정문과 후문을 통해 운동장을 가로질러 다니기도 한다. 시간 여유가 어느 정도 있을 때면 그중에서도 곧잘 봉원중학교 운동장을 통과할 때가 있다. 1970년 3월 3일에 개교한 공립 중학교로 오랫동안 여중이다가 최근 몇 년 새에 남녀공학으로 바뀌었다.

    이 중학교 정문 기둥 바로 안쪽에는 거창한 왕벚나무 아홉 그루가 양쪽으로 나뉘어 심어져 있다. 봄이면 봄마다 멀리서도 그 왕벚나무 겹꽃들이 빚어내는 분홍빛이라니, 자못 와글와글하다 못해 선정적이다. 그 요란한 왕벚나무를 지나 몇 발자국 더 걷자면 왼편으로 다섯 그루의 벚나무가 또 줄지어 있고 드디어 탁 트인 대운동장이 보인다. 곳곳에 교목인 느티나무들도 오랜 수명을 자랑하듯 서 있다.

    평평하게 다져진 흙바닥 저 멀리 운동장 끝에는 높고 넓은 층층계단이

관중석으로 자리하고 있다. 체육 시간이나 봄가을 행사 때마다 학생들이 무리지어 올라앉는 곳이다. 계단의 길이가 어림짐작으로 보아도 대충 60여m에 이른다. 관중석을 양쪽으로 가르는 정중앙에 또 42개의 계단이 2단으로 구성되어 있다. 그 계단 맨 위층에 여러 종류의 나무들이 쭉 심어져 있고 나무들 뒤로 본관건물과 강당이 자리 잡고 있다. 본관 뒤편과 강당 사이에 주차장을 지나면 후문으로 통하는 작은 운동장이 길게 펼쳐진다.

정문에서 올라와 시원한 운동장을 왼쪽으로 끼고 오른쪽 끝으로 쭉 걷다 보면 부드럽게 올라가는 작은 언덕길이 있다. 본관에서 공부하는 학생들은 등교 때마다 이 작은 언덕길을 끝까지 다 올라가 건물 안으로 들어간다. 아마도 계단을 오르는 것보다 쉬운 까닭인 모양이다. 원형으로 휘어지는 이 작은 언덕길에는 그 시작과 끝 지점에 열일곱 그루의 아주 오래된 벚나무들이 심어져 있다. 한눈에 보기에도 30~40년은 족히 됐음 직한 우람한 크기의 벚나무들이 하늘 위로 쭉쭉 뻗은 채 층계를 내려다보며 휘늘어지게 서 있다. 그것도 꼿꼿해 뵈지 않는 기우뚱한 자세로.

앞쪽에서 막힘없이 쏟아져 들어오는 햇볕 탓인지, 대부분 층계 아래 운동장을 향해 비스듬히 기울어 잔가지들을 마음껏 내뻗고 있다. 벚꽃이 한창 필 때면 나는 이 작은 원형의 언덕길로 질러 다니기를 부러 즐긴다. 정문의 왕벚나무와는 달리 홑겹의 아주 여린 분홍빛이 거의 흰색처럼 보이는 이 벚나무들이 일제히 꽃을 피울 때면 그야말로 장관이다. 어딘가 수줍고 여리던 몽우리들이 밤사이 활짝 피워낸 수만의 작은 꽃송이들을 보면 알 수 없이 가슴이 뭉클하다. 운동장에 서서 가만히 올려다보면 꽃구름이 아름답기 그지없다.

하지만 언덕 꼭대기에서 휘늘어진 가지 끝 꽃송이들 사이로 층층의 계단과 탁 트인 넓은 운동장을 내려다보는 맛이란 멋스럽기조차 하다. 더구나 그때쯤이면 대여섯씩 몰려다니는 여학생들의 튀밥 터지듯 일시에 터져 오르는 웃음소리도 꽃잎 위로 튕겨 앉곤 한다. 바람이 슬쩍 불 때면 소리 없이 낭창낭창 흩날리는 꽃잎들은 또 어떻고⋯⋯. 정수리 위로 해가 바짝 든 여름이면 지루하고 넉살 좋은 햇빛을 피해 여럿 다른 길로 다니다가 가을이 중반쯤 접어들면 또다시 자연스레 이 언덕길을 질러간다. 집이 더 멀어짐에도 불구하고.

어느 해 늦가을 오후, 이 학교 정문 근처에 급한 일이 있어 거의 뛰다시피 후문을 통해 내려오다 나는 그만 이 작은 언덕 위에 우뚝 멈춰서고 말았다. 벚나무 아래 층층으로 내려가는 계단 위로 방금 내리쏟아진 듯 싱싱한 붉은 낙엽들과 그 아래 운동장 한편으로 가득 널린 오색의 이파리들. 그리고 운동장 곳곳의 묵은 느티나무들이 뿜어내는 진홍빛 가을 외투. 나는 순간적으로 나의 할 일을 잊은 채, 아주 오래도록 서서 그 광경을 내려다보고 있었다. '찬란한 가을'이란 이런 것인가 하고⋯⋯. 학생들이 거의 다 돌아가고 어쩌다 한둘이 지나는 쓸쓸한 해 질 녘, 홀로이 벚나무들 곁에 서서.

폭설이 내리던 며칠 전, 이른 아침부터 그날 중으로 도리 없이 처리해야만 하는 몇 가지 일을 마치고 서울대입구역에서 내린 나는 알 수 없이 그 길을 꼭 걷고 싶었다. 신경이 극도로 예민해진 탓이었는지도 모른다. 한참 전부터 시작된 눈발은 정문을 통과할 즈음 마치 퍼붓듯이 쏟아졌다. 운동장엔 오가는 사람이 아무도 없었다. 나는 그저 알 수 없이 오래도록 천천히, 그 길을 걷고 있을 뿐이었다. 벚나무 줄기들은 점점 더 흰 눈에 쌓여가고 언덕 위에 이르러 발길을 멈추고 내려다보니 세상은 온통 흰 눈 천지였다.

더욱 검게 드러나는 우람한 벚나무들의 밑둥치를 묵연히 바라보고 있자니, 그 꼿꼿하지 못함이 문득 무언가를 내 마음속에 툭 던져 주었다. 심지를 바로 하되 적당한 기울기는 세상을 부드럽고 넉넉하게 풀어주는 윤활유가 아니겠느냐고. 가던 길을 걸으며 곰곰 생각하니, 사물과 현상에 대한 깊은 이해는 스스로가 지닌 보이지 않는 덕德이 아닌가 생각되었다. 작은 배려 하나가 자신도 모르게 널리 이로움을 끼칠 때 이해심이란 중요한 요소로 작용하는 것임을 새삼 깨닫게 된다. 눈으로는 금방 드러나지 않지만 누군가의 마음속이나 보이지 않는 곳곳에 말이다.

봄과 여름 사이

샛길로 난 숲에 들어 자드락길 위에서 들뜬 숨을 고른다. 꽃차례가 지나니 그늘 짙어오고 투명하던 이파리들은 빛을 머금었다. 무성해져가는 신록 아래로 뱀의 허리선 같은 오솔길이 사라져 간다. 무르익기 시작한 오월의 아침 숲은 청량한 빛과 차오르는 신선함을 가득 내뿜고 있다. 몸피를 늘려가는 나무들의 숨소리가 고운 음계를 펼치는 듯하다. 한 자락 오보에 울림처럼 산뜻한 새소리가 숲을 흔들며 지나간다. 맑고 경쾌한 이루마의 피아노곡, 〈봄(Spring Time)〉이 절로 떠오르는 순간이다.

북한산국립공원 입구에 도착해서 좁은 계곡을 거슬러 오르다 잠시 주변 풍광을 둘러보는 중이다. 위용을 자랑하는 칼바위 능선들이 눈앞에 펼쳐지고 있다. 삼각뿔처럼 기세등등하게 치솟은 산들이 압도적이다. 제일 먼저 눈에 들어오는 원효봉(505m)은 신라시대 원효대사가 수도를 하던 토굴 원효암이 중간에 자리 잡고 있었다하여 붙여진 이름이다. 그 오른편으로 흔히 삼각산이라 불리는 백운대(836m), 만경대(810m), 인수봉

(810m)이 보인다. 깎아지른 듯 험난한 산줄기가 사고다발지역임을 표시하는 곳곳의 안내판들을 상기시킨다. 계곡마다 들어찬 거대한 바위들이 뚜렷한 입체감을 드러낸 사이로 가쁜 숨을 내쉬며 올라오는 등산객들의 수가 점차 늘어가고 있다.

자리를 털고 일어나 천천히 걷기 시작해서 백운대 방향으로 걸음을 옮긴다. 석가탄신일을 앞두고 화려한 꽃등이 내걸린 보리사와 상운사를 거쳐 대동사를 지난다. 산세가 험난한 탓인지 규모가 그리 크지 않은 절들이다. 골짜기마다 경사가 심해서 마른 숨이 턱까지 차오른다. 중턱에 이르러 가벼운 점심을 먹고 다시 걸음을 재촉한다.

푸르고 투명하던 하늘이 점점 흐려지는가 싶더니 차츰 빗방울이 떨어지기 시작한다. 조금은 걱정스러운 마음이 되어 부지런히 바위 사이를 뚫고 가파른 층계를 열심히 오르는데 느닷없이 귓가를 울리는 까마귀의 큰 울음소리. 바로 그때, 눈 깜짝할 사이에 코앞에 있는 굴참나무 줄기로 검은 물체가 휙 날아와 앉는다. 몸체가 상당히 큰 까마귀다. 그 모습을 유심히 보다가 무심코 건너편 산줄기를 쳐다보니 한쪽 끝이 거의 직각이다 싶을 정도로 가파른 절벽이다. 아찔하다.

그 순간 일본 작가 '후까사와 시찌로'의 단편소설 「나라야마부시고」가 퍼뜩 떠오르는 것이 아닌가. 빗줄기는 차차 굵어져 가고 산봉우리들은 안개로 슬며시 감겨드는데 갑자기 나타난 까마귀 울음소리와 맞은편 절벽의 급경사가 겹쳐지면서 알 수 없는 전율이 인다. 하필이면 첩첩산중 오지에서 벌어지는 기괴한 '일본식 고려장 이야기'가 뇌리를 스치는 것은 왜일까. 이상한 기분마저 스며든다. 십여 년 전 처음 읽었을 때의 문화적 충격이 재현되는 기분이다. 그 후로 아마 대여섯 번은 더 읽었던 기억이 난다. 사실적 심리묘사가 매우 뛰어난 작품이라 오랫동안 잊히지 않고 아직도 뇌리에 남아 있었나 보다.

빗줄기와 안개, 까마귀 소리가 뒤섞여 알 수 없이 묘한 기분으로 골짜기를 타고 오르는데 우비를 둘러쓴 한 무리의 사람들이 우르르 몰려 내려온다. 한쪽으로 비켜서고 보니 드디어 백운대 암문이 나타난다. 안내판에 쓰여 있기를 암문暗門은 성에서 구석지고 드나들기 편리한 곳에 적 또는 상대편이 알 수 없게 꾸민 작은 성문城門이란다. 적의 관측이 어려운 곳에 설치한 비밀 통로이기 때문에 일반 성문보다 작으며 유사시 성내에 필요한 병기나 식량 등을 운반하고 적에게 포위당했을 때 구원 요청을 하거나 역습을 하는 통로이기도 하단다.

그 문을 통과하여 왼쪽으로 난 성벽을 따라 백운대 정상으로 향하는데 여기저기서 까마귀 울음소리가 더욱 크게 들려온다. 정상을 향해 오르면 오를수록 까마귀들이 더욱 극성스럽게 울어대는지라 이미 반세기 전에 출현한 「나리야마부시고」의 백골이 널린 골짜기의 장면들로 머릿속이 꽉 채워진다. 이 작품으로 42세에 처음 등단한 후까사와를 두고 '우리는 이런 소설의 출현을 위해 50년을 기다려 왔다'고 찬사를 던졌다는 일본 문단.

여전히 비는 내리고 까마득히 하늘로 치솟은 정상을 향해 깎아 세운 듯한 막바지를 기어오르는데 슬슬 공포가 느껴지기 시작한다. 마지막 철제 계단을 끝까지 오른 찰나, 등 뒤에서 커다란 까마귀 한 마리가 날개를 쫙 펴고 순식간에 내 발치께로 내려앉는다. 급작스레 놀란 나머지 공포심이 한꺼번에 몰려든다. 아슬아슬한 830m 고공의 난간 꼭대기에서 졸지에 발이 움직여지지 않으니 이를 어쩌랴 싶다. 남편은 이미 정상 꼭대기로 올라가 버렸고 그 거리가 겨우 5m 정도밖에 안 남은 상황이다. 더 이상 한 발짝도 내딛지 못해 쩔쩔매는 나를 보고 남편이 급히 되돌아왔다. 가슴이 뻥 뚫릴 만큼 호쾌하게 펼쳐진 백운대의 장관을 코앞에 두고 그만 하산하는 심정이라니……

　천천히 산을 내려오는데 비는 그쳐가고 오랜만의 빗줄기에 씻긴 숲은 봄의 끝자락을 지나 무성한 여름빛으로 물들어 있다. 봄과 여름 사이. 가파른 절벽과 극성스러운 까마귀들, 안개 서린 빗줄기 사이로 우연히 떠오른 문학작품 하나가 '삶의 여정이란 대체 무엇인가' 하는 생각을 골똘히 돌아보게 만드는 절묘한 하루다.

금호강변의 늦가을 아침

남편 외가에 조카 결혼식이 있어 토요일에 대구에 갈 일이 생겼다. 가을이 되니 결혼식이 지난달에 이어 두 번째다. 팔 남매의 다섯째인 남편은 위로 누나와 형들이 넷 있고 아래로 세 명의 동생들이 있다. 나이가 많을수록 자식들의 숫자도 많다. 위로는 한 집안에 네 명까지 있고 아래로 갈수록 각자 두세 명은 기본이다. 그중에서 자식을 하나밖에 두지 않은 것은 오로지 우리 집뿐이다. 그러니 집집마다 결혼할 아이들이 줄을 서 있다.

시댁이 울진이라 친인척들은 그곳을 중심으로 근방 각처에, 더러는 서울에 흩어져 살아간다. 결혼식이 생길 때마다 지방까지 오가는 일로 하루를 보내는 것도 여간 고된 일이 아니다. 피치 못할 경우에는 토요일 오후 늦게 내려가서 하루저녁 잠을 자고 다음 날 결혼식에 참석하기도 한다. 여러 절차를 끝내고 집에 돌아오면 밤중이니 무려 이틀을 소비하는 셈이다. 열흘쯤 전부터 형님이 전화해서 대구 시내가 비좁아 차를 가지고 다니기 불편할 터이니 이번에는 기차를 타고 오는 편이 좋으리란 충고를 했다. 어찌할까 고심하다가 그러잖아도 피곤이 누적되어 여행하는 셈치고 KTX를 예매했다.

토요일 새벽 4시에 일어나 준비를 하고 5시 20분에 집을 나서니 주택가 골목들은 외등만 환한 채 어둠에 휩싸여 고요했다. 띄엄띄엄 오가는 사람들의 옷차림은 때 이른 추위로 완전히 겨울 채비였다. 이제 겨우 하늘빛이 희붐하게 깨어나기 시작하는 서울역의 철길은 스산한 바람만이 종종 너울처럼 지나갔다. KTX에 오르니 달리는 차창 밖은 자욱한 안개로 가을 풍경을 더욱 멀리 떼어 놓았다. 동대구역에 내려 다시 대구 시내로 향하는 지하철 1호선 안심방면을 타고 방촌역에서 내렸다. 부지런한 남편이 서둘러댄 탓으로 예식장 앞에 이르니 아침 10시도 채 안되어 시간 여유가 많이 남았다. 우리는 여행 삼아 주변을 둘러보기로 하고 서서히 걸음을 옮겼다.

저 앞에서 웬 아주머니 한 분이 작은 손수레에 갓 뽑았을 법한 김장용 무를 싣고 걸어오기에 유심히 보면서 지나쳤다. 걷다 보니 도로가에 사람 키보다 높게 철제펜스를 상당히 길게 친 곳이 있었다. 아마도 건물을 짓는 중인가 보다 하며 지나는데 중간에 육중한 쇠창살이 반쯤 열려 속이 훤히 들여다보였다. 한눈에 보아도 3,000여 평은 족히 넘을 것 같은 드넓은 대지 위에 온갖 채소들이 싱싱한 푸른빛으로 넘실댔다. 올망졸망 땅뙈기들이 두서없이 나누어져 있는 것을 보니 잠시 놀고 있는 빈터에 여러 사람들이 채소거리를 가꾸는 것이 아닌가 짐작케 했다.

건널목을 지나니 건물 벽면을 따라 붉은 열매가 가득 달린 나무들이 죽 늘어서 눈길을 사로잡았다. 그 모습이 보기 좋아 사진 몇 컷을 찍고 나니 끝에 이르러 '용계성당' 표지석이 눈에 들어왔다. 표지석 뒤로 오래된 향나무가 성당의 붉은 벽돌을 따라 줄지어 서 있었다. 그 모습이 아름다워 사람의 정성스러운 손길이 대번에 느껴져 왔다. 나무 가꾸기와 꽃나무 기르기에 유별난 취미를 지닌 남편이 그냥 지나칠 리 없었다. 성큼성큼 저만치 앞서서 이미 성당 앞마당의 나무들을 세세히 살펴보고 있었다. 누군가 정원 손질에 남다른 애정을 기울이고 있음이 틀림없었다. 조금 전 물세례를 받은 듯 축축하게 젖은 이파리들이 햇빛 아래 신선하게 반짝였다. 성당을 빠져 나오는데 아침 예배 노랫소리가 은은하게 밖으로 새어 나왔다.

도로에서 보니 육교 저편으로 가을빛이 완연한 나무들 사이에 우뚝 솟은 둑길이 시야에 들어왔다. 우리는 낙엽이 가득 쌓인 계단을 밟고 올라가 그 둑길에 섰다. 갑자기 건초 냄새가 훅 끼쳐와 발아래를 보니 비스듬히 흘러내린 지면의 풀들이 모두 베어져 누렇게 말라가는 중이었다. 그 냄새가 둑길 아래로 저만치 유유히 흐르는 강물을 따라 바람을 타고 코끝으로 진하게 풍겨 올라왔다. 강 저편에는 울긋불긋 치장한 나무들이 건물 하나 없이 시원하게 뚫린 스카이라인을 따라 울창하게 서 있었다. 가슴속이 일시에 확 트이는 시원한 기분이었다. 시계를 보니 아침 10시 30분을 막 지나고 있었다.

우리는 둑길을 따라 늦가을 서늘한 아침볕 속을 천천히 걸어갔다. 강 줄기를 따라 좁게 펼쳐진 길에는 간간이 오가는 자전거와 어쩌다 산책하는 사람들이 조그만 인형들처럼 지나갔다. 점차 따뜻해지는 가을볕이 머리 위로 한창 쏟아져 내렸다. 서로가 아무런 말도 없이 유장하게 흐르는 시간 속을 지나고 있을 뿐이었다. 마음의 흐름을 따라 각자 조용한 사색에 잠긴 채로. 그러자 많은 일들이 주마등처럼 스치며 이제 막 긴 터널을 빠져나온 것처럼 이상한 안도감이 마음속에 스며왔다. 그것은 외지에서 처음으로 느끼는 순하고 평화로운 마음이었다. 나는 가만히 옆을 돌아보았다. 먼 눈길로 잠잠하게 걷고 있는 남편은 지금 대체 무슨 생각을 하고 있는 것일까 싶었다.

둑길 중앙 넓은 곳에 한 무리의 노인들이 모자와 장갑을 끼고 벤치에 앉아 해바라기를 하고 있었다. 그들은 둑길을 천천히 걸어오고 있는 우리에게 시선을 집중했다. 언뜻 보기에도 정장 차림의 남녀가 사람들의 발길이 뜸한 둑길을 걷고 있는 것이 이상하다는 듯 호기심 어린 눈빛이었다. 우리는 그저 스치듯 지나서 아양교를 지나 멀리까지 걸어갔다. 비로소 지나는 사람에게 물으니 저 강이 바로 포항시 죽장면에서 발원하여 영천과 경산을 거치고 대구시를 지나 낙동강으로 흘러드는 '금호강'이라고 일러 주었다. 우리는 걸음을 멈추고 한동안 금호강을 내려다보며 말없이 앉아 있었다. 늦가을 아침의 고요한 한때가 우리의 인생을 관통하는 순간을 오래도록 음미하기 위하여.

명절 풍경

시끌벅적하다. 나이가 많든 적든, 키가 크든 작든, 들어서고 나오는 사람들마다 인사치레로 북새통을 이룬다. 곧이어 연장자들은 느긋이 자리를 잡고 앉는다. 구순이 다 되어 가는 사촌 시아주버니와 형님부터 두세 살 어린 것들까지 그야말로 다양한 세대들의 꽃밭이다. 어느덧 아이들은 아이들대로, 청년들은 청년들대로 제각기 무리가 나뉜다. 남자들의 한바탕 웃음이 떠들썩하게 지나는 사이로 여자들은 종종걸음이다. 그릇 부딪치는 소리와 잡다한 울림이 거실 한복판에 뒤섞인다.

추석날 큰댁 풍경이 이렇듯 왁자하다. 시아버님과 시어머님이 돌아가신 이후로도 여전히 형제자매들은 말할 것도 없고 사촌이며 그 자식들, 그 아래 손자손녀, 외손들까지 다 모여드는 마지막 집결지다. 누군가가 그리우면 오면 되는 곳이다. 웬만한 촌수의 사람은 이곳 어딘가에 자리를 차지하고 있다. 하루 동안 들고 나는 숫자가 어지간히 많다 보니 종종 낯선 얼굴들이 언뜻 비치기도 한다. 그들은 안을 기웃대다 끼어들지도 못하고 웃음만 피워 올린 채 슬며시 문전에서 인사말을 주고받고 되돌아가기도 한다. 대개 마을 친구이거나 각별한 이웃들로 서로의 안팎 사정을 훤히 꿰고 있는 사람들이다.

이렇듯 명절이면 사람이 넘쳐나는 곳. 큰댁은 굳이 이런저런 척을 하지 않아도 구순한 무언가가 질기게 사람들을 끌어당기고 있다. 어깨 힘을 잔뜩 넣고 골목을 들어서봤자 어쩐지 무장 해제되고 만다. 햇살 가득한 마당을 지나 하나 둘 계단을 오르는 동안 삿된 응어리가 부질없음을 차분하게 일깨워준다. 모두들 힘겨운 청, 장년기를 거치는 동안 어떤 소망 같기도 하고 한편 기도를 닮아 있기도 하던 절실한 것들이 마침내 이곳에서 너그러운 조화를 빚어내고 있는 중이라고 해야 할까.

명절을 보내며 틈틈이 그런저런 일들을 수굿이 바라보노라면 사는 맛이 이런가 하여 알 수 없는 감개가 잔물결처럼 지나간다. 너럭바위 하나쯤 아무렇지도 않게 깔아두고 그것들을 아우르는 큰댁 형님 내외의 묵중한 배포. 바로 그것이 누구에게나 한 차례 시원한 획을 그어준다. 그럴 때마다 창창대해 눈앞의 동해를 품고 긴 인고의 시간들을 첩첩이 깊숙하게 들어앉힌 노력들이 숨어있음을 읽어 내린다. 반나마 시름겹던 소박한 살림들이 차례대로 때를 벗는 사이, 거기 깃들인 진중한 풍경들이다. 여기까지 우리가 걸어온 누적된 시간들을 돌아보자면 어딘가 눈물겹지 않을 수가 없다. 그 중 첩된 세월의 흐름들이 지금 말 없는 혜택들을 풀어 보이는 가운데 서로가 격의 없는 어우러짐을 보여주고 있다.

시고 떫은 삶의 기나긴 과정들을 여과시키는 동안 참맛이 무엇인가를 체득한 사람들의 진득한 겸손은 소박하고 질박할 뿐이다. 그러니 여기서는 어느 누구라도 나름의 권위 의식을 갖고 무장할 필요가 없다. 어떤 식으로

든 뻐기려 드는 것은 풋내 나는 신출내기일 뿐이다. 그것은 되레 못난이가 되고픈 쓸모없는 일에 지나지 않는다. 이곳에서는 오래잖아 그 같은 사실들을 스스로 인식하게 되는 것이다. 그저 있는 듯 없는 듯 자리를 차지하고 스스럼없이 반갑게 섞여들면 그만인 셈이다.

그러니 누구나 구김살 없이 이삼일 정도는 마음의 안식을 찾아 먼 길을 마다않고 이곳까지 달려오는 모양이다. 아무리 해가 묵어 본들 낡삭은 냄비처럼 쉬 끓어올라 어딘가 근천스러움을 풍기는 일은 거의 없다. 시름 겨운 실패 하나쯤 대수롭지 않게 보듬어주는 담담한 인간미가 그들을 맞이할 뿐인데도 그렇다. 도리어 그것들이 번잡한 마음의 그늘을 왠지 평온하게 유지시켜주는 구실을 하는 때문이다. 시간의 흐름을 타고 은연중 생채기에 슬며시 덮개가 내려앉는 것처럼 알 수 없는 위로가 번진다. 그런 기분은 각자가 저도 모르게 제 마음의 치유를 낳고 있는지도 모른다. 따라서 가벼운 희생 따윈 일찌감치 접어두고 할 도리를 우선하는 것이 낫다는 생각이 자연스레 앞선다.

높고 낮은 어깨들이 들썩대는 사이로 넌지시 면면을 살펴본다. 시부모님이 남긴 절대적 유산이라면 이 많은 후손들을 결속시키는 유대감이 아닐까 싶다. 그동안 되돌릴 수 없는 강을 건너 먼 별로 돌아간 이들의 빈자리가 진한 아쉬움을 불러들인다. 그럼에도 불구하고 때마다 수고를 마다않는 큰댁 형님 내외는 오늘도 너나없이 풍성한 발길을 모아들이고 명절 한가위를 명랑하게 빚어내고 있다.

여기에는 어딘지 모르게 물맛 같은 사람 맛, 우직한 마음의 여유가 숨길처럼 흐르고 있을 뿐이다. 그래서 때마다 변함없이 찾아드는 혈족들의 두터운 심성을 헤아려 보는 일은 더없는 의미를 띄고 다가온다. 척박한 삶의 귀퉁이에서 무엇이 귀한 일인지를 새삼 뒤돌아보게끔 새로운 지평을 틔워 놓는 까닭이다. 하여 명절마다 새로운 감사함을 절로 새겨두게 된다. 우리 모두가 이삼일을 뒤섞여 지내는 동안 마음속 깊이 내재된 순정한 마음의 불씨들을 은근히 되살려 내고 있는 것은 아닌가 하고.

탁 트인 하늘과 숲들의 유연한 흐름 보이지?

아름다운 풍경이잖아.

가슴 깊숙이 스며드는 바람결은 또 어떻고.

－「K를 위한 소나타」에서

4
—

봄볕 소나타

잊히지 않는 선물

볼을 때리는 찬바람이 정신을 번쩍 들게 한다. 이른 아침부터 얼굴 표면에 살얼음이 낀 것처럼 얼얼하다. 낮 동안 조금 나아지는가 싶더니 초저녁부터 다시금 바람이 불어 여간 추운 것이 아니다. 그 쨍한 밤 추위를 뚫고 늦은 시간에 집으로 손님들이 몰려왔다. 오랜만에 찾아온 남편의 지기지우들이다. 밖에서부터 들뜬 웃음소리가 떠들썩하니 어둠을 출렁이게 만든다. 대문을 열자 검은 그림자처럼 성큼 들어서던 그들 중 하나가 무언가를 불쑥 내민다.

"형수님, 선물입니다아!"

연한 불빛에 드러난 얼굴을 보니 성긴 머리에 이마가 시원한 철환 씨다. 남편이 30년 가까이 모임을 이어나가는 중에 올해 새로 뽑힌 총무로 나이가 서너 살 손아래다. 밖에서 남자들끼리 저녁 모임을 다 끝내고 한 잔 걸친 김에 다리품이나 쉬어 가려고 들렀다니 아닌 밤중에 홍두깨다. 나는 얼떨결에 내민 봉투를 받아 든다. 가뿐한 것이 검은 비닐 봉투다. 밤늦게 느닷없이 들이닥친 손님들이니 내 마음은 벌써 '냉장고 속에 뭐가 있을까?' 종종거린다.

거실로 들어오자 다들 의자는 마다하고 빈 바닥에 둥글게 둘러앉아 자리를 튼다. 너나없이 두꺼운 웃옷들을 벗어 놓고 편안한 자세다. 그 소란 중에 커다란 수조 위에 비닐 봉투를 잠깐 놔둔 채 방석을 내주랴, 보일러 온도를 높이랴, 주방으로 날아간다. 거실과 주방이 완전히 따로 분리되어 있으니 그들은 내 모습을 전혀 볼 수가 없다. 나는 잽싸게 몸을 놀려 냉동실 문을 열고 이리저리 안주거리를 뒤적인다.

얼마 전 큰시누이가 보내온 왕새우를 찾아 찜통에 얹어 두고 도마 위에 문어도 한 마리 꺼내 놓는다. 그리고 부리나케 지하실로 내려간다. 작년 봄에 담근 매실주를 찾아서. 뚜껑을 열자 짙고 뭉근한 향내가 맑은 기운을 퍼뜨린다.

이럭저럭 술상이 차려지고 그들은 연신 흥겹고 유쾌하다. 뭐가 그리 재미있는지 겨울밤이 깊어가는 소리는 여기 죄다 모여 있는 것처럼 "와아!" 하니 웃음이 터진다. 더도 덜도 아닌 약간의 취기에 모두들 다정다감하다. 과일까지 한 접시 갖춰 들이고 나니 그제야 겨우 한숨 돌리는 시간이다. 이제 막 돌아서는데 갑자기 등 뒤에서 한 마디 툭 울린다.

"형수님, 아까 그 선물. 안 보십니까아?"

순간 '아차!' 싶은 생각이 번쩍 스친다. 어디 있나 이리저리 둘러보다가 수조 위에 놓인 그 검은 비닐 봉투를 찾아들고 안을 들여다본다.

"어머, 세상에!"

그만 눈이 번쩍 떠진다. 순간 나도 모르게 웃음이 퐁퐁 자동으로 솟아난다. 여기저기서 또 한바탕 웃음이 와르르 쏟아진다. 다들 한통속이니 이미 알고 있다는 눈치다.

"아니, 이게 웬 거예요?"

잔뜩 웃음을 머금고 눈을 동그랗게 떠 보였으나 모두들 싱글벙글 연신 웃음뿐이다. 밤늦게 찾아와 느닷없이 안기는 선물치고는 너무도 뜻밖이어서 의아했다. '껍질 벗긴 쪽파 한 줌!' 살다보니 내 생전 이런 선물은 또 처음이다. 더구나 남자에게서 말이다. 모임의 총무를 새로 맡았으니 그새 살림 솜씨가 늘었나? 또다시 터지는 왁자한 웃음소리. 거실이 한바탕 크게 출렁인다.

오랜만에 흥겨운 모임이 끝나고 집에 돌아가야 할 늦밤이건만 졸지에 서로 의기투합해서 우리 집 앞으로 몰려오고 보니 차마 빈손으로 오기가 거시기 하더란다. 여기저기 둘러봐도 마땅히 살 만한 건 없고, 마침 그때 어느 상점 앞 노상에서 웬 노인네가 혼자 움츠리고 앉아 쪽파 한 줌을 팔고 있더라나. 김장철이 한창이니 시장 입구에서 하루 종일 쪽파를 까서 파는 노인이 남은 쪽파를 마저 팔고 들어갈 요량이었던 모양이다. 캄캄한 겨울밤 집에 들지 못하고 거리에 나앉은 노인을 보자 철환씨가 맨 먼저 달려갔던 모양인데 다들 만류에도 불구하고 꿋꿋하게 감싸 안고 왔단다.

시끌벅적 화기애애한 그들이 모두 돌아가고 난 뒤 나는 얌전히 담긴 쪽파를 꺼내 들고 "흠흠" 냄새를 맡아 보는 것인데, 참 좋기도 하다. 그 화한 냄새. 아니, 철환씨의 마음이 새삼 어여쁘기만 하다. 취중에도 딱한 것에 눈 돌릴 줄 아는 따뜻한 마음이 담긴 쪽파 한 봉지. 지금껏 내가 받아 본 그 어떤 선물보다 두고두고 잊히지 않는 선물로 기억될 것만 같다. 인간에 대한 연민만큼 스스로의 인간성을 풍부하게 만들어주는 것도 드물지 않을까 싶다.

민이 엄마의 노래

　새벽 어스름 속에 살며시 문을 열고 빠져나가는 민이 엄마의 뒷모습을 지켜보며 나는 소리를 잊어버린 반벙어리마냥 입안을 웅얼거렸다. 셰익스피어의 『태풍』에 나오는 에어리일의 노래였다. 큰시누이가 어두운 골목으로 사라지는 설창雪窓을 마주하는 일은 아랫목에 발목을 묻고 누워 있어도 꽤나 속이 시린 일이었다. 마치 무언가가 가슴 한복판에 체기滯氣처럼 엉킨 채 제대로 소화가 되지 않는 것만 같았다.

　'사는 게 별거 있남? 오뉴월 우렁쉥이 맨치로 다복다복 매달려서 내 등 넘 등 할 것 없이 등 뎀히며 사는겨.' 위판장에서 경매로 받아든 대게와 홍게, 돌문어, 줄가자미 등등을 활어통에 담으며 민이 엄마는 발아래 오징어들을 내려다보았다. 재빨리 위로 솟구치듯 물살을 가르는 싱싱함에서 오늘 하루의 운세를 가늠해 보는 것도 종종 재미있는 일이었다. 북새통처럼 분주하게 돌아가는 어시장엔 벌써부터 김이 오르고 여기저기서 물세례가 이어졌다. 횟집들의 겨울 아침 장사는 곰칫국 냄새가 어시장 안으로 진하게 퍼질 때쯤이라야 속을 어르고 한 차례 숨을 돌렸다.

출입구를 통해 검푸른 동해가 비질한 앞마당같이 훤히 내다보였다. 새벽부터 희끗희끗 날리던 눈발도 그쳤다. 서느런 아침 바다는 그루잠에 빠진 듯 고요해도 대강 볼 일은 아니었다. 한번 파도가 일기 시작하면 무섭게 요동쳤다. 삽상한 바람이 불던 '그날 아침'만 해도 평온하지 않았는가. 예기치 않은 평지풍파가 따사롭던 삶의 시간들을 일시에 거두어 갔으니 세상사가 어느 하루도 만만하게 볼 일은 아니었다.

하루아침에 제 짝을 잃고 삶의 지도를 엎어 버린 민이 엄마에게 '여자'란 속성에 불과했다. 둘이나 매달린 자식을 들쳐 업고 새파랗게 밀려드는 파도 앞에 절치부심 속앓이를 태웠다. 골뱅이를 까고 날생선의 멱줄을 거머쥔 채 앞섶을 새빨갛게 물들이는 일이 생의 전부가 되어갔다. 손톱 밑이 훤히 드러날 지경이 되어서야 집에 당도하곤 했다.

어린것들의 초롱한 눈망울 앞에서 육신의 고통쯤이야 아무렇지도 않았다. 자식들이 샛길로 빠져들지 못하도록 은산철벽이 되어야만 했다. 제 삶을 뒤바꾼 그날의 거친 파도가 아직도 가위처럼 짓눌려 잠에서 깨어나곤 했지만 알토란같은 새끼들을 볼 때면 시나브로 환한 웃음이 터져 나왔다. 철저하게 자식들의 거멀못이 되어 버린 민이 엄마는 그러나 사람다운 것의 진의를 잃지는 않았다.

짙푸른 겨울 바다로부터 눈길을 거둔 민이 엄마는 활어통 속에서 펄떡이는 생선들을 내려다보았다. 생생하게 뻗어 오른 대게 다리들 사이로 왕돌초 심해의 깊고 신비로운 숨길이 거침없이 살아 오르듯 물거품이 올라왔다. "보소 보소, 여그 좀 보소. 참말로 고맙데이. 덕분에 아그들은 잘 있소 고마." 생전에 남편을 대하듯 입속말을 뇌까리며 춥고 길었던 삶의 시간들을 뒤덮듯 피식 웃었다.

손님들이 들이닥쳤다. 가자미와 오징어 껍질을 벗기고 손님상에 오를 회뜨기에 정신을 팔다 문득 뒤돌아보았다. 그새 커버린 민이가 제 형과 함께 우뚝 서 있었다. 훤칠한 키가 제 아비를 닮아 서글서글한 만이는 언제 보아도 등기산 등대같이 듬직했다. 엄마를 빼다 박은 민이의 가무잡잡한 얼굴과 시원한 미소는 하루의 피로를 날려 버리는 원기충전제였다. 언제나 상쾌하게 어시장을 환하게 밝혔다. 말하지 않아도 둘은 택배박스를 포장하고 꿈틀대는 문어를 들어 올리고 손발이 척척 맞아 돌아갔다. 어시장 상인들의 부러운 시선이 교차하는 이 시간이면 민이 엄마는 어깨가 쭉 펴져 절로 신바람이 일었다.

하루 종일 정신없이 돌아가던 어시장에 불빛이 켜지기 시작하면 저녁 손님들로 한바탕 굿판을 펼쳤다. 붉은 홍게들이 화려한 자태로 손님상에 오르고 전복을 곁들인 물회와 왁자한 웃음들이 여기저기 흘러 다녔다. 뱃사람들의 질펀한 농담에 어깨가 절로 출렁이던 사람들 사이로 낯선 관광객들조차 흥에 겨워 말소리가 높아갔다. 비어 버린 활어통과 몇 마리의 물가자미만이 배를 드러낼 때쯤이면 그것이 슬슬 어시장의 파장을 알리는 신호나 마찬가지였다. 다들 돌아갈 준비에 바빴다.

민이 엄마는 잠시 판장에 걸터앉았다. 밤바다는 육중하게 가라앉아 있어도 심사를 들끓게 하는 법은 없었다. 썰물처럼 손님들이 모두 빠져나간 어시장은 어둠에 잠기고 상인들의 차 소리와 발걸음 소리만이 간간이 들려왔다. 막걸리 한잔으로 칼칼한 목을 축이자 구수한 노래가 실려 나왔다. "얄밉게 떠난 님아/얄밉게 떠난 님아/단발머리 가시내에 상처를 주고……."

민이 엄마의 노랫소리가 차가운 겨울 바다의 물결과 뒤섞여 바다 한가운데로 퍼져나갔다.

갑자기 뒤에서 경적이 울렸다. 차문이 열리고 민이와 제 형이 내렸다. 동시에 꼬물꼬물 움직이는 작은 그림자들이 한꺼번에 쏟아져 나왔다. 진즉에 가정을 이룬 두 아들의 어린 자식들이 벌써 여섯 명이나 되었다. 고요하던 판장이 순식간에 활기로 차올랐다. 목에 감기는 어린것들의 살갗에서 푸른 생명의 냄새가 춤을 추듯 번져왔다.

그랬다. 검은머리가 파뿌리처럼 변해 버린 지금까지 민이 엄마의 생을 끌어 올린 것은 언제나 바다였다. 파도 소리에 실려 오는 민이 아빠의 음성을 품고 무람하게 삶의 질곡을 횡단해 오는 동안 바다가 내어 준 것들은 펄펄 뛰는 생명의 신비였다. 살아갈 이유와 살아가는 방법까지, 삶의 근간이 되어버린 바다. 그 바다가 그녀 생의 전부였다.

큰시누이의 흥얼거림이 거실 벽을 타고 주방에 서 있는 내 귓가로 흘러들었다. 햇김치와 미역무침, 말린 생선 조림과 뜨끈한 물메기탕 한 그릇으로 시누이의 저녁 식탁을 준비하는 동안 나는 체기滯氣만 사라진 것이 아니었다. 에어리일의 노래마저도 저 멀리 사라진 후였다.

절반의 자유

후텁지근하다. 6월 초이건만 더운 열기가 뚜렷이 남아도는 오후다. 시장통 난전에서 저녁 찬이나 사려고 생선가게 앞에서 멈추었다. 작은 아이스박스 통에 미꾸라지들이 잔뜩 담긴 채 한쪽 구석에 놓여 있었다. 아저씨가 생선을 다듬는 동안 나는 무심히 미꾸라지들을 내려다보았다. 물은 방금 떠다 넣은 것처럼 맑고 깨끗했다. 사방 벽면이 새하얀 탓인지 유난히도 거무튀튀해 보이는 놈들은 얽히고설켜 서로 부둥켜안 듯 해서는 미끄러웠다. 사각의 링 안에서 난타전이었다. 몸을 뒤집을 때마다 흙모래를 끼얹은 듯 누리끼끼한 배가 드러나기도 했다. 그 작은 통 속에서 어처구니없는 생동감이었다. '흠, 멀미가 났군. 빙벽 속의 우울이라…….'

문득 알 수 없이 놈들을 구제해 주고 싶은 생각이 들었다. 잠시 망설이다 아저씨에게 미꾸라지 다섯 마리를 주문했다. 아저씨는 약간 난처한 표정이었다. 어디에 쓸 거냐고 묻기에 대뜸 "아이들이 있어서 좀 키워 보려고요." 하고 엉뚱한 답을 내놓았다. 아저씨는 다소 싱거웠으나 마지못해, 그럼 그냥 몇 마리 가져가란다. 내가 먼저 주문했는데 그냥 가져가라니. 이유 없이 슬쩍 마음이 상했다. 아저씨의 선심을 모르는 척, 생선값에 더해 천 원짜리 한 장을 더 건네주니 금방 환한 표정이다.

검정 비닐봉지에 물을 약간 받아 넣고 시장통을 걸어갔다. 달콤한 과일향 속에 묻혀 여기 저기 야채들이 느른한 선잠을 자고 있었다. 비닐봉지 속에서 놈들이 어리둥절할 것을 생각하니 피식 웃음이 나왔다. '빙벽에 미끄러져 캄캄한 웅덩이에 처박혔다고 생각할까, 놈들이?' 저녁 무렵치고 날씨는 꽤나 무더웠다. 대문을 열고 마당 가장자리 수돗가 쪽으로 다가갔다. 검정 비닐봉지 한 끝을 잡고 부레옥잠이 싱싱하게 담긴 붉은 함지박 속으로 풀어 주었다. 횡재 만난 미꾸라지들이 재빨리 어딘가로 몸을 숨겼다. 잠시 들여다보고 있노라니 이놈들이 느낄 상쾌한 해방감이 이상스레 자극적이었다.

8월 한낮, 무료한 휴일 오후다. 현관문을 열고 마당으로 나가 본다. 조금 전에 현관바닥을 청소하려고 위층에서 한바탕 쏟아 부은 물이 계단을 타고 흘러내려서 군데군데 습기를 펼쳐 보이고 있다. 그 사이 벌써 물기가 스며든 곳에서는 차츰 열기가 느껴진다. 마치 침봉으로 찌르듯 정수리를 파고드는 햇살이 따가워 푸른 잎이 빽빽한 사철나무 그늘 속으로 몸을 세운다. 아무 생각이 없다.

그늘 속을 서성이다 보니 문득, 아기 주먹만 한 보랏빛 꽃 한 송이가 눈길을 사로잡는다. 성큼 그쪽으로 다가앉는다. 부레옥잠이 어느 틈에 꽃을 피워 올린 모양이다. 도도한 이파리들이 푸른빛으로 꼿꼿하게 고개를 쳐든 사이로 새끼손톱만 한 작은 꽃들이 겹겹이 모여 한 송이 꽃을 이루고 있다. 집 안에서 부레옥잠의 꽃을 보기는 이번이 처음이다. 연보랏빛이 청량감을 준다. 꽃잎을 자세히 들여다보니 어스름 내리는 초저녁 창가에 키 낮은 촛불 한 자루를 켜 둔 것 같은 노란 무늬를 지니고 있다. 그 안에 하얀 꽃술들은 한 낮의 열기를 품은 채 접시군단 같은 이파리들에 둘러싸여 솟아있다.

이리저리 세심하게 꽃을 구경하다 부레옥잠 한 송이를 슬며시 들어 올린다. 한 놈이 거기 있다. 잘록한 줄기 끝 호리병처럼 연녹색으로 부풀려진 공기주머니 바로 아래, 헝클어진 머리칼 같은 뿌리 사이에 몸을 착 밀착시키고 좁쌀 같은 눈을 빼꼼히 뜨고 있다. 아직도 놈들이 살아 있다. 뿌리를 번쩍 들어 올리니 물속으로 첨벙 줄행랑이다. 다른 놈들도 찾아볼 양으로 이리저리 부레옥잠을 뒤적여 본다. 보이질 않는다. 한 놈은 수면 아래 땅속에 반쯤 몸을 숨긴 채 움직이지도 않는다. 나머지는 어디로 갔단 말인가? 시퍼런 이끼와 뒤엉킨 뿌리들로 물속은 어둑시근하다. 수면 위로 바짝 눈을 들이댄다. 맑고 화창한 하늘만이 흩어져 있을 뿐 고요한 대낮이다.

온 신경을 눈에 곤두세우고 부레옥잠을 이것저것 옆으로 밀어 보지만 거무튀튀한 놈들은 도통 보이질 않는다. 내 머리 그림자를 옆으로 비켜 보지만 물 위엔 흰 구름만 둥실 떠 있다. '흙 속에 숨었나?…… 아! 있다 있어!' 놈들이 꼬물꼬물 거기 있다. 1cm도 채 안 되는 아주 작은 놈들이 별안간 시선을 사로잡는다. 방금 낳은 구피 새끼들처럼 조그만 놈들이 뿌리 사이를 유유히 떠다니고 있다. '햐, 고것 참!' 차가운 물이 코끝에 닿는다.

비록 반쪽짜리 자유도 이만하면 살맛이 절로 나는가 보다. 어둡고 아늑해야 할 자유를 빼앗긴 채 누군가의 한 끼로 사라졌다면 오늘 저 작은 새끼들이 거기에 있었을까?

우리 집 앞마당 붉은 함지박 속 부레옥잠 밑에는 미꾸라지 새끼들도 함께 살고 있다.

앵두를 따다가

십수 년 전 마당 한쪽에 자그마한 앵두나무를 심었다. 오래된 라일락 근처라 뿌리들끼리 서로 터 싸움을 하는지 근 삼 년쯤 제대로 자라지를 않았다. 그러다 어느 봄날 갑자기 기지개를 켜듯이 불쑥 키를 높이 더니 이듬해부터 눈에 띄게 자라났다. 보랏빛 라일락이 한창 꽃망울을 터뜨리고 이웃집 골목까지 밝고 은은한 향기를 퍼뜨리다가 질 무렵이면 앵두나무가 이에 질세라 벚꽃과 흡사하게 자잘한 흰 꽃을 일제히 내어 달고 화사하게 제 모습을 드러냈다.

그러던 앵두나무가 맨 처음 열매를 맺은 것은 아들이 군에 입대하던 해였다. 논산 훈련소에서 기본 교육을 마치고 사령부에 자대 배치를 마친 뒤 첫 휴가를 온다는 기별이 왔다. 입대 이후 아들과의 첫 만남에 며칠 전부터 마음이 수선스러웠다. 하루는 새벽잠이 깨어 푸른빛이 온전히 가시지 않은 마당을 오락가락 서성였다. 오월 말쯤의 이른 아침은 청신한 기운이 물씬해서 정신이 금방 맑아졌다.

그때 어딘가에서 실 피리를 불 듯 한 줄금 여리고 깨끗한 소리가 공중을 가르며 휙 지나갔다. 우람하게 양쪽으로 가지를 뻗친 향나무 속인가 싶어 고개를 꺾고 소리 나던 쪽을 올려다보았다. 두리번거리며 이리저리 살피고 있을 때 또다시 라일락 근처를 지나는 아름다운 새소리. 천천히 걸음을 옮겨 그 아래로 다가가니 참새보다 더 작은 새 한 마리가 가지 사이로 솟구쳐 이내 어디론가 사라졌다.

새가 사라진 방향으로 잠시 아쉬운 눈길을 주는데 싱싱한 초록의 이파리들 아래로 점점이 눈에 들어오는 붉은 열매들. 저게 무얼까 싶어 정원석 위로 쑥 올라가 머리 위를 자세히 살피니 앵두였다. 앵두나무를 심은 지 몇 년 만에 처음으로 발견한 붉은 앵두 몇 알. 반가운 마음에 손을 뻗쳐 잘 익은 앵두 하나를 따서 입에 넣으니 새콤달콤한 것이 여간 신선한 게 아니었다. 이제 막 하나를 더 따려는 순간.

"어허 참. 아들 오면 주려고 했는데, 좀 참아야지!"

낮게 울리는 근엄한 목소리. 깜짝 놀라 소리 나는 곳을 쳐다보니 언제 나왔는지 그 이른 아침에 기척도 없이 남편이 이층 현관 앞에 서 있는 게 아닌가. 그런데 그 말이 왜 그리 무안하던지, 나는 올렸던 팔을 얼른 거두며 나도 모르게 정원석 위에서 마당으로 풀쩍 뛰어내렸다. 그리고 후끈하게 달아오르는 얼굴을 감추려고 재빨리 남편과 등지고 서서 마당의 나무들만 맥없이 바라보았다. 보름쯤 지나 아들이 휴가를 와서 대접으로 고봉이나 되게 앵두를 따다가 제대로 맛을 보았다.

올해로 앵두나무를 심은 지 십오 년이 더 지났다. 해가 갈수록 앵두는 점점 더 많이 열리고 있다. 이제 라일락보다 키를 훌쩍 더 넘겨 한창 꽃이 필 때면 라일락을 모두 뒤덮고 짧은 시간이나마 하얀 꽃 무리로 봄기운을 넉넉하게 채워 준다. 작년에는 앵두에 물이 오르기 시작했을 때 어느 날 새벽, 엄청난 폭우가 쏟아졌다. 그 탓에 작은 완두콩만 하게 빼곡히 매달렸던 열매들이 거의 텃밭으로 다 쏟아져 내렸다. 그러니 나중에 작은 종지로나 한가득 땄을 뿐, 빨간 꽃송이 삼아 바라보던 심심찮은 눈요기도 적잖이 어려웠다. 그렇게 해거리를 한 때문인지 올해는 유난히도 앵두가 많이 열렸다. 지난 유월 초부터 마당 여기저기로 붉은 앵두가 떨어지기 시작했다. 그래서 유월 중순쯤 어느 토요일 오전에 큰맘 먹고 앵두를 따기 시작했다.

마당 안쪽에서 한참을 따다 보니 빨간 구슬 같은 열매들이 커다란 냉면 그릇 위로 소복했다. 대문을 열고 밖으로 나가 담장 밖으로 늘어진 가지들을 살피다가 그대로 내버려 두고 다시 마당 안쪽으로 들어와 작은 사다리를 놓고 따다 보니 그것도 재미가 있어서 어느새 냉면 그릇으로 3개가 넘었다. 그래도 붉은빛이 반쯤 물든 열매들이 이파리 사이로 꽤나 많이 매달려 있었다. 거기서 그만 앵두 따기를 그친 나는 깨끗이 씻어 물기를 빼어 두고 오며가며 아들과 함께 한 줌씩 집어 먹었다. 나중에서야 앵두를 딴 것을 안 남편은 나머지 앵두는 절대 따지 말라고 으름장을 놓았다. '참 별일이다.' 싶어 피식 웃고 말았다.

다음 날 휴일 아침, 잠결에 들으니 창밖에서 자꾸 두런두런 말소리가 귓속을 파고들었다. 다들 쉬는 이른 아침에 웬 잠을 깨우는 소리인가 싶어 가만히 일어나서 안방 블라인드 사이로 밖을 내다봤다. 앵두나무 곁에 있는 담장 옆에서 대여섯 살쯤 되어 보이는 낯선 꼬마 녀석과 남편이 무얼 그리 재미있게 재잘재잘 주고받았다. 두 사람을 가만 지켜보자니 꼬마 녀석은 연신 손바닥을 내밀었다. 그럴 때마다 남편은 앵두를 몇 개씩 따서 녀석의 손바닥에 쥐여주고, 그럼 녀석은 그걸 받아 입안에 얼른 털어 넣고 헤죽헤

죽 웃었다. 한참을 그러더니 녀석이 어디론가 쪼르르 뛰어갔다. 그 뒤통수에 대고 남편이 조그맣게 소리쳤다.

"어린이 친구, 또 와! 먹고 싶으면 맘대로 와서 따먹어!"

그 뒤로 가끔씩 아침에 담장 옆에서 웅얼웅얼 아이들의 말소리가 들린다. 나는 삼층에서 블라인드 사이로 가만히 밖을 내려다본다. 바로 고 녀석이 노란 유치원 가방을 메고 제 여동생과 엄마까지 대동하고 나타났다. 잔뜩 고개를 꺾고 팔을 뻗쳐 앵두나무를 향해 맑은 목청으로 소리 지른다.

"엄마, 엄마. 저어기~~ 저기. 토마토 따줘! 방울토마토!"

애들 엄마가 담장에 기대어 팔을 뻗어 이파리 사이를 이리저리 들여다본다. 나는 속으로 '내년에는 앵두를 따지 말아야지.' 생각한다.

그로부터 사나흘 지난 주말 오후 무렵, 어스름이 시작되려면 한 시간쯤은 더 기다려야 할 때였다. 집 안 대청소를 끝내고 숨이나 돌릴까 싶어 마당을 거닐다가 바로 눈앞에 새빨갛게 농익은 앵두 하나가 유난히 눈에 띄었다. 무심코 입가심이나 하려고 이제 막 손을 뻗쳐 앵두를 따려는 찰나 남편 목소리.

"어허 참. 그만 따라니까. 어린이 친구 줘야 한다고!"

꽃대를 올리지 않는 까닭

　　아들 녀석이 네 살 무렵 남편이 퇴근길에 화분을 하나 들고 왔다. 양란 한 촉이 담긴 것으로 누렇게 메말라 볼품없는 모양새였다. 이파리 한두 개가 겨우 체면치레 중이었다. 해마다 열리는 협회 총회에서 산하 업체들이 보내온 난蘭 중 하나였다. 연말 총회가 열리기 전 수십 개의 화분들이 리본을 매달고 인사 겸 광고 겸 도착했다. 새로 들어와 화려한 꽃을 달고 우아한 자태를 뽐내는 난들이 많다 보니 지난 일 년 동안 관리가 제대로 안된 것들은 폐기되는 신세였다.

　　마침 새해 달력을 교체할까 말까 펴보던 참이라 겨울 추위는 한창 깊어가는 중이었다. 출퇴근하랴, 일하랴, 살림까지 내게는 그 화분이 안중에도 없었다. 아파트 베란다에는 이미 이런저런 식물들이 자리를 가득 차지하고 있었다. 그러잖아도 시원찮은 것을 밖에 두기는 안됐던지 남편은 남쪽으로 위치한 작은방 창가에 모셔두고 여간 보살피는 게 아니었다. 늘 시간에 쫓기던 나는 거기에 관심을 둘만치 한가롭지가 않았다. 있는지 없는지, 그저 눈에 보일 때만 잠깐 눈길을 줬다 거두기 일쑤였다. 그러기를 삼 년이 조금 지나 이월 말 단독주택으로 이사를 했다.

삼월 중순이 지난 어느 날이었다. 외출하려고 현관문을 막 밀고 나오는데 낯선 화분 하나가 난간 위에서 눈길을 사로잡았다. 설익은 봄바람 속에 가늘고 긴 자락을 휘고 부드럽게 출렁이는 곡선의 흐름. 텅 빈 공간에서 바람결에 무심히 흔들리는 그 모습은 왠지 모를 미적 감각을 순식간에 불러일으켰다. 잠깐의 움직임이 자아내는 조화로움은 말할 수 없이 낮고 느린 것이었다. 나는 꼼짝없이 그저 조용히 서 있었다. 응시와 감탄을 동시에 잡아채려는 새침한 기대를 품고, 지나온 시간들이 알 듯 말 듯 가슴속에서 툭 열리는 이상한 기분에 사로잡혀.

지난밤 빈 화분을 사 들고 왔던 남편이 떠올랐다. 그는 한쪽 구석에 잊힌 듯 놓여 있던 양란을 꺼내어 분갈이한 뒤 이른 새벽 그곳에 올려 두었다. 그 볼품없던 양란은 대체 어느 사이에 똑 알맞은 촉수를 그리도 보기 좋게 늘려 놓았는지, 그동안 이사와 집 안 정리로 쉴 틈 없던 내게 잠시나마 마음의 여유를 안겨주었다.

그때부터 양란은 여름 내내 따가운 햇볕을 받으며 그 자리를 지켰다. 서늘한 곳으로 옮겨야 한다는 남편의 지청구에도 불구하고 나는 오직 거실 창가에서 바라보는 그 유연한 흔들림을 바라보기 위해 고집을 꺾지 않았다. 차가운 바람이 일기 시작하는 십일월 말경이 다가오자 처음으로 굵고 튼튼한 꽃대를 하나 피워 올리기 시작했다. 그 후로 일기예보에서 영하로 내려간다는 소식만 흘러나오면 어김없이 거실 한쪽에 곱게 들여놓았다.

추운 겨울 동안 양란은 서서히 꽃대를 키워 올리면서 오래도록 화려한 꽃을 피웠다. 해를 거듭하면서 차차 더 큰 화분으로 분갈이를 거쳐 나갔다. 그 정성을 아는지 한겨울마다 거침없이 꽃대를 늘려 여덟 개나 아홉 개쯤 피워 냈다. 한창 꽃이 필 때면 마치 연둣빛 나비들이 한꺼번에 떼를 지어 내려앉은 것 같았다. 수수하게 연한 녹색을 띠는 꽃들은 겨우내 거실에서 아무런 향기도 내뿜지 못하면서 늘 은은했다. 그러다가 꽃들도 차츰 빛을 잃어가는 삼월 중순을 지나면 다시 밖으로 제자리를 찾아 나갔다. 이제는 어른들 두셋이 함께 들지 않으면 화분을 옮기기 힘들만치 커다란 덩치가 되었다.

몇 년 전 드디어 화분을 셋으로 나누어 그중 두 개를 추석에 울진 큰댁으로 싣고 갔다. 나머지 하나를 온갖 정성으로 키웠더니 또다시 사람 한둘힘으로는 옮길 수가 없을 만치 무성해져 버렸다. 그렇게 해서 버려진 양란은 지금껏 힘차게 살아남았다. 옮기는 것조차 번거로운 일이 되어 삼 년 전봄부터 마당 한구석에 내려놓았다. 수돗가 옆에 커다란 배불뚝이 항아리하나를 뒤집어 놓고 그 위에 높이 얹어 두었다. 맘껏 자란 붉은병꽃나무와주목 사이에 실로 오랜만에 새로운 자리를 잡았다.

바로 그게 문제였나 보다. 작년 겨울 동안 거실로 들어온 그 큰 양란은꽃대를 겨우 하나 올렸다. 그것도 마지못해 평소 절반에도 못 미치는 빈약한 크기로. 그러더니 올겨울은 새해 첫 달이 다 지나도록 어디 한 군데 꽃대가 나올 기미조차 없다. 이맘때쯤이면 시원한 꽃봉오리를 듬뿍 터뜨려야하건만. 늦게라도 꽃을 기대했던 나는 왕성한 이파리만으로 푸른빛이 가득넘실대는 화분을 보면서 그저 생각에 잠긴다. 저토록 싱싱함에도 꽃대를올리지 않는 까닭이 대체 무엇일까 하고.

봄부터 겨울 초입까지 키 큰 나무들 사이에서 서늘한 그늘과 담장 너머에서 불어오는 시원한 건들바람으로 배를 채웠으니 그 속이 어땠을꼬.

더구나 수돗가 주변의 쾌적한 습기는 난이 좋아하는 최상의 조건이었으니 드디어 번식의 필요성을 잊어버린 것인가. '양질의 생활환경이 문제로구나……' 그동안 풍성하게 피워 올렸던 꽃들은 난간 위에서 날마다 내리쬐던 뜨거운 햇볕과 타오르는 갈증으로 살아남기 위한 투지를 열심히 일깨웠던 때문인지도 알 수 없다. 그 화려하던 꽃을 피우지 못하고 잠잠한 양란을 보면서 머릿속은 점차 미묘한 사념으로 가득 채워진다.

안간힘을 쓰지 않아도 굴러가는 생활이란 어딘가에 무기력을 감춰두고 있을 뿐이다. 그 무기력 속에서 번식하는 나태야말로 성취를 갉아먹는 원동력이 아닐까. 인생의 절반을 좀처럼 나태해 보지 못한 나는 그럼에도 불구하고 아직까지도 '나만의 꽃대를 올리지 못하는 까닭'이 무엇일까 잠시 반문이 스친다. 지금껏 최상의 투지를 끌어올리지 못하였던 것일까.

나무 깎기

어느 날 아들이 즐거운 얼굴로 집에 들어섰다. 평소 잘 알고 지내는 어르신께서 새해맞이 선물을 주셨단다. 대체 뭘까 싶어 상자를 열어 보니 '나무 방망이 한 쌍'이었다. 소나무를 두어 뼘 길이로 곱게 깎은 모양새가 어딘가 특이했다. 입동 지나 알밴 동태처럼 아래쪽만 부드러운 유선형으로 살짝 처진데다 손잡이는 잘록했다. 다듬이질 방망이와는 조금 달라서 포졸이나 역졸들이 쓰던 육모방망이가 이랬을까 싶었다.

이리저리 자세히 살펴보니 수많은 잔칼질이 많은 공력과 수공을 느끼게 했다. 표면을 만질 때마다 손바닥에 닿는 촉감도 여간 아니었다. 작은 칼집과 칼집이 서로 만나 얄팍하게 솟은 선들이 마치 손안에서 잔물결을 치듯이 묘하게 마음을 어루만졌다. 알맞은 크기와 적당한 중량감, 오동통한 몸체가 쥘 때마다 손맛이 절묘했다. 아무리 살펴보아도 예사 솜씨는 아니었다. 아들의 설명 또한 의외였다.

나무를 깎는 것이 취미인 백발의 사업가가 있다. 아끼는 공방은 베란다 한쪽 구석이란다. 그가 지난 이십여 년간 친척과 주변 지인들, 부하 직원들에게 나누어 준 갖가지 모양새의 방망이가 무려 만 개가 넘는다고 하더라니 탄복할 일이었다. 그 정도면 이미 장인이 아니던가. 주말 아침 산행 길에 얻어지는 쓸모없는 나무를 가져와 오후 내내 조용히 나무 깎기를 즐긴다는 노신사를 머릿속에 그려 보았다. 맑고 따뜻한 기운에 감싸여 무언가에 열중해 있을 것만 같은 모습을. 문득 윤오영의 「방망이 깎던 노인」이란 수필이 떠올랐다. 오래전 읽은 문학작품 하나가 그의 가슴속에 굵은 빗금을 치기라도 했을까 싶은 우문과 함께. 그 어른은 대체 무슨 생각인 걸까.

석 달쯤 지나 노란 봄볕이 메마른 가지들 위에 온기를 풀어놓았다. 봄기운이 또렷하던 바로 그날이 문제였다. 주말인지라 오랜만에 산길을 누비다 하산하던 길이었다. 반쯤 녹은 얼음장이 차가운 물빛을 드러낸 계곡에서 손을 씻을 때였다. 남편이 갑자기 물 위에 떠 있던 나뭇가지 하나를 집어 올려 유심히 살피더니 바위에 세차게 내리쳤다. 누군가 한나절 지팡이로 쓰다 던져둔 것 같은 울퉁불퉁한 나무가 툭 부러졌다. 팔뚝 길이나 될 만한 걸 배낭에 열심히 집어넣으며 의미심장하게 웃기만 할 뿐이었다. 바로 그날 밤에 탄생한 또 다른 방망이 하나가 오리 주둥이같이 우스운 모양을 하고 집 안 곳곳을 돌아다녔다. 그저 손바닥이나 발바닥을 두드리기도 하면서.

아들의 방망이가 집에 들어온 후 가끔 남편의 '나무 깎기'가 시작되었다. 덩달아 조그만 연장들도 몇 가지 늘어났다. 대형마트에서 산 한 뼘 길이의 접이식 소형 톱과 문구점에서 파는 커터 칼, 조각도 다섯 종류와 자그마한 일제 칼이 하나. 주말에 숲속을 오르내리다 보면 간벌한 나무들이 곳곳에 큰 더미처럼 쌓여 있다. 하산 길에 가장 최근에 간벌된 나무들이 눈에 띄면 그중에서 적당한 나무를 두 뼘쯤 길이로 잘라 한두 개 배낭에 넣어 온다. 가능하면 물기가 덜 마른 싱싱한 것으로.

벚나무는 꽃이 아름다우나 목질이 푸석하고 터짐이 심하다. 은행나무는 보기보다 속심이 약하고 연하다. 참나무는 단단하고 밀도가 높지만 무겁고 색깔이 조금 칙칙하다. 주목은 단단하고 빛깔이 붉으며 물결무늬가 매우 특이하고 우수하다. 그동안 여러 가지 나무들을 깎아 보았으나 역시 소나무가 제일이다. 단단하고 향기로울 뿐 아니라 희고 붉은 빛깔도 아름답다. 갈라짐도 적고 송진이 뭉쳐있는 옹이 부분은 끈끈함이 마르면 찰진 고무처럼 검게 박혀 있어 선명해진다. 갓 잘린 생나무일수록 수분이 많아 작업이 수월하다.

하루는 유백색 톱밥이 선명하게 남아 있는 간벌 더미에서 나무를 한 토막 가져왔다. 수종은 알 수 없지만 희고 부드러우며 우아한 것이 마치 고운 여인네의 살빛을 연상시킨다. 산뜻한 촉감과 부드러운 질감을 매만지면 마음결도 고와지는 듯하다. 목질이 아름다워서 대체 이게 무슨 나무일까 궁금하기만 하다.

가끔 심심한 주말이면 면장갑을 끼고 나무 깎기에 몰두해 있는 남편을 본다. 사사로운 잡념이 없어지고 이상하다 싶을 만큼 마음이 편안해진다니 묘한 일이다. 자연 소재이니 질리지도 않거니와 모양이 각기 다른 나무를 깎아 보는 것이 퍽이나 재미있단다. 바쁘고 꽉 짜인 일상에서 머리도 식히고 간간이 혼자 즐길 수 있는 취미를 발견한 게 아닌가 싶다. 손가락을 많이 쓰니 뇌 신경을 자극하는 데도 도움이 될 법하다. 양손에 들고 운동하기에도 적당하며 바라보는 '눈 맛'도 제법 쏠쏠하다.

최근에는 마당의 나무들을 가지치기도 할 겸 동대문 주물상가에서 재래식 '조선 낫'을 하나 구입했다. 슴베가 길고 안쪽 날이 두꺼운 '우멍낫'으로 일반 '평낫'보다 여러 면에서 장점이 많다. 힘이 좋아 단단한 나무의 겉 껍질을 벗기기엔 안성맞춤이다. 철물점에서 구입한 '왜낫'의 가벼운 쓰임 이 통 마땅치 않았던 모양이다. 낫으로 껍질과 내피를 벗기고 속심이 드러 나면 큰 커터 칼로 얇게 칼집을 넣다가 작은 칼로 섬세하게 마무리한다. 잔 칼집을 많이 넣어 곱게 깎을수록 손바닥에 닿는 느낌이 차분하며 안정적 이다.

가을볕이 내려앉은 마당에서 나무를 깎으며 혼자만의 시간에 조용히 물들어 있는 남편의 모습이 어딘가 온화하게 느껴진다. 날카로운 연장을 다루는 일이니 신중함이 좋고, 적당한 무게감과 질감을 살펴보는 세심함 도 좋다. 바쁜 일상을 잠시 잊을 수 있으니 한가함이 좋고, 모양새를 매만 지는 일이니 예민함이 좋다. 나이 들어감에 따른 마음의 여유로움과 아이 들이 장난감을 즐기듯 단순, 소박해지는 본연의 순수함이 유쾌하게 다가 온다. 자신을 내려놓고 잠시 어깨 힘을 빼보는 유연함도 바람직해 보인다.

찬찬히 되짚어보니 백발 노신사의 선물은 뜻밖에도 그 의미가 남다르 지 않을 수 없다. 나뭇결을 다듬는 동안 자신의 마음결도 골고루 다듬어 나 가라는 지혜가 아니었을까 생각한다. 세상을 살아가는데 갖추어야 할 면 면들을 묵묵히 살펴보라는 헤아림의 미학이 숨겨져 있는 것만 같다. 현관 에 놓인 몇 개의 실한 방망이들을 보면서 남편에게 농담 한마디 던져본다.

"아이쿠! 이만하면 웬만한 도둑님들은 다 내빼겠네!"

생활문화의 차이

바람결 따라 메마른 흙냄새가 스친다. 마른장마 탓에 비 소식이 기다려지는 날들이다. 세계적인 정치학자 '새뮤얼 헌팅턴'의 『문명의 충돌』을 읽다 보니 새삼 신혼 초의 일들이 하나둘 떠오른다.

결혼식을 마치고 신혼여행을 떠난 우리는 이박삼일을 설악산의 절경 속에서 보내고 시댁인 울진으로 향했다. 상견례와 결혼식, 시댁 친인척들과의 모든 만남이 나의 부모님이 살고 계신 서울을 중심으로 이루어졌으니 시댁 방문은 그때가 비로소 처음이었다. 경북 울진군에서 백 리나 더 들어가는 깊숙한 고장 기성면 구산리. 그때만 해도 교통이 그리 좋지 않아서 도착하고 보니 밤 아홉 시가 가까워지고 있었다. 이미 구월 중순도 지났고 집 앞으로 펼쳐진 동해의 밤바다는 이를 데 없이 교교했다. 검푸른 망망대해 위로 달빛만이 나부죽해서 가을밤이 서늘하게 펼쳐졌다.

스멀거리는 비릿한 바다 냄새가 채 익숙해지기도 전에 신랑을 따라 시댁 입구에 들어서자 마당 한가운데 작은 모닥불이 활활 타오르고 있었다.

한밤중, 장승들의 대 토론회라도 벌어진 것일까. 모닥불을 둘러싸고 그림자마냥 윤곽만 거무칙칙한 사람들이 둘러서서 온통 왁자하게 웃고 떠들다가 순간 시선이 온통 내게로 쏟아졌다. 모두들 이구동성으로 나를 보고 불을 뛰어넘으라 소리치는 게 아닌가.

나는 예상치도 못한 일에 눈을 크게 뜨고 갑자기 어쩔 줄 몰라 난감했다. 더구나 새 각시로 시댁을 방문하는 초행길이었으니 내 딴에는 친정어머니의 신신당부를 잊지 않고 예를 갖출 대로 갖춘 참이었다. 호텔에서 출발할 때부터 익숙하지도 않은 풍성한 패치코트 위에 한복을 곱게 차려입고 버선, 고무신에 노리개와 손가방까지 일습을 갖추었으니 참으로 큰일이었다. 당황한 내 모습이 재미있는지 이젠 신랑까지 합세해서 그들과 웃느라고 나는 뒷전이었다. 이 노릇을 어쩌랴 싶었다.

한참 실랑이 끝에 시어머님께서 다가와 나에게 치맛자락을 무릎까지 올려서 양쪽으로 단단히 잡으라고 이르셨다. 신랑이 와서 내 왼팔을 끼더니 처음 보는 웬 건장한 남자 하나가 나서서 오른팔을 끼고 무조건 같이 달려서 뛰어넘어야 한다고 다그쳤다. 얼결에 그들이 시키는 대로 휘둘려 뛰다 보니 남자들의 억센 힘에 번쩍 들려서 모닥불을 획 넘어서고 말았다. 와그르르 웃음보가 터지고 야단법석이었다. 그때 누군가의 호탕한 말소리가 들려왔다.

"액땜했니더, 액땜. 그기, 이 마을 풍습 아닙니껴? 인자 앞으로 좋은 일만 생긴데이."

마루로 올라서니 연세 많은 집안 친인척들이 총출동해서 진을 쳤다. 그 숫자가 만만치 않은지라 큰절을 올리기도 버거웠다. 피곤한데다 긴장해서 신경이 머리끝까지 곤두설 지경이었다.

대체 누가 누군지 분간도 안 되었다.

큰 절을 다 마치고 나니 저녁상이 나왔다. 시어머님께서는 시간이 늦어 모두들 식사를 마쳤으니 어서 먹으라고 재촉하셨다. 많은 사람들이 빙 둘러앉아 모두들 우리를 주시하는 판국이었다. 그 자리가 얼마나 어려운지 마음이 편할 리도 없었고 식사도 전혀 내키지가 않았다. 조용히 쉬고 싶은 마음만 간절할 뿐이었다.

때마침 신랑이 형수님께 빈 그릇 하나를 청했다. 밥을 덜어 넣고 젓가락으로 새파란 나물을 덥석 집어 고추장과 함께 쓱쓱 비볐다. 그리고 한 입 푹 떠서 입에 넣더니 모처럼 먹는 고향 음식이 달게 느껴졌는지 감탄을 연발했다.

"야, 참 맛있다. 오랜만에 먹으니 꿀맛이네, 꿀맛!"

그 모습을 물끄러미 바라보던 나는 '대체 뭐가 저렇게 맛있다는 거지?' 하고 입안에 새삼 군침이 돌았다. 조용히 밥을 한 술 떠서 입에 넣고 그 새파란 나물을 한 젓가락 집어 오물오물 씹는데, 도대체 이게 웬일이란 말인가.

알 수 없는 역한 비린내가 속을 완전히 뒤집고 올라오는데 순간적으로 참기가 힘들었다. 원체 비위가 약한 나는 음식을 목 안으로 넘기지도 못하고 숨을 꾹 참느라 등에서 절로 식은땀이 솟았다. 우리를 둘러싸고 지켜보는 눈이 대체 몇 개인가. 있는 대로 얌전을 떨어야 할 새색시 체면에 호들갑스럽게 자리를 박차고 일어설 수도 없지 않은가.

바닷가가 코앞인 마을답게 상 위에는 문어, 전복, 골뱅이, 싱싱한 붕장어 회와 가자미회, 갈치구이 등 해산물이 풍성했다. '이 많은 음식 중에 왜 하필 저런 것을 택해가지고 먹나.' 싶어 나는 속으로 신랑이 원망스러웠다.

평소에도 유난히 나물 종류를 좋아하는 내 식성 탓에 저것이 나물인가 하고 무심결에 손길이 갔을 뿐이었는데도 말이다. 두 눈 질끈 감고 음식을 삼켰지만 입안에 남아도는 날 비린내 때문에 그다음부턴 아예 식사를 할 수가 없었다.

"아이고, 야야. 얼라 맨치로 생긴 새댁이 저래 밥을 못 묵으니, 어데 얼라나 하나 지대로 낳것나?"

작은 체구에 백발이 성성한 노 할머니 한 분이 걱정스럽게 말씀하셨다. 그러자 누군가 불쑥 한마디를 보탰다.

"갱상도는 막하(전부 다) 생젓 아닙니껴? 생젓. 그기 꽁치 생젓으로 무친 미역줄기라예. 새댁이 서울 촌뜨기라 카니 어데 생젓을 묵겠는교?"

"하모. 참말로 글타."

그러자 다들 웃느라고 시끌벅적했다. 명란젓이나 새우젓, 오징어젓 아니면 체에 걸러 내린 황석어젓같이 맑고 담백한 젓갈류나 짜지 않고 심심하게 무친 나물 종류를 즐기는 내가 꽁치로 만든 생젓이라니! 더구나 꽁치 젓이 있다는 얘기는 지금껏 듣도 보도 못 했잖은가.

경북 울진 일대는 주로 거르지 않은 생젓 종류를 음식에 많이 쓰는데 걸쭉하고 혀끝에 닿는 맛이 강하다. 멸치도 생젓을 주로 쓰지만 그중에서도 꽁치로 만든 생젓은 독특하기 짝이 없다. 화하게 코끝을 톡 쏘는 곰삭은 냄새는 마치 생선 썩은 내가 진동하듯 요란하기만 하다. 처음 냄새를 맡는 사람은 코를 감싸 쥐고 곧바로 뒷걸음을 치게 마련이다. 그러나 중독성이 강해서 그 맛에 길들여지면 쉬이 잊히지 않는다.

김장을 담을 때 들어가는 온갖 기본양념도 생젓으로 버무린다. 그런 뒤

갓 잡아 들인 싱싱한 생선을 두툼하게 잘라 미리 소금에 살짝 절여 두었다가 고춧가루에 빨갛게 버무려 배추 포기 사이사이에 양념과 함께 넣는다. 그러니 김치가 푹 익은 다음에라야 먹을 수 있고 상당히 진한 맛이 난다. 겨우내 배추 사이에서 쫀득쫀득하게 익은 생선을 한 토막씩 집어먹는 깊은 맛이란 먹어본 사람이라야 그 진미를 느낄 수가 있다.

기름지고 걸쭉한 음식이나 처음 보는 특이한 음식을 잘 먹지 못하는 나는 초행길을 마치고 시댁을 떠날 때까지 이틀 동안 각별히 음식을 가려 먹지 않을 수 없었다. 그때야말로 지방마다 다른 음식 문화의 차이가 혀끝에서 크게 충돌함을 느꼈다. 이제는 제법 울진 음식을 즐기게 된 나를 보고 시댁 어른들은 '갱상도 메느리'가 다 되었다고 종종 우스갯소리들을 한다. 아마 입맛도 세월 따라 변화를 겪는 것은 아닌가 싶다.

전원생활 즐기기

개인 주택을 마련한 지가 27년째다. 20평가량의 마당 한쪽에 7평 정도 텃밭이 있어 채소를 기르는 재미가 쏠쏠하다. 3월 중순쯤 햇볕이 따스해지면 삽으로 텃밭을 깊이 뒤집어엎고 모아둔 낙엽토 들을 삽으로 떠서 이리저리 섞은 다음 그 위에 흙을 덮는다. 삼지창으로 맨 위의 흙을 부드럽게 만들고 땅을 몇 등분 나누어 씨를 골고루 뿌린다. 대부분 얼갈이나 갓, 깻잎, 상추 같은 것들이다.

일주일쯤 지나면 뾰족뾰족 떡잎이 돋고 서서히 자라기 시작해서 얼마 지나지 않아 마당이 푸르게 변한다. 비료를 쓰지 않는 대신 아침, 저녁 쌀뜨물을 받아 두었다가 물뿌리개로 뿌려주기도 하고 흙이 건조해지면 긴 호스로 물을 주기도 한다. 4월 말이나 5월 초에는 푸른빛이 완연해서 한 뼘 정도 자란다. 슬슬 솎아 된장국을 끓여도 될 정도다. 겉절이를 무쳐 고추장과 참기름을 넣어 쓱쓱 비벼 먹기 좋을 때다.

씨앗을 뿌릴 때는 '골뿌리기'가 아닌 '흩뿌리기'를 선호한다. 먹을 만치 큰 것들부터 솎아내다 보면 밑에서 작은 것들이 연이어 올라오기 때문이다. 나무에서 떨어지는 낙엽들과 쌀뜨물이 땅속에서 충분히 천연 거름 역할을 하니 잎이 싱싱하다. 더구나 땅속에 지렁이가 많아서 그 역할이 생각보다 대단하다. 덕분에 달팽이도 가끔 구경하고 배추흰나비가 애벌레를 쳐서 나비들이 부화되어 종종 날아다니기도 한다. 애벌레가 이파리들 위에 구멍을 숭숭 뚫어놓기도 하지만, 어느 날 흰나비가 불쑥 나타나 여유롭게 날아다니는 것을 보게 되면 눈이 호사를 누리는 것에 만족할 따름이다.

5월 중순쯤 되어 날이 화창해지면 줄기도 제법 굵어지므로 얼갈이를 뽑아 물김치를 담기도 하고 가끔 삼겹살이나 강된장에 싸서 먹는다. 쌉싸름한 맛이 일품이다. 이때쯤이면 우리 집 마당이 궁금해서 오며가며 담장 안을 기웃거리는 이웃의 아주머니 몇 분이 계신다. 한쪽 담장이 어른 가슴 높이라 기대서기도 딱 알맞다. 앞마당의 '달봉이'가 유독 크게 짖어 창문으로 살짝 내다보면 영락없이 누군가 마당을 구경하는 중이다. 얼갈이를 뽑아 한 아름씩 안기면 반가운 기색이 역력해진다. 시간 날 때 몇몇 집에는 일부러 뽑아다 드리기도 한다. 민수네 할머니는 물김치 해 먹게 배추 좀 달라며 일부러 찾아오기도 한다.

이러기를 7월 중순경까지 하다가 텃밭을 말끔히 정리해서 8월 말경까지 한 달 반가량 비워둔다. 대개 장마철이라 비가 많이 오기 때문이다. 오랜 경험을 통해 채소 기르기에 이력이 생기다 보니 땅에 물기가 너무 많아도 습해서 금방 물러진다는 것을 자연스레 터득하게 되었다. 요즘은 기후 변화로 그 시기가 앞당겨지고 있다.

빈 텃밭을 말끔히 정리한 뒤에는 발로 꼭꼭 다져서 비질을 해두면 채소를 키우던 흔적은 감쪽같이 사라지고 평평한 땅으로 변하게 된다. 우기에 텅 빈 마당을 바라보는 시원한 느낌이 좋아 한동안 즐기다 비 소식이 끝나갈 무렵 9월 초쯤이면 또다시 씨를 뿌린다. 그러면 이제까지의 일들이 다시 반복되는 것이어서 일 년에 두 번 농사가 가능한 셈이다. 삽질을 하고 흙을 뒤집어엎을 때의 과정은 조금 번거롭지만 모든 잡념을 날려 버리는 시간이기도 해서 바쁜 일상을 잊게 만드는 좋은 방법이다. 선선한 가을바람에 싱싱한 배추들이 텃밭 위로 차오르는 모습은 계절의 순환을 새삼 일깨워준다.

12월 초부터 다음 해 3월 중순까지 겨울 내내 텃밭은 비워져 있다. 눈이 내려 마당귀의 많은 나무들과 화분, 텃밭과 빈 지면에 새하얗게 백설이 덮이면 그 또한 심심함을 기꺼이 바라본다. 가지 끝마다 목화솜처럼 수북이 눈으로 덮인 모습은 평온한 아름다움을 느끼게 해준다.

사람들은 곧잘 말하기도 한다. 이 넓은 마당에 집을 올리면 몇 세대가 나올 텐데 대체 왜 이렇게 아까운 땅을 놀리고 있느냐고. 그 도시적 사고방식에 머리를 가로젓는 내가 답답하다고들 한다. 그러나 도심 한복판에서 내 나름대로 전원생활을 즐기며 이어가는 것에 항상 감사함과 고마움을 느낄 뿐이다. 텃밭에 앉아 채소를 돌보고 그것들을 다듬고 흙을 매만지는 시간. 그 시간들이 건네주는 마음의 평화로움이 어떤 물질보다 소중한 이유다. 때로는 단순하게 사는 것이 최상의 행복이 아닌가 생각한다.

여기까지 오는데 걸린 세월 속의 이야기들을 풀어놓자면 끝이 없겠다. 슬픔과 고통과 끊임없는 노력으로 다듬어진 숱한 시간들을 되돌아보며 제 마음의 상처들을 다독이는 그 순간들이 나를 지탱하게 만드는 까닭이다. 제힘과 기량을 다해서 얻게 되는 것들은 그저 주어진 것을 편하게 받아 안고 누리는 것에 견줄 바가 못 된다. 오늘도 스스로의 깊이와 한계를 재어보고 날밤을 지새우던 때의 그 황량한 마음들을 생각해 본다. 찬찬히 쌓아 올린 것들의 지난한 날들을 바라보고 대견함과 뿌듯함 사이에서 맛보는 진한 참맛. 그것이 살아가는 의미를 새롭게 만들어준다. 경중대는 마음의 널뛰기를 가라앉혀 주던 텃밭 위의 순간들을 기억하고 사랑할 뿐이다. 머지 않아 또 텃밭을 갈아엎고 깨끗이 비워둘 생각을 하니 어쩐지 닫힌 속이 후련해지는 기분이다.

나의 결혼 이야기

스물다섯 살 되던 해 식목일. 봄볕 창창한 토요일에 직장 동료가 결혼을 했다. 예식이 끝나고 집에 돌아와 이제 막 신발을 벗으려는데 큰언니가 문전에서 손목을 잡아챘다. 갈 데가 있으니 빨리 나오라는 성화에 못 이겨 무슨 일인가 하고 얼떨결에 따라나섰다. 도착한 곳은 집에서 불과 칠팔 분 거리에 있는 목화다방. "아니, 도대체 여긴 왜 온 거야?" 하니 "잔말 말고 가만 있어 봐." 한다. 잠시 있으려니 웬 퉁퉁한 아주머니와 제비처럼 날렵한 남자 하나가 앞에 와 앉았다. 주거니 받거니 인사치레를 듣자니 아하, 여기가 바로 말로만 듣던 맞선자리 아닌가.

예고 없는 불편은 이때부터 시작됐다. 자리를 주선한 이들이 짜맞춤을 하듯 금세 물러가고 달랑 둘만 남았으니 난감했다. 생전 처음 겪는 맞선자리도 어색하기 짝이 없거니와 보아하니 호리호리한 몸매에 날카로운 눈길하며 금테안경까지 썼지 않은가. 애초부터 내 이상형과는 거리가 한참이나 멀었다. 조금은 듬직하고 무던하니 그래도 기댈만한 구석이 있는 남자여야

하지 않겠는가. 요모조모 아무리 뜯어보아도 그런 기미라고는 도통 보이질 않으니 '세상에 원, 이 노릇을 어쩌랴.' 싶었다. 더구나 난데없이 붙들려 나간 자리였으니 생각할수록 얼마나 화가 나겠는가. 변변한 대화도 없이 차 한 잔을 물리고 다시는 연락하지 말라고 신신당부한 뒤 집으로 돌아왔다. 오자마자 큰언니를 붙잡고 자초지종을 물었다.

그 당시 내 본가는 정릉으로 강남역사거리 뉴욕제과 맞은편에 있는 회사까지 출근하려면 버스로 1시간 10분가량 걸렸다. 나이 차가 많은 큰언니는 이미 결혼해서 아이가 셋이었고 서울대입구역 근처에 살았다. 형부가 잦은 외국 출장으로 며칠씩 집을 비우면 적적하다며 동생들을 곧잘 부르곤 했다. 그런 일이 반복되다 보니 강남까지 출근 거리도 가깝고 해서 주로 내가 언니 집에서 출퇴근하는 일이 많아졌다.

그러는 동안 이웃 아주머니가 예사롭게 보아 넘기지 않았던 모양이었다. 선량한 총각이 있으니 여동생 한 번만 보여 달라고 어찌나 졸라대던지 본인도 어쩔 도리 없이 약속을 하고야 말았다나. 수시로 찾아와 성가시게 구는 통에 할 수 없이 '딱 한 번만' 얼굴을 보여주기로 했단다. 나로서는 이 두 사람의 비밀 합동 작전을 까맣게 모른 채 목화다방까지 멋모르고 끌려 나간 셈이었다.

퇴짜를 놓고 3일 지나 퇴근한 지 1시간 정도나 되었을까. 거실에서 전화기가 계속 울려서 받았더니 아뿔싸! 바로 그 남자가 아니던가. 하필 그 전화를 또 내가 받을 건 무어람. 대문 앞에 와 있으니 마지막으로 한 번만 문 열고 잠깐만 나와 보라고 통사정이었다. 그럴 필요 없으니 돌아가라고 냉정하게 전화를 끊어버렸다. 20여 분 지나 밖을 내다보던 큰언니가 아직도 저러고 서 있으니 무슨 일인지 일단 나가보기나 하라고 충고했다.

생각다 못해 한참 만에 나가서 대문을 열었더니 녹음 테이프 하나와 하얀 쪽지를 주고는 말없이 사라졌다. 큰언니가 쪽지를 재빠르게 펼쳐 들고 읽더니만 갑자기 웃음을 참지 못하고 그 큰 두 눈이 한동안 붙어버렸다. 대체 왜 저러나 싶어 쪽지를 빼앗아 읽어 보았다. '한 여인이 지아비를 기다리느라/화롯가에 된장 뚝배기를 올려 두었네/밤 깊어 오지 않는 서방님은 야속도 한데/뚝배기 속 된장은 속앓이를 하느라/졸고 졸아 짠맛만 남아 있네/짜거나 말거나 그 된장 맛을 보기나 하였으면/살아가는 나날이 즐겁지 아니하겠는가' 나보다 여섯 살이나 나이가 많은 노총각의 신세 한탄이라니, 참으로 기가 찰 노릇이었다.

이번엔 테이프를 틀었더니 이건 또 뭔가. '사랑한다고 말할 걸 그랬지/님이 아니면 못 산다 할 것을/사랑한다고 말할 걸 그랬지/망설이다가 가버린 사람/마음 주고 눈물 주고 꿈도 주고/멀어져 갔네 님은 먼 곳에/영원히 먼 곳에 망설이다/님은 먼 곳에' 거실 가득 울려 퍼지는 김추자의 허스키 보이스. 오호애재라.

바로 그다음 날 내가 다니던 회사가 강남역 사거리 뉴욕제과 맞은편에서 청담동 사거리에 있는 10층짜리 빌딩으로 이사를 했다. 그 뒤 어찌 된 일인지 이 남자는 용케도 토요일 점심시간이 끝날 무렵이면 어김없이 나타나 이 빌딩 1층 정문 앞에 와서 붙박이처럼 서 있었다. 자기 직장이 오전 근무가 끝나기가 무섭게 차를 타고 달려와서는 마치 오래된 충실한 문지기처럼 지루한 기다림을 이어갔다.

영 마음이 내키지 않았던 나는 그를 떼어 버리려고 애를 썼다. 퇴근 후 엘리베이터를 타고 내려와 빌딩 문을 나서기가 무섭게 이제 막 문을 닫고 떠나려는 버스에 잽싸게 몸을 싣고 혼자 줄행랑을 치기도 했다. 길 위에 한 남자를 혼자 덩그렇게 내버려둔 채로. 스물다섯, 봄꽃들이 앞 다투어 피어나기 시작하던 화창한 식목일에 처음 만나 그다음 해 가을이 한창 익어갈 때까지도 말이다.

그러나 1년 6개월에 걸친 그 변함없는 끈기와 인내, 꾸밈없는 순박한 모습에 어느 한순간 마음이 풀려 처음으로 맞선 본 남자에게 결국 시집오게 되었으니 사람의 인연이란 묘수 중 묘수가 아닐 수 없다.

여름 남자와 가을 여자

나의 남자는 글쎄, 여름을 사랑한답니다. 녹음이 짙은 무성한 숲과 기운차게 흐르는 계곡의 맑은 물, 내리쬐는 정수리의 뜨거운 햇볕과 흔하디흔한 여름 채소, 그것들이 불러내는 풍성함이 좋다나요? 더구나 이른 아침 뜰에 나가 물을 뿌리다가, 연한 흙냄새와 함께 활짝 살아나는 잎사귀들의 빛깔을 보면 어머니의 마을 집들(고향)을 스쳐 갈 때의 기분이라니, 서울뜨기인 제가 그 기분을 어찌 알겠습니까?

전하는 말에 의하면 제 남편은 복 중에 태어나 가까스로 어머니와 눈을 맞춘 아들이라는군요. 열탕처럼 쩌대는 삼복더위 속에 극심한 산고로 땀을 비 오듯 쏟던 산모가 탈진 끝에 겨우 자식을 낳고는 그만 정신을 잃었다지요. 몸이 퉁퉁 부은 채 몇 날 며칠 눈을 뜨지도 못하고 사경을 헤매다 겨우 정신을 차려 보니 벌거숭이 아들이 초롱한 눈을 뜨고 옆에 있더랍니다. 태생부터가 여름 체질이었던 모양입니다.

그러니 뭐니 뭐니 해도 나의 남자가 가장 좋아하는 것은 물속에 몸을

풍덩 담그고 흰 살빛을 검게 그을리는 어린 것들의 생동감이랍니다. 여름
비가 흠뻑 지난 하루 뒤쯤의 계곡물에 말이지요. 하지만 이를 어찌합니까?
그 좋아하는 여름이 다 지나고 있으니.

드디어 가을의 문턱입니다. 밤바람이 얇은 겉옷 하나쯤 없는 것을 아쉽
게 하니 말입니다. 여름 내내 이날들을 얼마나 기다렸던지……. 참 이상하
지요? 지천으로 피어나던 봄꽃들이 자취를 감추고 태양이 이제 막 몸을 달
구기 시작하는 초여름에 태어난 제가 여름을 좋아하지 않는 것이 말입니
다. 여름이 다가오기 시작하면 늘 보약처럼 먹어야만 했던 익모초의 쓴맛
이 아직도 입안을 감도는 때문일까요?

저는 어릴 때부터 어찌 된 일인지 늦봄이 지나 여름 더위가 막 시작될
무렵이면 밥맛을 잃고 도무지 기운이 없었습니다. 그때마다 할머니는 늘
집안의 어른들께 익모초를 구해 오도록 하셨지요. 그러면 기다렸다는 듯
이 그것을 받아 깨끗이 물에 씻어 두었다가 절구에 찧으며 혼잣말을 중얼
거리곤 하셨습니다.

"어린 것이 어째 저리도 여름을 타는지 원……. 시들시들, 제 에미를 닮
았나, 쯧쯧."

가뜩이나 약골인 큰며느리를 혹시 손녀딸이 대물림하지나 않았는지
노심초사였던 게지요. 할머니의 고집에 못 이겨 원치도 않는 푸른 즙을 하
루에도 몇 번씩 떠먹다 보면 어린 마음에도 여름이 왜 그리 지겹던지요.

철이 들고 어른이 된 후의 여름은 역시, 그다지 좋은 것은 아닙니다. 개
인적인 취향의 문제겠지만 무어랄까, 모든 것이 풍성해서 '가득히 차오른
그 어떤 느낌' 말이에요. 왠지 그 느낌이 저를 숨 막히게 합니다. 이파리가
너무 무성해서 하늘빛이 보이지 않는 가로수의 빽빽한 모습이나, 오래된

담벼락을 가득 메운 담쟁이덩굴을 보면, 어쩐지 멈춤을 모르는 왕성한 식욕을 보는 것 같아 조금은 답답증이 생겨난답니다. 식물적인 것들이 내뿜는 대담한 육식성 같은 느낌은 때로 무섭기까지 하니까요. 어떤 분들은 그러더군요. 그것들의 싱싱함이야말로 살아 있는 것들의 절정인 이상 뭐가 그리 문제냐고.

또 있어요. 나른한 여름철 오후의 시장통을 지나다 보면 제철 아닌 과일들이 유독 눈에 들어오기도 하는데요. 그때 문득 알 수 없는 마땅찮음이 슬쩍 제 가슴속을 비집고 들거든요. 터질 듯 넘실거리는 윤기에서 계절을 잊어버린 어떤 오만함 같은 것이 은연중 내비친다고나 할까요? 충만함이 내뿜는 의기양양함 같은 것들, 결핍을 모르는 천연덕스러움, 권태로 부풀려진 외양의 치중이 한꺼번에 읽히는 순간처럼 다소의 불편함이 건너오기도 하거든요. 인공지능의 탄생이 초미의 관심사인 시대에 그쯤이 무슨 대단한 얘기냐고 하신다면 글쎄요, 잠시만 제 말을 좀 들어주세요.

찬바람이 뺨을 스치기 시작하면, 저는 그때야 비로소 살아나는 여자랍니다. 플라타너스의 커다란 이파리가 몇 개쯤 뚝뚝 떨어지고 물빛을 담은 가을 하늘이 아기 주먹만큼이라도 듬성듬성 보이기 시작하면 왠지 막혔던 숨통이 툭 트이는 기분입니다. 살며시 노란빛을 내비치다가 붉게 변하던 담쟁이덩굴이 시든 잎을 비워내고 어느 날 귀퉁이의 낡은 벽면을 슬쩍 내보일 때면 반갑기조차 합니다. 과일 가게의 때아닌 과일 몇 개쯤 빈자리가 드러난다고 해서 무슨 큰일이 나는 것도 아니고요.

한편이 조금 모자라고 그래서 허름한 구석이 보일 때라야 마침내 제 가슴속이 조금은 시원해지고 살맛이 나는 걸 어쩌하겠습니까? 어딘가 한구석쯤 시원스레 비어 있는 것의 허전함이 여름 내내 흐름을 잊은 것처럼 미적지근하던 제 피를 싱싱 돌게 하니 말입니다. 그럴 때는 저도 모르는 무언가가 마음속을 박차고 끓어올라 넘칠 듯 찰랑대는 감정의 홍수를 겪어야합니다. 오래 묵은 가슴앓이 속병처럼 말이지요. 날씨가 선선해질수록 날카롭게 긴장하는 제 감정의 흐름! 저는 그럴 때의 제 자신을 몹시 사랑합니다. 그러니 저는 찬바람이 슬슬 불어야만 제대로 저다운 맛이 살아나는 그런 여자입니다. 싸늘함이 잠재된 열정을 되찾게 만드니 이것을 '주책'이라고 해야 할까요, 아니면 '생기'라고 해야 할까요?

하지만 무엇이든 꽉 차서 넉넉한 것을 좋아하는 여름 남자와 어딘가 심심하리만치 텅 비어 있는 것을 무척이나 좋아하는 가을 여자의 조화 속이 그동안 그리 무던하게 지내기만 했겠습니까?…….

약간은 가을스러워진 여름 남자와 또 조금쯤은 여름스러워진 가을 여자의 하루가 오늘도 조용히 지워져 갑니다.

K를 위한 소나타

1. K야

신선한 걸음걸이야. 혹시, 모든 생각을 허리뼈에 묻고 사는 건 아니니? 반듯한 걸음을 보면 그래. 약간은 오묘하거든. 척추동물이라고 다 허리뼈가 곧은 것은 아니니까 말이야. 흔들리지 않는 어깨만 봐도 알아. 지난밤 무언가 확신에 찬 결론을 얻었다는 걸. 알 수 없는 경쾌함이 묻어나잖아. 적어도 내가 보기엔 그래.

아, 참! 잊지 않았지? 싱싱한 햇살 한 줌 넣어 두는 거. 어디가 됐든 상관없어. 단춧구멍에라도 얹어 둬봐. 긴장될 때 한 줌 뿌리면 어떨지. 팅커벨의 마법의 가루가 될지 누가 알아? 마음이란 기막힌 양탄자야. 뜨기도 하고 가라앉기도 하고 기우뚱거리지 말고 수평을 잘 유지하기 바랄게. 어쨌거나 싱싱한 하루가 될 테니 두고 보라고.

2. K야

심호흡 중이니? 숨비소리가 아닌가 착각했어. 심각하게 받아들이지 마.

누구나 의견은 다를 수 있잖아. 풀쐐기에게 한 방 쏘였다고 생각해. 자신의 열등의식을 남에게 전가하는 사람들은 곧잘 독침을 날리곤 하잖아. 그게 그 사람이 사는 방식인 걸 어쩌겠니. 우린 그러지 말자고 깨우치는 마음을 지녀야지. 잠시 공중부양 하면 돼.

탁 트인 하늘과 숲들의 유연한 흐름 보이지? 아름다운 풍경이잖아. 가슴 깊숙이 스며드는 바람결은 또 어떻고. 새들이 공중을 바삐 나는 이유는 누군가의 무거운 마음을 꺼내다 먼 곳에 부려 놓기 때문일 거야. 고운 음성은 그 수고로 받은 선물이겠지, 틀림없이. 언젠가 너의 목소리가 곱게 들리면 드디어 새들의 마음을 얻게 되었구나 하고 생각할 거야. 정말 멋져 보이는 일 아니겠어?

3. K야

밤하늘을 좀 봐. 너에게로 고정된 나의 하루가 저물고 있어. 지평선 너머로 해꽃이 붉게 물들었을 때, 너는 강 자락에 홀로 우두커니 서 있었지. 시퍼렇게 너울거리는 물길에 네 온몸을 담그기라도 한 것처럼. 무슨 생각을 그리도 골똘히 하는지 알 수 없더구나. 네 안에 타오르고 있는 잉걸불들이 아직도 파장을 끝내지 못한 것은 아닌지 조바심만 가득했단다.

삼월 초입 어느 날. 바람받이 언덕에 몸을 부리고 앉아 있는 너를 봤을 때, 그때도 꼭 오늘처럼 물빛 눈매였지. 어릴 때의 너를 보는 것만 같았어. 가슴 우묵히 패이던 너의 깊은 그리움들이 삭아 내릴 수만 있다면, 별꽃으로 남아 있는 나의 날들도 편안하련만……. 부디, 잊지 못할 날들을 가끔 잊어버리도록 해. 생각을 접어둘 줄 아는 건 펴 보일 날들이 웃음으로 가득 차게 되길 바라는 때문이야. 아주 많이.

4. K야

초여름 오전이야. 공원 안의 저 녀석들, 꼭 통통한 푸른 매실 같지 않니? 자전거에 몸을 싣고 일렬로 늘어서서 이제 막 출발할 태세야. 저것 봐! 굉장한 순발력 아냐? 초등학교 2~3학년에 불과 한데 말이야. 엉덩이 빼밀고 뒷다리 가득 힘을 넣고 페달 밟는 것 좀 보라구. 치열한 경쟁심이 때론 약이 되기도 한다는 걸 벌써 알아차린 거야. 대견하게도.

우리도 마찬가지잖아. 선의의 경쟁이 자신을 끌어올리는 자극제가 된다면 퍽 다행한 일이지. 남에게 괜한 피해를 입히지 않는다면 말이야. 열정을 지닌다는 건 유쾌한 일이거든. 굳이 거창해지길 바라지만 않는다면. 아, 마침내 녀석들이 돌아오는군. 복숭아처럼 붉어진 뺨에 땀방울 흐르는 것 좀 봐. 만족해서 헤헤거리는 표정들. 기쁨이 흐르는군그래. 어때, 우리도 저 아이들같이 힘차게 한번 출발해 볼까? 지금 당장 말이야.

햇살 가득하고 맑고 청량한 이 아침을 사랑합니다.
돌아보건대 살아온 날들의 모든 것이
감사할 따름입니다.

−「가을 아침을 맞으며」에서

5 ―

별 내리는 마을

누군가 내게 고향을 묻거든

　　남편이 외출한 어느 휴일이었다. 집 안 정리를 끝내고 잠시 차를 마시는데 화창한 여름날 오전의 고요가 왠지 알 수 없는 적막감으로 불쑥 밀려들었다. 창밖으로 보이는 쨍쨍한 햇빛을 물끄러미 보고 있자니 자식에 대한 그리움이 한꺼번에 엉겨들고 눈물이 솟구쳤다. 아들이 군대를 제대하고 두 달도 못 되어 미국(UCSD)으로 훌쩍 떠나버린 탓이었는지도 모른다. 마치 내 삶의 여백이 한꺼번에 입구를 열어젖힌 듯했다. 그 순간에 오로지 머릿속을 가득 채우는 것은 어린 시절이 세세히 잠겨 있는 추억의 장소였다. 허둥지둥 가방을 챙겨 들고나와 무조건 차를 탔다.

　　성북구에 위치한 삼양동 시장 위편 언저리. 내 유년의 기억이 묻힌 곳이다. 어렴풋이 무언가를 인식하던 서너 살부터 중학교 일학년이 지날 때까지 철부지 시절을 고스란히 보낸 곳이기 때문이다. 그러나 이게 웬일인가. 넓고 훤하던 거리는 건물들로 꽉 들어차 낯선 풍경들만 눈에 들어왔다. 시장으로 향하는 길조차 아리송해서 눈을 크게 뜨고 이리저리 살폈다. 한

쪽으로 재래시장의 퇴색한 모습만 일부 침침하게 남아 있고 풍성하던 옛 장터에는 대형마트가 번듯한 위용을 자랑했다. 모든 것이 달라져 당혹스러웠다.

시장 옆길을 따라 어렴풋한 자취를 더듬어 나갔다. 기억의 실마리들이 잠겨 있는 근방에 이르러 멀리서 옛집을 발견한 순간 "세상에!……." 나는 입을 벌린 채 길 위에 서서 망연해질 뿐이었다. 그 집은 누군가 신축을 하기 위해 잔뜩 포장을 친 채 이미 절반 넘게 무너져 내린 게 아닌가. 허탈한 마음에 한동안 넋을 잃고 보다가 혹시라도 무슨 흔적이 남아 있을까 싶어 발길을 서둘렀다.

해마다 근대나물과 과꽃이 피어나고 밝은 햇살 아래 줄넘기와 공깃돌 놀이, 고무줄놀이로 오후 내내 시끌벅적하던 내 유년의 화창한 골목. 즐비하던 단독주택들은 모두 사라지고 우후죽순 연립주택들로 무장된 채 삭막한 뒷골목으로 변해 있었다. 인적 없는 그늘에 서서 풀이 죽은 채 비좁아진 하늘만 처다보았다. 드디어 옛집 앞에 이르러 거의 다 무너져 내린 지난날의 테두리를 황망히 건너다보았다. 그러기를 잠시, 뒷담 근처에 올라 어릴 때 뛰놀던 뒤란을 내려다보곤 꺼질 듯 한숨을 내쉬었다. 이웃에서 내다 버린 쓰레기와 잡다한 생활 물품들만 뒤엉켜 있었다. 쓸쓸할 때나 울적할 때나 그토록 오랜 세월, 무던히도 와 보고 싶던 이곳의 그 참담한 모습이라니. 휴일이라 허물기 공사가 멈추어버린 옛집을 그저 무연히 서서 바라볼 뿐이었다. 알 수 없는 허전함이 밀물처럼 밀려들었다.

아버지가 일꾼들을 불러 모아 손수 지으시고 나의 어릴 적 추억이 고스란히 스며있는 그리운 옛집은 이제 마지막 숨을 몰아쉬는 중이었다. 너무도 오랜만에 찾아와 반 넘어 부서져 내린 집터에서 한때의 지난날들을 머릿속으로나 뒤적여 볼뿐, 핑 도는 눈물만 글썽일 따름이었다. '오지 말걸……' 하는 시큰한 후회로 가득 차서 씁쓸한 기분으로 젖어 들고 말았다. 그리하여 맥없이 돌아서서 터덜터덜 걸었다. 더 이상 나아갈 수 없는 어느 막다른 골목에 이르러 잠시 헤아려 보니, 내가 이곳을 떠난 지 어언 32년의 세월이 지나고 있었다.

울적함을 지닌 채 다니던 초등학교를 찾아갔다. 대개가 연립주택으로 변해버린 낯선 곳에서 어느 상가 모퉁이를 돌자 학교로 올라가는 언덕길이 보였다. 그 언덕길만큼은 예전 그대로라 반가운 마음이 들었다. 하지만 막상 정문을 통과하는 순간 또다시 멍해져 왔다. 이제 막 여름방학이 시작된 텅 빈 운동장은 정감 없는 풍경들만 가득했다. 추억 속의 학교는 온데간데없고 대학 건물을 연상시키는 붉은 벽돌의 신축 건물들만 즐비했다. 옛 자취는 어디에도 찾아볼 길 없고 도무지 생경하기만 했다. 왠지 무르춤해져 남은 기분마저 더욱 가라앉고 말았다.

그렇게 힘없이 학교 울타리 옆을 거닐다 신축 건물의 어느 뒤편 모퉁이를 막 도는 찰나, 샘솟듯 즐거운 마음이 일었다. 등하교 때 질러다니기 위해 종종 이용하던 조그만 뒷문이 예전 모습 그대로 있었던 것이다. 곧바로 그 문을 빠져나왔다. 바로 거기서 내가 다니던 구불구불한 좁은 골목길이 아직도 어릴 때 원형 그대로 남아 있는 것을 발견했을 때 아, 커다란 기쁨과 감동이 일시에 몰려와 왠지 가슴이 울렁이는 것을 느꼈다.

한달음에 비좁은 골목 안으로 후다닥 걸어 들어갔다. 뛰는 가슴을 애써 진정시키며. 더불어 아직도 남아 있는 그 골목 안의 낡고 누추한 벽들을 이리저리 곱게 어루만져 보았다. 비로소 오랜 고향의 아늑한 품속에 놓여진 것처럼 포근함이 밀려왔다. 그러다가 입구에 자리한 첫 번째 집의 아주 작고 보잘것없는, 겨우 두어 뼘 길이의 세 개의 계단을 발견하곤 감탄에 겨워 내려다보았다. 눈자위 가득 더운 물기가 차오르는 것도 잊은 채, 아주 오랫동안……

좁은 골목 안, 그 작은 계단에 홀로 앉아 지나온 나의 날들을 하나하나 떠올리며 깊은 한숨을 짚어 나갔다. 반세기가 지나도록 서울 하늘 아래 몸 담고 살았으면서도 아직도 나는 누군가에게 단숨에 말해 버릴 수 있는 고향이 없음을 내내 가슴 아파하면서. 그렇게 알 수 없는 애련에 젖다가 어느 순간, 이 이름 없는 비좁은 골목길에서 도시 생활의 굳은살들을 하나하나 벗겨나가는 내 자신을 또다시 슬퍼하였다. 한동안 그러자니 가슴속에 오래 묵은 응어리들은 하나둘 풀려 가고 서서히 녹아들었다. 그때야 비로소 나 자신을 가만히 다독이며 깊이 위로해 보는 것이었다.

유년의 뜰

대청에 누우면 물빛처럼 파란 하늘이 처마 끝선을 물들이던 집. 성북구 삼양동 시장의 중심부를 관통해서 언덕을 오르다 보면 중턱에 자리한 집이 내가 어린 시절을 모두 보낸 아름다운 집이었다. 60년대 초반 내가 어린 아기였을 무렵에 아버지께서 사들인 땅 위에 터를 다지고 일꾼들을 시켜 직접 지으셨다. 작은 개울을 앞에 놓고 그 옆에 높은 축대를 쌓아 올린 위에 정남향으로 지어졌으니 하루 종일 햇빛이 쏟아졌다. 외형은 양옥이었으나 내부 구조는 한옥의 형태로 하늘이 훤히 내다보이는 대청을 중심으로 창호지를 바른 방문들이 은은하게 배치되어 있었다. 직사각형의 넓은 땅 위에 사방으로 담장을 둘러친 다음 마당 한가운데에 길게 집이 들어앉은 모양새라 집 안을 모두 제 마음대로 한 바퀴를 돌 수 있는 사통팔달이었다.

아침나절 엄마와 할머니의 꽁무니를 따라 이리저리 마당을 뛰놀다 보면 햇빛이 방문 위까지 깊숙이 들었다. 그 볕 속에 앉아 뒹굴면 어느새 나른한 졸음이 쏟아졌다. 그럴 때 대청마루 위에 벌렁 누우면 나도 몰래 스르르 눈꺼풀이 덮였다. 앞마당 축대 아래 흐르던 작은 개울물 소리가 자장가처럼 한여름 더위를 말끔히 씻어 주곤 했다. 세상모르게 단잠에 빠졌다가 홀연히 눈을 뜨고 일어나 방문들을 밀면 때때로 가족들이 아무도 없고 텅 비어 있었다. 이내 누군가를 찾아 댓돌을 밟고 마당에 내려서면 보이는 것이라곤 단지 온통 나를 휘감아 올릴 것처럼 펼쳐진 높고 높은 하늘빛뿐이었다.

앞마당을 건너 까치발을 한껏 돋우고 담장 위에 겨우겨우 눈을 걸치면 어느 것 하나 막힘없이 탁 트인 시야 아래로 점점이 물러나는 이웃들의 낮은 지붕들만 넓게 펼쳐졌다. 순자네 마당이 절반쯤 보이고 그 윗집 기철이네 할머니가 꼬부랑 허리를 잔뜩 낮추어 마당을 쓰는 모습이라도 눈에 띄면, 어린 마음에도 웬일인지 쓸쓸하던 마음이 조금은 가라앉아 안심이 되었다.

집의 왼쪽 맨 앞의 방이 할머니가 거처하시던 곳으로 넓은 창문이 환하게 달려 있어 늦은 오후까지 햇빛이 흘러들었다. 그 모퉁이를 돌면 무릎 높이의 장독대 위에 크고 작은 항아리들이 서너 줄씩 빼곡히 서 있었다. 거기서 된장 밑에 박아 두었던 깻잎이나 무장아찌 같은 밑반찬을 꺼내고 있는 엄마를 발견하면, 낮잠에서 혼자 깨어나 허전하던 마음에 반가움이 일었다. 그때마다 얼른 달려가 치마꼬리를 잡고 매달리곤 했다.

해가 중천으로 솟아오르면 봉숭아꽃이 흐드러진 장독대 옆을 오르락내리락 부지런 떨다가 그마저 시들해지면 뒷마당을 지키던 누런 강아지, '메리'를 불러내어 마당을 몇 차례씩 돌곤 했다. 이웃으로 마실 나갔던 할머니가 돌아오시고 학교 갔던 오빠, 언니들이 하나둘 차례로 대문을 들어서면 그때부터 왁자한 밥상이 펼쳐졌다. 오전 내내 혼자 있던 나는 활기에 가득 차서 누군가에 처질 새라 부지런히 밥을 먹고 뒤를 따라나섰다.

마당가에 서서 우측으로 고개를 돌리면 저 멀리 앞동산 언덕이 보였다. 마치 다리를 뻗고 누워 있는 소의 잔등처럼 한쪽 끝만 편안하게 드러나 있었다. 우리 남매들은 틈만 나면 그 언덕 위로 달려가서 놀았다. 굴곡이 완만한 지형에 새빨간 산딸기가 작은 꽃 무리처럼 지천으로 돋아나던 곳이었다. 정신없이 신나게 놀다 보면 가시에 긁힌 자국들이 팔다리 여기저기에 생채기를 내었다.

그러나 그 산딸기들은 붉은빛으로 익어가기가 무섭게 언덕 저 너머 '갱생원' 아이들의 차지가 되었다. 평평한 땅이 제법 넓게 펼쳐지다가 그 위쪽에 있는 둔덕에 올라 작은 숲을 지나면 산그늘 아래 고아들을 수용하던 갱생원이 있었기 때문이다. 한참을 쏘다니다 보면 어느새 갱생원 아이들이 서넛쯤은 섞여 있었다. 그중 몇몇 아이들은 오빠, 언니들과 같은 학교를 다니는 친구들로 우리는 가끔 그애들을 따라 갱생원에 가 보곤 했다.

일자형으로 길게 지어진 하얀 건물은 군더더기 없는 썰렁한 모양새로 나무를 짜 맞춘 문들만 여기저기 많이 달려 있었다. 그 문을 열면 방마다 여러 명의 아이들이 핏기 가신 얼굴에 표정 없는 메마른 눈으로 우리들을 바라보곤 했다. 얼마간 시간을 보내다 집에 오려고 문을 나서면 아이들이 따라 나와 그 하얀 벽에 등을 대고 줄줄이 섰다. 그리고는 주머니에 손을 꽂고 발등을 내려다보거나 발끝으로 맥없이 땅을 헤집으며 안 보는 척 슬쩍슬쩍 물기 어린 눈길을 던졌다. 아마도 내가 어렴풋한 슬픔을 깨달아 간 것은 그애들과 마주치던 그런 순간순간이 아니었나 싶다. 제법 나이 든 몇몇 아이들은 가끔씩, 조그만 양은그릇에 산딸기를 가득 채워가지고 우리 집으로 언니나 오빠를 찾아왔다. 그때마다 엄마는 국수를 삶아주거나 누룽지를 봉투 가득 담아 돌아가는 길에 그들 손에 들려주곤 하셨다.

여름 더위가 슬슬 끓어올라 가만히 있어도 땀이 송송 흐를 때쯤이면 종종 온 가족이 먹을 것을 이고지고 피서를 갔다. 우리 집 뒤편으로 언덕을 몇 차례 오르내리다 고개를 하나 넘어가면 수유리와 이어지고 삼각산에 자리한 화계사를 거쳐 북한산 자락으로 통하는 넓은 산길이 나타났다. 그 산 골짜기로 들어서면 '빨랫골'이라는 유명한 계곡이 있었다. 그 당시는 집 안에서 마음대로 쓸 수 있는 물이 흔치 않았다. 그러니 아낙네들이 삼삼오오 그곳으로 모여들어 빨래를 많이 했기 때문에 자연스레 붙여진 이름이었다. 첩첩이 우거진 산중을 통과하여 내려오는 넓은 계곡의 물은 맑고 투명해서 더할 나위 없이 차가웠다. 아래쪽에서 빨래하는 아낙네들을 지나 계곡의 중간쯤을 오르다가 마침내 아버지가 먼저 깊은 물에 몸을 담그면 우리는 그 주위로 뛰어들어 신나게 물장구를 쳐대며 하루해를 보내곤 했다.

그러다가 본격적인 여름방학이 시작되면 우리 남매들은 너나없이 그 계곡으로 우르르 몰려가 푸득 푸득 물장구를 치다가 돌멩이들을 뒤집고 작은 물고기나 가재를 잡아 올렸다. 가끔씩은 말아 올린 꼬리 안에 통통한 알을 가득 붙인 가재들이 잡히기도 했다. 우리들은 그 모습이 신기해서 볕이 쨍쨍한 바위 위에 둘러앉아 요리조리 뜯어보며 공연히 소리들을 지르고 야단법석이었다. 그것이 시들하면 숲으로 들어가 조롱조롱 매달린 버찌를 잔뜩 따서 입 주위가 새까맣게 물들도록 먹으며 갈증을 풀었다.

저녁 해가 뉘엿뉘엿 가라앉으면 물가의 모래들 사이에서 알맞은 크기의 공깃돌을 찾아내어 한 주먹씩 주머니에 담아 지친 몸을 끌고 집으로 돌아왔다. 그리고는 마당 한구석 처마 밑에 공깃돌을 잔뜩 부어 놨다. 비가 오는 심심한 날이면 동네 아이들을 서너 명씩 불러다가 지겨울 때까지 돌멩이를 흩뿌리며 놀이에 열중했다. 작은 돌멩이들이 손안에서 자글자글 부딪힐 때의 경쾌한 소리가 지금도 귓가에 선명히 남아 있다. 내가 중학교에 입학하고 한 학기쯤 지나서 돈암동 근처로 이사를 했는데 아마도 그 전까지가 내 인생의 가장 평화로운 시기였음을 가끔 회상해 보곤 한다.

어머님의 감자밭

　맨발에 흰 고무신을 신는 것이 시어머님의 유일한 여름 패션이었다. 얇은 치마의 허리춤을 둘둘 말아 무릎까지 올리고 꾸부정한 허리를 굽혀 호미질에 열중하고 계셨다. 여름 볕이 올라 까무잡잡한 종아리는 8남매의 어미답지 않게 가늘고 연약했다. 셋째 며느리인 내가 바로 등 뒤에서 걸음을 멈추었을 때까지도 인기척을 알지 못했다. "어머님. 텃밭에 계셨네요." 했을 때에야 깜짝 놀라 뒤를 돌아다보시곤 몸을 세우셨다. 이마 언저리로 땀이 비 오듯 흘러내렸다. 꺾어 쥔 감자 꽃만큼이나 하얀 웃음이 푸른 산죽 아래로 둥그렇게 떠올랐다. 오른손에 거머쥔 호미 끝은 이미 닳고 닳아 마치 둥근 수저의 목을 꺾어 놓은 것 같았다. 때 이른 휴가에 마주친 시어머님의 모습은 오랜 세월이 흐른 지금도 잊을 길이 없다. 순간 포착으로 남은 한 장의 흑백사진처럼 뚜렷하다.

　어느 해 여름휴가가 절정에 이르렀을 때였다. 갈매 바닷가에서 아이들과 정신없이 수영을 즐기다 돌아오니 어머님이 안 계셨다. 텃밭에 계신가 하고 뒤꼍으로 돌아드는데 어둑한 창고 안에서 감자 고르기에 여념이 없었다. "배고프제? 정지에 감자 쪄 놨으니 가 먹어 봐라, 왜." 하셨다. 감자가 소복하게 담긴 바구니를 내오자 아이들은 하나씩 들고 신이 나서 소리쳤다. "함메 봐라 함메. 우리 함메는 감자를 우째 이리 맛있게 찌노 말이다." 시어머님의 독특한 감자 찌기는 입안에 닿는 감자분의 맛을 한층 살려 주었다. 밀가루에 신화당을 살짝 섞고 한쪽에 물을 약간만 뿌려 설렁설렁 된반죽을 한 다음 양 손바닥 사이에 밀가루와 된반죽을 동시에 쓸어 담고 두 손으로 싹싹 비비면서 반쯤 물에 잠긴 감자 위에 흩뿌려 찌는 방식이었다. 순식간에 감자들이 날개 돋친 듯 사라졌다.

저녁 해가 수평선 위에 감빛 노을을 걸어 놓기 시작했다. 아이들이 잠시 낮잠에 빠진 사이 통발이 흩어진 창고 앞을 지나다 어머님이 벗어 놓은 흰 고무신을 보았다. 한쪽 고무신의 안쪽이 이불 꿰매는 무명실로 가지런히 꿰매어져 있었다. 실 사이로 흙물이 스며든 모양새가 마치 고단한 마음을 고스란히 담고 있는 쪽배 같았다. 잠잠하던 심사가 밀려드는 물결처럼 괜스레 흔들렸다. 저녁을 먹자마자 어머님을 모시고 동네 초등학교 옆에 있는 신발 집에 가서 새 고무신을 사 왔다. 바닷가 마을 신발집이라야 간판 하나 없는 평범한 가정집이었다. 몇 가지의 신발들을 바닥에서 천정까지 재놓고 동네 사람들에게 원하는 크기대로 판매를 하고 있는 것이 전부였다.

몇 년 후 자그맣던 손자손녀들이 커서 외지 학교로, 직장으로 제각각 나가 있던 여름이었다. 오랜만에 내려온 손자가 문전을 들어서기 바쁘게 어머님은 눈을 반짝이셨다. "거랑골 감자를 다 캐서 자루에 넣어놨는데, 무거워 못 가져 오잖나. 그라니 이를 우짜믄 좋노." 벗어 놓은 손자의 신발이 채 열기가 식기도 전에 어머님은 무심코 지나는 혼잣말처럼 서서 중얼거렸다. 80을 넘긴 노쇠한 주름 사이로 안타까움이 스며들었다.

긴 다리로 성큼성큼 거실을 지나 냉장고에서 찬물을 한 컵 쭈욱 들이킨 손자가 시원하게 말을 받았다. "함메요. 내랑 감자 실으러 가소 고마." 살가운 애완견만큼이나 눈치코치가 재빠른 기특한 녀석이었다. 뒷짐을 지고 서서 가만히 눈치만 살피던 시어머님의 눈가가 순간 흡족한 웃음으로 반쯤 휘어졌다. 오르락내리락 산자락 감자밭에 봄부터 심어 두었던 감자를 혼자서 미리 파 두었던 모양이었다. 얼마 후 마당가에서 차에 싣고 온 자루들을 들여다보니 살이 올라 통통한 감자들이 뽀얗게 담겨 있었다. 감나무 그늘에 들어서서 환하게 웃고 있던 어머님의 얼굴은 만족감으로 충만한 빛이었다.

하지夏至가 지났으니 여름도 점차 깊어가는 중이다. 농사를 짓는 사람이면 지금쯤 감자 캐기에 열중하는 계절이다. 어느 해를 막론하고 감자를 심고 캐는 일에 안간힘을 쏟아붓던 시어머님의 모습들이 눈에 선하게 떠오른다. 자그마한 체구에도 텃밭에서 혹은 거랑골 감자밭에서 비지땀을 흘리던 어머님은 언제나 먹이를 찾아 헤매는 꿀벌과 같았다. 고구마나 들깨, 부추, 고추, 가지, 호박 등 각종 채소들을 심어 놓고 백일 지난 삼대독자 매만지듯 애지중지 보살폈다. 자나 깨나 삶의 애환이 고스란히 배어 있던 촌부의 모습은 가끔 기억의 저편을 눈앞에 끌어다 놓곤 한다. 태진아의 〈사모곡〉이 때때로 사무치게 그리워지는 건 구절마다 누군가의 애달픈 인생이 고스란히 묻어있기 때문이다.

앞산 노을 질 때까지 호미자루 벗을 삼아
화전밭 일구시고 흙에 살던 어머니
땀에 찌든 삼베적삼 기워 입고 살으시다
소쩍새 울음 따라 하늘 가신 어머니

오늘은 어머님의 8주기 제삿날이다. 여름마다 땀을 콩죽으로 흘리면서도 맨발에 흰 고무신 신고 밭둑에 올라앉아 농사짓던 시어머님을 생각한다. 80중반의 나이에도 딱정벌레 마냥 밭 언저리에 붙박혀 좀처럼 호미질을 멈추지 않았던 여인. 뙤약볕이 내리쬐는 그 순간에도 무슨 생각들을 하고 계셨을까 궁금해진다. 나이 50에 남편 잃고 8남매를 거느린 시어머님의 심정은 '아찔함'이었을까. 아니면 '막막함'이었을까. 줄줄이 자식들을 매달고 평생을 먹을거리와의 전쟁으로 보낸 셈이었으니 어쩌면 '눈앞이 캄캄함' 그 자체였는지도 모르겠다. 느닷없는 일들이 생의 한가운데를 가로지를 때, 아물지 못한 상처들을 뒤돌아보는 일은 여전히 가슴 저린 일이다.

한참

늦가을 저녁 바람에 노란 산국이 흔들린다. 여름내 훤칠하게 솟아올라 아직도 열대수 같은 피마자에 기대어 가는 허릿대를 휘청거리고 있다. 몇 해 전부터 앞마당 정원석 사이에 뿌리를 박은 산국이 해마다 가짓수를 늘려 가더니 작고 어여쁜 꽃송이들로 가을의 정취를 뽐내는 중이다. 그 모습을 바라보자니 왠지 모를 쓸쓸함이 밀려든다.

작은언니가 6학년 때였다. 2학기가 시작되고 두 달쯤 지났을 무렵, 느닷없이 담임선생님이 가정방문을 나오셨다. 학생이 며칠째 학교를 나오지 않고 있으니 무슨 일인가 하여 찾아왔다는 말에 어머니는 놀란 기색이 역력했다. "그럴 리가 없는데요? 하루도 빠짐없이 도시락을 싸갔는데……" 어머니는 당황해서 말끝을 흐렸다. 뒤에서 치맛자락을 붙든 채 서 있던 어린 나는 눈만 깜박거렸을 뿐이다. 그 뒤로 내가 성장하면서 어머니가 되풀이 들려주던 그 당시 이야기는 다음과 같았다.

담임선생님이 가시고 난 뒤에 얼마 안 있어 작은언니가 집으로 들어섰다. 대청 끝에 가방을 던져두고는 아무 일도 없었다는 듯 깜찍하고 명랑한 얼굴이었다. 어머니는 모르는 척 아무런 내색도 하지 않았다. 다음 날 아침 어머니는 평소와 다름없이 잘 다녀오라는 말로 작은언니를 학교로 보냈다. 그리고는 부리나케 살살 뒤를 밟기 시작했다. 학교를 향해 줄곧 가더니만 어느 샛길로 들어서서 학교 뒤쪽에 있는 언덕배기로 향하는 것이 아닌가. '아니. 쟤가 대체 어딜 가는 걸까?' 이때부터 어머니는 가슴이 뛰기 시작했다.

먼발치서 뒤를 밟다 보니 코스모스가 한창 무리 지어 피어 있는 곳에서 순간적으로 자취를 감추고 말았다. 딸의 모습이 감쪽같이 사라지자 그만 눈앞이 캄캄해졌다. 무슨 일인가 하여 허둥지둥 쫓아가는데 그날따라 고무신이 왜 그리도 미끄럽던지 양손에 벗어들고 버선발로 한달음에 내달렸다. 숨이 턱에 차도록 둔덕에 이르러 촘촘하게 피어난 오색 코스모스를 헤집고 그 사이로 내려다보니 세상에나. 둔덕 아래 야트막한 봉분 위에 오도카니 올라앉은 딸의 작은 뒷모습.

어머니는 두 눈을 질끈 감았다 뜨고는 침을 삼켰다. 입술이 메말라 연거푸 침을 바른 뒤에야 흐르는 이마의 땀을 닦았다. 다행이다 싶어 한 길이나 자란 코스모스 뒤로 몸을 숨긴 채 '한참'이나 숨을 골랐다. 그 짧았던 '한참'이 얼마나 멀고도 아득하게 느껴지던지 마치 십 년 감수한 기분이더란다.

가쁜 숨이 가라앉자 비로소 꽃 무리 속에 가만히 앉아 찬찬히 아래를 내려다보았다. 가슴 시린 쪽빛 하늘과 가을볕이 내리쏟아지는 봉분 주변은 실로 아름답기 그지없는 풍경이었다. 둥글게 돌아가며 울긋불긋 환히 핀 코스모스 울타리. 앞은 탁 트여 있어 소나무 사이로 텅 빈 학교 운동장이 그대로 내려다보였다. 대가족 살림에 늘 바쁘기만 해서 그때까지도 학교 뒤편에 이런 장소가 있는 줄은 꿈에도 모르고 있었다. 오랜만에 마주친 속이 후련한 경치에 어머니까지도 마음을 빼앗기고 말았다.

엎어진 김에 쉬어 간다는 격으로 기척도 없이 딸아이의 하는 양을 물끄러미 지켜보았다. 책가방에서 책을 꺼내 들여다보기도 하고, 봉분 아래로 미끄럼을 타거나 뒹굴기도 하다가, 바닥으로 떨어진 꽃을 머리에 꽂아 보는가 하면, 코스모스를 한 움큼 꺾어다 이리저리 꽃다발을 만들기도 했다. 그러다 학교에서 종소리가 울리면 봉분 위로 뛰어올라 저 멀리 운동장을 내려다보기 몇 차례. 이번에는 도시락을 꺼내 천천히 먹더니 가방을 잘 챙겨 두었다. 아이들이 슬슬 집으로 돌아가기 시작하자 마치 자기도 학교가 끝났다는 듯이 봉분을 내려와 운동장을 향해 걸어 나가더란다. 어머니는 샛길로 질러와 길에서 우연히 만난 것처럼 아무 말 없이 딸의 손을 잡고 집으로 돌아왔다.

그날 저녁에 사단이 나고 말았다. 저녁을 드시던 아버지가 자초지종을 듣더니만 도대체 자식 교육을 어찌 시키느냐고 호통을 치다가 어머니 치마폭으로 밥상이 날아가고 말았다. 전날부터 아버지께 말도 못하고 혼자 애를 끓이던 어머니는 하루 내내 마음 졸인 것이 속상해 앞치마로 얼굴을 가리고 소리 없이 우셨다. 늦가을 어둠이 내려앉은 마당가. 노란 소국이 달빛 아래 하나둘 피어나기 시작한 그 곁에서 '한참'이나 우셨다. 그때 나는 막연하게 '앞으로 절대 어머니 속을 썩이지 말아야지!' 하고 어린 마음에도 결심 아닌 결심을 했더랬다.

그때부터 사춘기에 접어들기 시작한 작은언니는 중학교에 입학한 뒤에도 쓸데없는 반항심으로 '한참'씩 어머니의 애를 달구어 놓곤 했다. 심약한 어머니는 "내 속으로 난 다 같은 자식인데, 쟤는 왜 저렇게 속을 썩인다 니!" 하며 혀를 찼다. 무단결석 하던 그때, 호되게 야단치지 못한 것이 잘못 되었노라 자책했다. 작은언니 말에 의하면 5남매 중 셋째로 한가운데 끼 어있어 자기는 무슨 일에나 항상 뒷전으로 밀리는 것만 같았단다. 하여 부 모의 관심을 받고 싶었을 뿐이었다나. 그렇듯 한때는 '자유로운 영혼'이었 던 말썽꾸러기가 결혼과 더불어 두 딸들의 어머니가 되어 언제 그랬냐는 듯 잘 살아가고 있다.

어머니 살아생전 입말처럼 뇌이던 그 '한참'이란 어느 정도를 말하는 것 일까. 사전적 의미로는 '두 역참驛站 사이의 거리' 즉, 30리(12km)를 가리키 는 것이다. 파발꾼의 파말마가 지친 몸을 잠시 쉬어가기 적당한 거리. 그 것은 숫자상의 거리를 가리키는 시간적 개념일 뿐 마음의 거리가 될 수는 없다. 그런데도 불구하고 나는 어머니가 말하던 그 '한참'을 소유하지 못해 가끔 마음 언저리가 허전해지곤 한다. 작은언니처럼 부모의 근심거리가 되 지 않기 위해 혼자 부단히 기를 쓰며 무슨 일에나 얌전히 비켜서 있곤 하 던 어린 날의 내 모습들이 작은 영상처럼 떠오르기 때문이다. 작은언니가 잘못될세라 노상 마음 걸이를 그쪽으로 두고 사셨던 어머니. 젊으신 어머 니가 어깨를 들썩이며 우시던 안타까운 모습이 흔들리는 산국 속에서 어 렴풋이 떠오르고 있다.

엄마의 화장대

짱짱한 햇살이 화톳불 같은 더위 속을 지나던 날. 금방이라도 아기를 낳을 것처럼 잔뜩 배부른 젊은 여인 하나가 대문 안쪽 계단을 내려왔다. 작은 양은 냄비 하나를 손에 쥐고서. 그때 나는 마당가에서 혼자 소꿉놀이에 열중해 있었다. 누군가 싶어 어린 내가 그저 멍하니 서 있는데, 앞치마를 두른 엄마가 대청을 지나 살며시 마당으로 나왔다. 그런 다음 낯선 여인을 부축해 뒤란으로 조용히 돌아 들어갔다. 나는 뒤를 따라갔다.

장독대에 올라간 엄마는 큰 항아리 입구에 북편처럼 팽팽하게 둘러 얹힌 흰 무명천을 재빠르게 걷어내고 된장을 이리저리 헤쳤다. 그리고 그 여인이 들고 온 냄비 안에 누렇고 가무잡잡하게 잘 익은 깻잎 장아찌를 뭉텅뭉텅 꺼내 꾹꾹 눌러 소복하게 담았다. 봉숭아꽃이 붉게 흐드러진 장독대 가장자리에 말없이 서 있던 여인은 냄비를 건네받고는 엄마와 함께 다시 뒤란을 살며시 빠져나갔다. 그날 대문 아래 서서 엄마를 바라보며 두 눈 가득 눈물만 그렁그렁 맺히던 창백한 여인. 엄마는 어서 가라고 무언의 손짓만 계속 했다. 두 여인의 은밀한 모습이 어찌 그리 생생한 유년의 기억으로 남아 있는지. 불볕더위가 숨 막히게 차오르는 여름 한나절, 가만히 앉아 내리쏟는 볕 속을 무심히 바라보고 있으면 마치 낡은 기억처럼 내 머릿속에 떠오르곤 한다.

뒤란 끝에 있던 우리 집 장독대는 정남향으로 앞이 막힘없이 탁 트여 있었다. 어른들 무릎 높이로 시멘트를 평평하게 발라서 넓고 아주 반듯했다. 도심 한 쪽에서 종갓집 살림은 본래 이렇다 하고 마치 자랑스럽게 드러내 놓기라도 하듯이. 그 위에 크고 작은 항아리들이 일정한 간격을 사이에 두고 빼곡하게 들어차서 불룩한 뱃살이 하루 종일 따끈따끈했다. 가끔은 비어 있기도 하는 키 작은 항아리들 속에 공깃돌이며 보잘것없는 놀이 기구들을 감춰두었던 나는 하루에도 몇 번씩 계단을 밟고 장독대를 오르락내리락했다. 부엌문과 정면으로 마주 보고 있는지라 엄마의 밑반찬은 모두 분주한 발걸음을 따라 그 속에서 마술처럼 흘러나왔다.

초여름이면 어디선가 손가락 크기의 집게들이 잔뜩 들어 있는 그물망이 도착하고 잠시 뒤면 그것들은 깨끗이 씻어져 작은 간장독 안에 우르르 채워졌다. 대여섯 살 어린 나이에도 불구하고 나는 한여름에도 끼니때마다 김이 펑펑 나는 뜨거운 밥만 찾았다. 어쩌다 식은 밥이 올라오면 더운밥을 줄 때까지 양다리를 뻗대고 울어대는 통에 할머니와 엄마는 무진 애를 먹었다. 그렇게 별스러운 까탈을 피우며 울다가도 뜨끈한 밥에 성냥개비 반 토막만 한 집게 다리 하나만 얹어 주면 감쪽같이 밥그릇을 비워댔으니, 참 알다가도 모를 일이다. 덕분에 '떼쟁이'라는 별명이 늘상 붙어 다녔다.

그러다가 여름이 깊어지면 어느 날 느닷없이, 김장할 때나 쓰는 커다란 그릇들이 마당 한 쪽 우물가에 출동했다. 푸릇푸릇한 깻잎들이 싱싱한 몸을 씻고 차곡차곡 포개져 서너 개나 되는 채반에 줄줄이 세워진 다음 물기

를 뺐다. 그 뒤엔 여지없이 흰 무명실로 두툼하게 꼭지가 묶여져 항아리 밑
바닥에 켜켜이 쌓였다. 온몸이 된장에 덮인 채 몇 달씩 익어가다 가끔씩 밥
상 위에 노랗게 모습을 나타냈다. 그 구수하고 짭조름한 맛은 더위로 식상
한 밥맛을 개운하게 돌려놓곤 했다. 무장아찌며 오이지 같은 반찬들도 모
두 항아리 속에 이리저리 감춰져 있었다. 어디 그뿐이랴.

　부엌 천정은 넓은 다락이어서 부엌문 바로 위에는 두 짝으로 이루어진
미닫이 창문이 제법 크게 달려 있었다. 오빠나 언니들과 나이 차가 많았던
나는 툭하면 다락에 올라가 혼자 놀곤 했는데 그 창문으로 내다보면 파란
하늘만 끝없이 펼쳐졌다. 달력이나 헌 공책에 크레파스를 끼적이며 온갖
공상에 젖다가 창문으로 고개를 내밀고 눈을 내리깔면 엄마가 장독대에서
바삐 움직이는 모습이 햇살 아래 환하게 내려다보였다. 행주를 빨고 항아
리 표면들을 하나하나 훔치고 뚜껑들을 이리저리 재고 무언가를 쟁여 넣
고. 엄마의 고단한 하루 일과들은 부엌을 오가며 쓸고 닦고 모두 장독대 주
변에서 끊임없이 펼쳐졌다. 그렇게 가녀린 몸을 하고서도, 볕 좋은 날이면
장독대 뚜껑 위에는 으레 무말랭이며 가지말랭이, 호박오가리, 고구마 순
들이 차례차례 널려지고 어디론가 모습을 감추었다가 시시때때로 반찬이
되어 우리의 입맛을 돋우었다.

　열세 식구나 되는 종갓집 맏며느리였던 나의 엄마는 작고 당찬 시어
머님 아래서 혹독한 시집살이를 겪어야만 했다. 대가족을 거느리고 언제
나 맵차고 꼬장꼬장해서 눈매가 서늘한 시어머님이었다. 그런 상황에 만
삭이 다 되도록 입덧으로 무진 고생을 겪고 있는 이웃집 가난한 어린 새댁
에게 몰래몰래 깻잎장아찌를 내주었으니, 행여나 들킬세라 조심스러울 밖
에 없었다고 한다.

내가 결혼하고 6개월쯤 지났을까. 어느 휴일 날, 친정아버지가 연락도 없이 갑자기 신혼집에 나타나셨다. 무슨 일인가 해서 달려 나와 보니 이삿짐 나르는 소형트럭 위에 커다란 항아리 세 개가 나란히 실려 있는 게 아닌가. 웬일인가 해서 눈만 동그랗게 뜨고 있자니 무뚝뚝한 아버지가 대뜸 하시는 말씀. "네 엄마가 막내딸한테 가져다주고 오란다." 트럭 기사가 빨리 받으라고 짐칸에서 성화를 해댔다. 신랑과 함께 엉거주춤 받아 내리고 나니 차는 지체 없이 붕하고 떠나고 말았다.

그때 우리는 단독주택 이층에 독채 전세를 살고 있었으므로 낑낑대며 정원석 사이로 난 돌계단 위로 항아리를 끌어 올렸다. 노곤한 봄볕이 알짱거리는 남향에 항아리를 죽 늘어놓고 바지자락을 툭툭 털던 아버지는 두 눈이 꼭 붙어 버리게 흐뭇한 웃음을 지으셨다. 이순을 갓 넘긴 반백의 머리카락을 쓱쓱 걷어 올리시며. 아버지가 집으로 가시고 난 다음 나는 팔짱을 낀 채 '대체 저걸 어디다 쓰랴.' 싶어 난감할 뿐이었다. 살림이라곤 도통 아는 것이 없는 응석받이에게 난데없이 그걸 보낸 엄마의 속마음은 무얼까 궁금하기도 하고.

장독이 즐비한 마당가에서 허리춤 높이의 항아리 하나가 유독 눈에 들어온다. 긴 세월 엄마가 쓰시다가 다시 나에게로 넘겨진 케케묵은 항아리. 유약도 발라지지 않은 질박한 모습이다. 두 팔로 안으면 두어 뼘쯤 남아도는 제법 큰 배불뚝이다. 결혼 후 집을 마련하기까지 세 차례 이사를 다니면서도 행여나 깨질세라 암팡지게 잘도 끌고 다녔다. 항아리가 내 것이 된 이후로 세월만큼이나 나의 장 담그기 실력도 제법 만만찮은 데가 있으니 엄마의 깊은 속셈이 바로 거기에 있었는지도 모를 일이다. 지금도 몇 년이나 묵었는지 햇수를 알 수 없는 집 간장이 해마다 차례로 덧 담겨 까맣게 익어가는 중이다.

　엄마가 돌아가신 지 벌써 18년째니 살아 계셨다면 올해로 90세다. 간장, 된장, 고추장, 각종 장아찌에 젓갈류들과 마른 야채들을 품고 있던 그 항아리. 생각해보니 아마도 우리 집 장독대는 엄마의 화장대가 아니었나 싶다. 항아리 하나하나가 온갖 보물들을 담아 두는 서랍이었으니 말이다. 그러니 나는 엄마의 화장대 중에서 세 개의 귀중한 서랍을 고스란히 물려받은 셈이다.

추억 속의 스케이트장

　겨울 추위가 유난하다. 초겨울부터 눈이 자주 내리더니 연일 한파가 계속되고 있다. 주말 오후, 모처럼 그 기세가 주춤하여 이른 저녁 무렵 잠시 산책을 나갔다. 주택가 길목마다 하얗게 쌓인 눈들이 천덕꾸러기다. 블랙 아이스라 불리는 빙판은 반질반질 윤까지 나서 걷는 발밑이 조심스럽다.

　낙성대 위쪽 잿빛 하늘 아래 '강감찬 스케이트장 open'이라는 현수막이 광고판처럼 내걸렸다. 여름과 가을 내내 코스모스로 뒤덮였던 과학전시관 아랫마당이 스케이트장으로 감쪽같이 모습을 바꾸었다. 안에서는 꽝꽝 울려대는 음악 소리에 사람들이 얼음판을 도느라 부산했다. 엎치락뒤치락 모두들 신이 나서 돌아치는데, 긴 줄로 복판을 가로막은 저편 한쪽에서는 조무래기들이 눈썰매를 타느라 신이 났다. 눈썰매에 연결된 줄을 끄는 부모들은 혼쭐이다. 휴식을 위한 텐트장 속에는 후끈 달아오른 무쇠 난로 주변에 사람들이 몰려있다. 라면과 어묵, 간식들을 먹느라 자리마다 빼곡하다. 즐겁게 스케이트 타는 모습들을 구경하고 있으려니 옛날 생각이 피어올랐다.

초등학교를 졸업할 무렵, 동네에 롤러스케이트장이 하나둘 생겨나기 시작했다. 어느 날, 고등학생이던 둘째 언니가 롤러를 타러 가자는 말에 귀가 솔깃해서 따라나섰다. 뒤따라 가보니 3층짜리 건물의 지하 매장이었다. 천정에는 울긋불긋 만국기가 펄럭이는데, 바퀴가 4개나 달린 넓적한 구두를 신고 언니, 오빠들이 신나게 달리는 중이었다. 무진장 재미있어 보였다. 언니가 신겨준 구두를 신고 이리 쿵, 저리 쿵, 수도 없이 엉덩방아를 찧다가 나올 때쯤 해서는 어느 정도 타는 법을 익히게 되었다. 바로 그게 문제였다.

한번 간 나들이에서 용케 맛이 들리자 그때부터 종종 롤러스케이트장으로 달려갔다. 종갓집이어서 삼촌들과 고모, 친척들이 수시로 드나들었으니 볼 때마다 쥐여주는 용돈이 쏠쏠했기 때문이다. 또 오빠, 언니들이 나하고는 나이 차가 너무 많아서 제대로 놀아주지도 않았기에 더욱 심심했던 탓이기도 했다. 그것도 한때 유행이었던지 인기가 많아지자 사거리 주변 건물 옥상까지 롤러스케이트장이 붙어났다. 나는 새로 생기는 곳마다 빠짐없이 친구들과 다녀오곤 했다. 롤러를 탈 때 틀어주는 음악들이야말로 중독성이어서 경쾌하기 짝이 없었다. 당시 국내 가요가 느리고 서정적인 통기타 위주의 음악들이 중심인데 비해 대부분 빠른 박자의 팝송이었다. 그것이 팝송을 본격적으로 알아간 계기였다.

Deep Purple의 〈Smoke On The Water〉나 〈April〉 같은 하드락에 매료되어 밤늦게 공부를 하면서도 라디오를 옆에 끼고 살았다. John Denver의 〈Take Me Home Country Road〉나 Bob Dylan의 〈Knocking On Heaven's Door〉, Eagles의 〈Hotel California〉 같은 곡들은 하루에도 몇

번씩 흘러나왔다. Queen의 〈Bohemian Rhapsody〉는 아마도 귀가 닳도록 들었던 기억이 지금도 새롭다. 그와는 반대로 진추하의 〈One Summer Night〉 같은 여리고 맑은 목청은 색다른 싱그러움에 흠씬 빠져들게 했다.

지금은 어떤가. 박상철의 〈무조건〉과 〈황진이〉는 기본이고 최신 가요들이 과학전시관 마당을 쩌렁쩌렁 울려대고 있다. 온통 국내 가요가 스케이트장을 달군다. 모두 강하고 활기찬 리듬의 K팝들이다. 팝송보다 세련된 음률의 국내가요가 단연 우위에 이르렀음이 확실하다. K팝의 전세계화가 지극히 자랑스러울 지경이다. 눈썰매를 지치느라 볼이 빨갛게 물든 조무래기들조차 활기찬 가요에 맞춰 빙판을 씽씽 돌고 있다.

깔깔대는 그 천진한 모습들을 바라보고 있자니 나의 그때 그 시절, 추억 속의 스케이트장이 코앞에 닿을 듯 환히 떠오른다. 초등학교를 갓 졸업하고 동대문스케이트장까지 본격 진출했던 화려한 시절. 날다람쥐처럼 정통 스케이트를 타고 온종일 신바람이 나도록 빙판을 누비던 중학교 초짜 시절이. 아마도 그 2~3년간이 내 인생에 있어 가장 경쾌하고 신나던 한 시절이 아니었나 싶다.

봉숭아 꽃물 들이는 시간

올봄 봉숭아 꽃씨 한 봉지를 텃밭 가장자리에 뿌려두고 무심히 지냈다. 어느 날 보니 싹이 여기저기 올라오는데 서너 개씩 뭉친 녀석들이 왠지 답답해 보였다. 바쁜 핑계로 한동안 자라겠거니 오며가며 마른 눈길만 주었다.

어느 주말, 작정하고 뒷산 골짜기에 내려가 오래 묵은 새까만 낙엽토를 서너 봉지 담아왔다. 지하실에 쌓여 있던 빈 화분들을 꺼내 죽 늘어놓고 흙을 섞어 손가락 크기나 될까 싶은 봉숭아 모종들을 옮겨 심었다. 현관 오르는 계단 위에 층층으로 몇 개 올려두고 아들 방 창문 밑에 하나, 나머지는 텃밭 둘레에 두어 뼘 넓이로 솎아 간격을 넓혀 주었다.

6월 중순쯤 꽃봉오리를 하나둘 내보이더니 열흘도 못 되어 탐스러운 꽃들이 피기 시작했다. 지금은 갓난아기 주먹만 한 새빨간 꽃숭어리들을 일제히 내보이고 있다. 길고 좁은 새파란 잎사귀 사이에 짙붉음이라니. 간혹 하나씩 떨어지는 꽃들이 안타까워 이삼일 모아 두었다가 드디어 오늘

밤 손톱에 꽃물을 들였다. 가족들이 모두 잠든 사이에. 다음 날 늦밤, 혼자 거실에 앉아 꽃물을 한 번 더 들이는데 난데없이 눈물이 툭 떨어진다. 수십 년 만에 들여 보는 봉숭아 꽃물. 눈앞 가득 유년의 대청마루가 한가롭게 일렁인다.

유난히도 더운 여름밤이면 집안의 여인네들은 모두 대청에 모여 앉아 손톱 물들이기에 열중했다. 할머니, 어머니, 고모, 큰언니, 작은언니, 나, 여동생, 부엌일 돕던 복순이 언니까지 종갓집 여인네들이 총출동한 셈이다. 백반을 넣어라, 소금을 넣어라 양념까지 치면서 둘씩 짝지어 앉아 무명실로 손가락을 동여매느라 야단법석이었다. 아름다움을 향한 여인네들의 욕심은 밤새도록 욱신대던 손가락의 통증을 거뜬히 참아내게 만들곤 했다. 그때 이미 우리는 눈치를 챘어야 했다. 다 커 버린 복순이 언니 가슴속에 크나큰 사랑이 나붓대고 있었음을.

유난히도 몸이 약했던 어머니의 부엌일을 돕기 위해 열 대 여섯 나이로 집에 들어온 복순이 언니. 내 나이 예닐곱 시절이니 작은언니보다는 두어 살 위로 큰언니보다는 손아래였다. 오빠와는 비슷한 나이였지만 어른들이 한결같이 떠받드는 종갓집 맏손자인 오빠를 어쩐지 유독 어려워했다. 제법 구순한데가 있었던지 집안의 여인들과 오순도순 마찰 없이 잘 지냈다. 다만 가족들보다 항상 일찍 일어나 부엌일을 준비해야 했으므로 쏟아지는 잠을 쫓는 것이 문제였다. 아침마다 도시락을 서너 개씩은 싸야 했으니까.

그러기를 칠팔 년 지나 어느 날 이른 아침. 갑자기 고모의 새된 목소리가 다급하게 복순이 언니를 불러댔다. 이십 대 중반을 훌쩍 넘긴 멋쟁이 노처녀의 출근길에 피치 못할 비상이라도 걸린 모양이었다. 여기저기서 가족들이 뛰쳐나오고 눈들을 등잔만 하게 키웠다. 고모의 말인 즉, 다락에 고이 모셔 둔 뾰족구두들 상자가 통째로 모두 없어졌다는 것이다. 노처녀가 지난 몇 년간 애써 사들인 열 두어 켤레 사계절 가죽구두들. 신줏단지처럼 모셔두고 출근 때마다 솔질로 반짝반짝 다듬던 것들이 졸지에 다 어디로 갔을까. 그날로 흔적도 없이 종적을 감춘 건 복순이 언니도 마찬가지. 이삼일 지나 골목엔 소문이 자자했다.

우리 집 왼편 담장 아래쪽에 자그마한 집이 한 채 있었다. 담에 기대서서 내려다보면 그 집 파란 지붕과 뒤란이 훤히 내려다보였다. 무성한 호박 넝쿨 사이로 접시꽃이 얼굴을 내밀기도 하고 해바라기 몇 개가 동그란 얼굴을 돌려대던 곳. 그 집 문간방에 용산 미군 부대 다닌다는 총각 하나가 세 들어 있었다. 주인 말로는 담장 위아래서 둘이 곧잘 뭔가를 주거니 받거니 하더라는 것인데. 아하! 그래서 어느 날부터인가 키 큰 해바라기 뒤로 커다란 벽돌 대여섯 개가 담을 기대고 높이 올려져 있었던 게로구나. 우린 그것도 모르고 그 집 주인 내외가 호박이나 해바라기를 따려고 고임돌로 놔둔 줄로만 알았으니. 복순이 언니가 사라지던 날, 아랫집 미군 부대 노총각도 감쪽같이 모습을 감추고 말았단다.

스물 서넛. 복순이 언니가 손톱 물을 더욱 곱게 하려고 이삼일쯤 연이어 밤마다 봉숭아 꽃물을 겹으로 들여대던 여름이었지. 가수 윤복희가 미니스커트로 무장한 채 화면을 달구던 시대. 빨래를 개다 말고 일어서서 고모의 짧은 치마를 연신 제 허리둘레에 이리저리 대보던 때였으니까. 사랑으로 벌겋게 물들기 시작한 그녀 가슴에 고모의 뾰족구두들은 얼마나 선망의 대상이었을까.

몇 년 지나, 퇴계로에서 근무하던 큰 언니가 직장 일로 서울역 앞을 지나는데 맞은편에서 걸어오던 여인 하나와 눈이 딱 마주쳤단다.

"아니, 너! 복순이 아니니?"

순간 그녀는 화들짝 놀라 몸을 휙 돌리더니 냅다 뛰어 달아나더란다. 반가움에 붙들어 보려 했건만 어찌 그리 재빠르게 사라지던지 허둥지둥 따라가던 발길을 멈추고 그만 허망해서 그쪽만 바라보았다는 것이다.

동글납작한 얼굴에 헤실헤실 눈웃음이 잦던 복순이 언니. 손맛 좋아 더운 여름이면 할머니 입맛에 맞게 새콤달콤한 양파김치를 유난히도 잘 만들던 순둥이. 어느 겨울, 동생들 얘기에 눈물 콧물 매달고 한없이 이불깃 적시며 파고들던 여린내기. 지금쯤 서울 어느 하늘 아래 곱게 늙어가고 있을까. 바람 부는 날이면 그 고요한 등에 업혀 철없는 내가 까무룩히 잠들던 날이 바로 어제만 같다.

붉디붉은 봉숭아 꽃물 앞에 새벽이 오도록 뜬금없는 눈물이 괜한 청승을 떤다. 잠은 다 달아나고 되돌아갈 길 없는 짙은 그리움만 새록새록 고여든다. 할머니, 어머니, 고모도 세상 뜨고 여동생은 그보다 앞선 먼 옛적, 이미 밤하늘의 별이 되어 버린 희미한 시간 속에.

별 내리는 마을

내가 처음 여행을 한 것은 열다섯 살로 중학교 2학년 겨울 방학 때다. 늘상 시골 생활을 궁금해하는 서울뜨기 막내 처제가 안 돼 보였던지 어느 날 형부가 연말 고향 방문길에 동행을 제안했다. 도착한 곳은 전남 무안군 무안읍에서 30여 분이나 버스로 들어간 산간벽촌. 차에서 내려서도 울퉁불퉁한 산길을 줄곧 걸어 들어가야 했다. 마을이라야 산자락 아래 띄엄띄엄 보이는 몇 채의 집들뿐이어서 한없이 적막했다. 해 질 녘에 미루나무가 줄지어 늘어선 어느 들판에 이르러 '저 집'이라고 가리킨 곳은 탁 트인 분지에 일자로 들어선 남향받이로 둘째 형님댁이었다. 이 댁 따님이 서울로 유학하여 형부 집에서 고등학교를 다니고 있었다. 먼 초행길이 고단한 탓에 저녁은 드는 둥 마는 둥 하고 내외분이 마련해 주신 옆방에 들어 죽은 듯이 잠에 취했다.

몇 시나 되었을까. 문득 눈을 뜨니 천지사방이 고요 속에 잠겼다. 캄캄한 어둠과 나를 둘러싼 낯섦이 한순간에 잠을 달아나게 만들었다. 그때부터 잠이 쉽게 들 것 같지 않았다. 이리저리 몸을 뒤척여 봐도 왠지 모를 불편이 존재하는 듯했다. 생전 처음 어딘가에 외따로 내던져진 이상한 기분이었다. 울타리를 벗어난다는 것은 호기심 안에 두려움을 가둬 두는 일이 아닌가 하는 생각이 들었다. 하루가 지나기도 전에 불쑥 성장해 버린 듯 우쭐한 마음이었다. 가만히 일어나 방문을 열고 나와 툇마루에 섰을 때였다.

먹물 같은 밤하늘에 한창 피어나기 시작한 메밀꽃밭. 무수한 별꽃들이 쏟아질 듯 찬란했다. 별들의 무리가 한꺼번에 폭풍우에 쓸려오다 눈앞에서 멈추기라도 한 모양이었다. 작디작은 보석처럼 하나하나가 총총히 빛을 발했다. 아득하게 펼쳐진 은하의 물결이 깊고 신비롭게 겨울 밤하늘을 가로질러 흘러갔다. 폐부를 찌르는 한겨울 새벽 공기와 가슴이 확 트이는 시원함, 서울에서 멀리 벗어나 있다는 해방감이 밀물처럼 밀려들었다. 칠흑 같은 어둠 속에 서 있는 나무들의 시커먼 형체는 하늘을 지키는 파수꾼인 듯 고독했다.

점차 주위 것들이 눈에 들어오기 시작하자 한기가 몰려왔다. 방안에서 이불을 끌고 나와 몸을 둘둘만 채 석상처럼 자리를 잡고 앉았다. 한밤중에 이 무슨 청승인가. 하지만 이유를 알 수 없는 어떤 차분함이 서서히 스며들었다. 인공적인 불빛이라곤 찾아볼 길 없는 산간 마을에서 고요히 빛나는 별들의 맑고 깨끗함. 반짝이는 저 속에 뭔가 심오한 것들이 나를 끌어들이고 있었다. 하늘을 유영하는 손톱만 한 별이 되고 싶은 열망이 솟구쳤다. 별들의 속삭임을 하나하나 찾아다니며 밤새껏 귀 기울이고 싶었다. 한창 들끓기 시작한 사춘기의 잡다한 감정 따윈 시시하게 느껴질 뿐이었다. 침묵에 휩싸인 밤하늘의 질서와 끝없이 눈을 마주치는 것은 장대한 자연의 신비를 경험하는 일이었다.

이틀 지나 형부는 나만 홀로 남겨두고 서울로 올라갔다. 딸이 그리운 안사돈은 여간 곰살맞은 게 아니어서 노상 눈웃음을 달고 살았다. 이제 갓 스무 살이 된 사돈총각은 가끔 어미 소와 송아지를 몰고 들판으로 나갔다. 어미 소를 따라 유유히 걷고 있는 튼실한 송아지의 뒤태를 보면 젊은 여인네의 둔부 같은 싱싱한 탄력감이 메마른 겨울 들판 위에 생명력을 불어 넣곤 했다.

심심하지만 무료하지 않은 날들이 천천히 흘러갔다. 그런 중에도 한밤중이 오기만을 은근히 기다렸다. 방마다 불이 꺼지고 다들 잠들었다 싶으면 방문을 활짝 열어 놓고 이불에 몸을 감싼 채 오래도록 밤하늘을 올려다보았다. 들판 가득 검은 산맥과 나무들의 모습만 우련한데 소리 없이 몰려와 매복한 저격병들의 눈빛마냥 빼곡하게 빛나는 별들. 마치 적병들과 은밀한 내통을 즐기는 첩자라도 되는 양 유심히 지켜보는 일은 숨 막히게 아름다웠다. 은폐된 참호 속에 웅크린 용의주도한 척후병처럼 밤하늘의 감시자가 되어 두 눈을 고정시켰다. 별들의 바다에서 울려 퍼지는 장엄하고 웅혼한 음표들의 행렬이 고요한 떨림으로 다가와 닫혔던 층층의 의식들을 환하게 열어젖혔다. 대자연의 세계에 끝없이 침잠해 보는 일은 내 자신의 미미함과 바깥세상을 향한 눈뜸을 의미했다. 도시적인 것들이 뿜어내는 반짝임은 얼마나 허술하기 짝이 없는 것인가.

생각의 촉매들이 앞장서서 걸어가는 오지 한가운데서 순순한 마음의 평화를 맛보는 한가함은 말할 수 없이 편안했다. 친근하고 거대한 자연 앞에 지성을 품는 일은 절제를 알아가는 풍요로운 소득이었다. 밤마다 오롯이 혼자가 되어버렸던 그 1월 한 달 동안, 내 삶의 기초를 이루는 마음의 무늬들이 비밀스러운 바탕을 깔고 촘촘히 익어갔다. 문풍지를 울리는 스산한

겨울바람과 금방이라도 쏟아져 내릴 듯 차고 시원한 별들. 열다섯 살 소녀의 가슴속을 채우던 무언의 대화들은 알 수 없는 메아리가 되어 한겨울 밤 하늘의 별들 사이로 날아올랐다.

배춧잎은 푸르고

맑고 화창한 날씨가 며칠째 계속되고 있다. 대문 기둥을 타고 넝쿨장미가 붉은빛을 한껏 쏟아 내는 중이다. 그 요란한 빛과는 대조적으로 마당 한쪽에 싱싱하게 솟은 얼갈이배추는 푸른 기세가 자못 등등하다. 그걸 보고 있자니 문득 옛 생각이 떠오른다.

결혼하고 일 년 반쯤 지나 배가 만삭이던 초겨울에 시골서 시어머님이 올라오셨다. 신혼 초 우리는 단독주택에 독채 전세를 살았다. 우리가 집을 마련할 때까지 아기를 키워 주시겠다며 한겨울 추위에 산바라지를 하셨다. 나는 그때 시어머님께 듬뿍 정이 들었고 두 달 후 몸이 회복돼 출근길에 올랐다. 봄이 되자 시어머님은 작은 화분에 배추씨를 뿌려서 가꾸셨다. 그러던 어느 날, 집주인이 찾아와 집을 팔았으니 한 달 안으로 집을 비워 달라는 것이 아닌가. 2년 계약에 아직도 계약 기간은 7개월이나 남아 있었다. 우리는 시일이 촉박했으므로 주말마다 중개소를 찾아 겨우 기일 안에 집을 옮길 수 있었다.

환갑이 넘도록 시골서 농사만 짓다가 생애 처음으로 서울 생활을 하시게 된 시어머님을 생각하니 답답한 아파트로 이사를 갈 수는 없었다. 그러니 이번에도 개인 주택 2층을 독채로 얻게 되었다. 이층 절반은 집이 차지하고 나머지 절반은 운동장같이 탁 트여서 관악산이 훤히 내다보였다. 시어머님은 묵은 속이 확 뚫린다며 무척이나 좋아하셨다. 어린 손자의 분유통이 비워져 나올 때마다 밑바닥에 대못을 쳐서 자잘한 구멍을 뚫었다. 그 안에 흙을 가득 채워 배추씨를 하나둘 뿌렸고 그해 여름 열두어 개쯤이나 불어나게 되었다. 때로는 상추가 싱싱하게 솟아났다.

퇴근 후 우리는 가끔 멸치 우린 물에 양파나 감자, 청양고추, 표고버섯, 다시마, 대파 등을 다져넣고 짭짤하게 끓인 강된장에 쌈을 싸 먹었다. 그 상추나 배춧잎을 뜯어 양 볼이 가득 메워지도록. 육십 평생 농사로 다져진 시어머님 손길은 실한 채소를 마술처럼 솟아나게 해서 이층 난간을 푸르게 장식했다. 어린 손자를 돌보며 바깥 출입도 마음대로 못 하는 서울살이의 답답함을 그렇게 푸셨다.

하지만 웬걸. 하루는 퇴근 후 집에 돌아오니 그 분유통들이 모조리 자취를 감춘 것이 아닌가. 깜짝 놀란 내가 여쭈니 아래층 집주인이 올라와 이르기를, 여기서 자꾸 배추를 기르면 아래층 천정에 습기가 차니 다시는 채소를 기르지 말라고 하더란다. 시어머님보다 나이가 열댓 살은 더 어린 주인아주머니에게 그런 말을 들었으니 자존심이 몹시 상하신 모양이었다. 할 수 없이 채소를 다 뽑아냈다고 하시며 눈머리에 물기가 가득 고이는 것을 보니 나 역시 마음이 좋지 않았다. 시골집에 딸린 텃밭이며 농사지을 땅이 제법 실하신 어른으로서 왜 안 그렇겠는가. 결혼 한 지 겨우 3년째로 접어들기 시작한 자식들의 집 없는 설움이야 둘째 치고 시어머님 말마따나 "콩

깍지만 한 서울집이 무에 그리 대단하다고 우쭐거리는지……." 고깝기까지 하다는 표정이었다. 시어머님은 활기를 잃고 말수가 적어지셨다.

한 해를 보내고 나니 아들이 제법 커서 걷기 시작하고 차차 뛰게도 되었다. 건강한 아이의 생동감이란 얼마나 청신한가. 우리는 날마다 아이가 자라는 재미로 신기하기만 했어도 시어머님의 얼굴은 차츰 어두워져 갔다. 아이가 조금만 콩콩거린다 싶으면 주인집 가족들이 차례로 올라와 문을 두드려댄다는 것이다. 조신하고 약한 계집아이도 아니요, 극성스럽고 활발한 사내 녀석을 그렇다고 묶어 놓을 수도 없고, 하루 종일 안고 있을 수도 없는 노릇이니 참으로 딱한 일이었다. 생각다 못한 시어머님께선 방마다 겨울 솜이불을 펼쳐 놓고 당신의 귀한 손자를 마음껏 놀게 하려고 갖은 애를 쓰셨다. 그러다 삼복더위가 절정을 치닫고 찜통 날씨가 옷가지를 훌훌 벗어젖히게 만들던 날. 사방에 펼쳐진 그 솜이불들을 보고 있자니 속까지 답답한 열기가 치솟아서 그만 다 걷어 개어 두셨단다. 그때만 해도 집집마다 에어컨이 일반화되지는 못했을 때였다.

퇴근 후 집에 오니 시어머님은 문전에서부터 내 소매를 잡고 하소연을 하셨다. 오늘 주인집에서 네 번이나 왔다 갔으니 그 눈치를 도무지 견디기가 힘들다고 하셨다. 나도 어찌나 속이 상하던지 이참에 내 집을 마련해야겠다고 다짐했다. 하지만 결혼한 지 3년을 겨우 넘겼으니 전셋돈을 빼서 서울에 내 집 마련은 쉬운 일이 아니었다. 나는 결국 융자를 내서 인천 만수동에 신축 아파트를 사서 내 집을 마련했다. 그러니 서울 강남까지 남편과 나의 출퇴근 길은 멀고 험난했다.

이사한 지 석 달이나 됐을까. 하루는 시어머님이 아파트 단지 내의 부녀회 회원들과 다투었다는 것이 아닌가. 얘기를 들어보니 우리가 사는 아파트 뒤편으로 조그만 잔디밭이 있었고 사람들도 거의 드나들지 않았다. 그 모서리가 아이들 책상 넓이만 하게 비어 있는 까닭에 소일삼아 채소나 조금 길러 보려고 배추씨를 뿌려 두었단다. 그게 한 뼘쯤 자라 올라 누군가의 눈에 띄었는지 신고가 들어 왔단다. 부녀회원들은 기어코 시어머님을 찾아냈고 이내 말들이 오가서 속이 상한 시어머님은 몇 가닥 되지도 않는 배추를 다 뽑아 들고 집으로 돌아오셨단다.

출퇴근이 너무 힘들었던 우리는 3년 만에 인천 아파트를 팔고 내 나이 32살 초반에 서울대입구역 근처에 개인 주택을 샀다. 휴일 아침부터 이삿짐 정리에 정신이 없던 나는 마당으로 나가신 시어머님께서 왜 이렇게 안으로 들어오시질 않는가 궁금했다. 현관문을 열고 밖으로 나가 보았더니 세상에! 집에 오신지 채 반 시간도 안 되었는데 시어머님은 20여 평이나 되는 넓은 마당 한쪽에서 농사를 짓느라 혼자 골몰해 계시지 않는가. 그것도 2월말 춘설이 분분이 날리는 추위 속에서 손등이 빨갛게 언 채로 말이다. 전에 없던 그 호미는 대체 언제 마련했으며 또 배추씨는 어디서 났는지……. 나를 보자 마당 귀퉁이에서 흡족한 웃음을 함빡 지으시던 시어머님. 집에 도착해서 그 땅을 보자마자 농사지을 궁리부터 먼저 하셨던 모양이었다. 3월 중순을 지나자 우리 집 마당은 떡잎을 매단 배추가 빼곡하게 차올라 봄날의 푸른 기운을 남녘보다 더 빨리 알려 주었다.

초여름 눈부신 햇살 아래 배춧잎은 더욱 푸르고, 시어머님 생전의 그 모습이 새삼 그리워진다.

기억에 남는 사람들

책상 서랍을 정리하는데 오래된 수첩 사이에서 작은 사진 하나가 떨어진다. 주워들고 보니 이십 대 중반쯤 같은 회사에 근무하던 B의 얼굴이다. 그리 예쁘지는 않아도 평범하고 수더분한 인상이 편안함을 안겨준다. 잔잔한 미소와 가늘고 긴 눈이 어딘가 '얼굴무늬수막새'를 연상시킨다.

어느 날 맞이하게 된 신입사원 B는 전문대를 갓 졸업한 2년차 직장 후배로 나이는 나보다 3살 아래였다. 중키에 짧은 머리로 빛바랜 봉숭아 씨앗처럼 자잘한 주근깨가 볼에 흩어져 있었다. 지극히 소박한 얼굴이었으나 쌍꺼풀 없이 늘 웃고 있는 눈매가 매력이었다. 적당한 체구에 품성이 바지런하고 매사가 능동적이었다. 일일이 지시를 하지 않아도 스스로 할 일을 찾아 움직이는 것이 자신 안에 어떤 힘을 지니고 있는 듯했다. 능동성이란 대개 자유의지와 결탁해 있는 것이니 그것이 그녀를 자유롭게 비치도록 했고 나의 눈길을 머물게 했다. 자잘한 일에 유달리 몸을 사리지도 않거니와 조심성도 깊고 눈치가 빨라서 나날이 직원들의 인기를 독차지했다. 그러자니 은근히 관심을 기울이는 총각 사원들이 늘어났다.

한 해를 무사히 넘기고 다음 해를 절반쯤 지날 무렵, 밤 열두 시가 다 되어 가는데 B로부터 전화가 걸려 왔다. 사무실에 같이 근무하는 노총각 H 씨가 어찌 알았는지 얼마 전부터 자신의 집으로 전화를 한다는 것이다. 처음 한두 번은 받아 주었는데 정도가 심해지더니 이제는 안 만나주면 가만 안두겠다고 으름장까지 놓고 있단다. 그러니 계속 출근을 해야 할지 고민이 이만저만 아니라는 하소연이었다. 작달만한 키에 상체가 다부진 H 씨는 사내에서 그리 평판이 좋은 편은 아니었다. 각 부서마다 새로 들어오는 여직원이 있으면 눈독을 들이고 치근대기 일쑤로 암암리에 기피 대상자였다.

다음 날부터 나는 B를 각별히 챙기기 시작했다. 퇴근할 때도 혼자서 따로 다니지 않도록 신경을 써주고 회식이 있어도 여직원들과 함께 앉도록 자리를 배치했다. 어린 나이에도 제법 심지가 굳어서 속을 트고 지내기에는 아주 좋은 말벗이었다. 아버지를 일찍 여의고 작은 구멍가게를 운영하는 오빠 내외에게 홀어머니와 함께 의지해 살았던 그녀는 집안 형편이 꽤 어려웠다. 그런 중에도 독일 유학을 준비한다는 말을 털어놓았을 때 회사 직원들에게 비밀에 부치도록 당부했다. 혹시나 H 씨가 해를 입히지 않을까 염려해서였다.

B는 많은 노력 끝에 3년 동안 착실히 모은 월급을 토대로 독일로 유학을 떠났다. 비행기를 타기 2일 전까지 회사 근무를 온전히 마치고 그 후로 간간히 소식을 전해 듣다가 이사와 더불어 차츰 연락이 끊기고 말았다. 하지만 그녀가 어디선가 자기의 몫을 충실히 해나가리란 생각은 지금도 여전히 변함이 없다. 언젠가 한 번쯤 우연히 만나면 몹시 반가우리란 생각이

들기도 한다.

  낡은 사진 한 장이 지난 추억을 불러일으키고 있다. 오랜 사회생활로 내 곁을 스쳐 간 많은 사람들이 하나둘 떠오르는 순간이다. 얼굴은 생각나지만 이름이 떠오르지 않는 사람, 얼굴과 이름까지 모두 희미해진 사람, 어제 일처럼 뇌리에 생생히 남아 있는 사람, 성품이 따뜻했던 사람, 개성이 독특했던 사람들까지 남녀 모두 그 층도 다양하다.

  이런 갖가지 유형 가운데에는 어떤 불편함을 낳는 사람도 있다. 그중 하나가 크게 주목받고 싶어 하는 사람들이다. 그들은 자기중심적이어서 자신의 가치를 내보이려고 안간힘을 쓰느라 상대에게 주는 스트레스를 거의 생각하지 않는 경향이 있다. 남에게 돋보이고 싶은 지나친 욕망은 경우에 따라 스스로를 끌어내리는 구실이 되기도 한다. 사람과 사람 사이의 만남이 언제나 좋은 쪽으로만 이어지는 것은 아니다. 그래도 누군가의 마음속에 '못된 사람'으로 남게 되는 것은 지극히 서글픈 일이 아닐 수 없다.

  사람들은 누구나 자기만의 고유성을 지니고 있다. 생김과 성격, 취향과 지향점이 다르고 인식의 정도와 관점의 차이로 구분된다. 설령 유사성이 있다 해도 미묘한 차이로 식별되는 것이 사람이니 참으로 각양각색이다. 그것이 또한 우리의 마음과 정신을 좌우해서 때때로 살아가는 의미를 새롭고 깊게 만들기도 한다. 어떤 면에서는 대단히 인상적으로 각인되는 경우까지도 생겨난다.

  다가올 미래에 어떤 사람들을 만나게 될지는 여전히 미지수다. 삶을 유지하는 순간까지 인간관계를 벗어나기는 좀처럼 힘들기 때문이다. 그러나 지금까지 내게 그 무엇보다도 오래 기억에 남는 사람들은 결코 특출하거나 대단한 사람들이 아니다. 그들은 거의 평범하지만 대체로 꿋꿋함을 잃지 않는 그런 사람들이다. 남을 깎아내리거나 비난을 일삼지 않고 조용한 가운데 자기만의 내적 확신을 뚜렷이 지닌 인물들이다. 그들은 대개 어떤 간섭이나 자극에도 별다른 영향을 받지 않고 자신을 통제하고 밀고 나가는 주체적인 능력을 지니고 있다. 보이지 않는 정신 속에 자신만의 빛나는 의식으로 물든 그들은 그 무언가로 주위를 묘하게 당기는 힘이 있다. 마치 쇠붙이를 스스로 잡아끄는 자석처럼.

가을 아침을 맞으며

사랑하는 당신께

*** 아침나절 안방 벽에 부딪는 햇살이 마치 잘 익은 살굿빛이 스며있는 것 같아 가을빛이 여간 밝은 것이 아님을 알았습니다. 잠시나마 부싯돌 같은 당신 마음의 빛이 아닌가 하고 생각했습니다. 언젠가 강화 산마루를 넘어 소잔등 같은 언덕배기를 오를 때였지요. 노란 섬처럼 흔들리던 은행나무를 보고 익을 대로 익은 것들은 가끔 허전함이 그리워 제 몸을 터는 법이라고 하시더니 건강은 여전하신 게지요?

봄이 열리자마자 진달래 서너 주를 심어 놓고선 꽃피면 눈이 시리도록 봄빛을 품어 보라며 환하게 웃던 그 얼굴이 떠오릅니다. 가을이 오는 소리가 완연한 이 서느런 아침에 말입니다. 그 또한 나를 생각하는 그대의 두터운 마음결이려니 하고 혼자서 손톱만 한 불씨를 켜두고 바라보았습니다. 어느 하루, 꼭두서니 빛으로 망울지다가 풀어 제친 연분홍 마음이야 오랜 세월을 두고 밀물져 온 우리들의 속마음 아니겠습니까.

여름 내내 울안의 나무들이 제 몸을 켜는 소리에 눈을 떠보면 한 뼘쯤 홀쩍 자라 바깥세상으로 고개를 내밀곤 했지요. 붉은 앵두 한 종지를 담아 들고 한사코 어린 조카에게로 가자시더니 요즘 아이들은 거들떠보지도 않는다는 말에 무어 그리 화를 내시던지요. 앵두를 핑계 삼아 어린것의 해맑은 얼굴 한 번 보고자 함을 알면서도 젊은 부부에게는 어쩐지 성가신 방문은 아닌가 하여 염려하는 마음이었던 것을. 지레짐작이 나쁜 것인 줄은 알지만은 옛정을 그리는 사람의 도리가 이전보다 약함을 어찌할 방도는 없는 탓이랍니다.

   *** 어제는 당신이 숲길에서 주머니에 담아 온 도토리 몇 알을 내 창가에 가지런히 놓아 주셨지요. 그러면서 말씀하시더군요. 가을이 깊어야 도토리가 떨어지는 줄 알지만 실상은 여름 끝자락에 일찌감치 제 몸을 떨구는 것이라고요. 다람쥐 쳇바퀴 돌 듯 종종대는 일상에서 생각보다 빠른 계절의 순환은 때로 놀랍기도 합니다. 알 수 없이 떨어지는 것이 어디 그 뿐이기만 하다면야 슬픔이란 단어는 누구에게나 생소할지도 모르겠습니다.
   뜻하지 않은 일들이 이별 밖의 우리를 이별 안에 가두고 못내 서성거리게 만들기도 하는 것을 무슨 수로 말로 다 이르겠습니까. 일순간에 떠나는 자들은 남은 자의 고통을 헤아리지도 못 하는데 말이지요. 그러니 우리의 삶에서 지겹다거나 지루하다는 말은 생사에 빗대어 사소한 투정에 불과한 것은 아닌가 하여 뒤늦은 깨달음을 얻게 됩니다. 살아갈 날이 아쉬운 나이이고 보면 멀리서 건너오는 당신의 그림자까지도 오랜 세월 넘실거리는 도타운 정이려니 하고 심중에 깊이 헤아려 두렵습니다.
   담담함이 많아 물처럼 흐르고 싶던 날이 내 생에 몇 날이나 되었을까요? 부박한 삶이 아니 되려고 무던히도 애쓰던 날들이 지나가고 있습니다.

여태껏 참 많이도 지나간 셈이지요. 남은 날들은 또 얼마나 자중자애해야 할지, 하루를 넘기는 것이 두렵지 않다고 말할 수는 없을 겁니다. 힘에 부치거나 안 부치거나 곁도는 일 없이 그저 올바른 길을 가려고 작정했을 뿐이었는데 그마저도 늘 쉬운 것은 아니었습니다. 여느 때나 다름없이 마음의 눈이 어두워지지 않기를 기도드릴 뿐입니다.

　*** 뒤란 단풍나무 둥치 곁에 이름 모를 풀잎 하나가 새록새록 자라기에 대체 무얼까 한동안 궁금했습니다. 엊그제 새벽에 나가보니 한 뼘만 한 키에 꽃 한 송이를 환하게 매달고 있지 뭡니까. 그것도 고적하게 저 혼자서요. 구절초. 드넓은 허공 중에 어느 바람결을 헤치고 이곳까지 날아든 것인지 기특하기도 하여 한참이나 내려다보았습니다. 우리의 시절인연을 생각하면서 말이지요.

　이글거리던 태양이 바늘 끝같이 정수리를 쪼아 대는 요즘입니다. 밤이면 찬바람에 풋살을 감추게 만드는 가을이지요. 달빛도 점차 제빛을 맑게 퍼 올리려고 안간힘을 돋우곤 할 거예요. 가을 밤하늘 속을 헤매다 누군가의 이맛전에 조용히, 조용히 머물고 싶어질 겁니다. 있는 듯 없는 듯, 머문 듯 안 머문 듯, 우리의 삶이 그래왔던 것처럼 안으로 제 몸을 밝히며 깊어져 갈 겁니다. 자각과 인식이 심지를 밝히다가 목청 높일 일 없이 오순도순 살아온 것이 큰 기쁨이자 자랑입니다. 맵짠 우격다짐이나 험한 막말 없이 생의 한복판을 걸어온 것이 얼마나 다행인지 눈물겨운 일입니다.

　*** 햇살 가득하고 맑고 청량한 이 아침을 사랑합니다. 부지런한 생명들이 익어가듯이, 당신의 날들이 고요히 여물어 가듯이, 나의 날들도 쉼 없이

영글어 가기를 소원하렵니다. 당신의 삶이 평안으로 물들어 있듯이, 나의 삶도 평화로 채색되어지기를 기원합니다. 찬바람 속에서도 푸른 소나무처럼 내내 변함없이 강건하시기를 바랍니다. 돌아보건대 살아온 날들의 모든 것이 감사할 따름입니다. 고맙습니다.

작가의 詩

두섭이

김진진

물 맑고 산세 좋은 골짜기에서 태어나
멧새 쫓아 산허리 누비던 충청도 선머슴애
서울 온 지 칠 년 만에 제 고향으로 돌아갔다
선심 후한 할아버지가 어느 섰다판에서
애지중지하던 문전옥답 다 잃고
아버지는 남의 농토 빌려 헛농사 십삼 년에
꽃돼지 삼십 마리로 축사를 열었다
밤낮없이 분뇨 냄새 묻히며 뒹굴기 오 년
실한 돼지 사백여 마리 불려 놓고 허리 펴나 했더니
한겨울 뜬금없이 번진 구제역에 모두 생매장당했다

아버지는 화병 나 때아닌 목숨 버리고
사료값, 밀린 인건비로 빚 독촉 시달리던 어머니
중풍 들려 한쪽 몸이 마비되었다
뻘밭 같은 가슴 속에 붉은 울음 쟁여 넣고
갓 스물 꽃띠로 무작정 상경한 두섭이
재래시장 한구석 정육점에서 허연 웃음 날리며
칠 년간 밤늦도록 제 울음 닮은 고기를 썰었다
그렇게 부모 빚 다 갚아놓고 늦영장에 군복무하러
오늘 드디어 살얼음판 같았던 서울을 떠났다
추석 지나 선들바람 건듯 부는 이 초가을 아침에

어느 하루, 꼭두서니 빛

김진진 수필집